Rita Mae Brown, geboren in Hanover/Pennsylvania, wuchs bei Adoptiveltern in Florida auf. Sie studierte in New York Anglistik und Kinematographie und war nacheinander aktives Mitglied der NOW (National Organization of Women), der «Furien» sowie Mitbegründerin der «Rotstrümpfe» und der «Radicalesbians». Heute lebt und schreibt Rita Mae Brown in Charlottesville, Virginia.

In der Reihe rororo-Taschenbücher liegen ferner ihre Romane *Rubinroter Dschungel* (Nr. 12158), *Jacke wie Hose* (Nr. 12195), *Die Tennisspielerin* (Nr. 12394), *Herzgetümmel* (Nr. 12797) und *Wie du mir, so ich dir* (Nr. 12862) vor. Im Rowohlt Verlag erschienen die Romane *Bingo* und *Schade, daß du nicht tot bist*.

Rita Mae Brown

*G*oldene Zeiten
Roman

Deutsch von Margarete Längsfeld

Rowohlt

Die Originalausgabe erschien 1976 unter dem Titel
In Her Day bei Daughters, Inc., Vermont

Deutsche Erstausgabe
Veröffentlicht im Rowohlt Taschenbuch Verlag GmbH,
Reinbek bei Hamburg, Januar 1992
Copyright © 1992 by Rowohlt Taschenbuch Verlag GmbH,
Reinbek bei Hamburg
«In Her Day» Copyright © 1976 by Rita Mae Brown
Alle deutschen Rechte vorbehalten
Umschlaggestaltung: Büro Hamburg – Peter Wippermann
Umschlagillustration: Gerd Huss
Foto auf S. 2 Copyright © Peter Cunningham
Satz Baskerville (Linotronic 500)
Gesamtherstellung Clausen & Bosse, Leck
Printed in Germany
880-ISBN 3 499 12957 4

Michelle Smiley gewidmet,
der Adele, die ein Segen ist für mich und die Welt

Danksagung

Ich danke Dolores Alexander und Jill Ward für die Erlaubnis, ihr Restaurant «Mutter Courage» zu verwenden. Ferner danke ich Nina Finkelstein, die trotz ihrer täglichen Hektik noch Zeit für gute Ratschläge hatte. Mein Dank gilt Rhoda Katerinsky für ihre Ermunterungen und ihre unermüdliche gute Laune. Ginger Ellsworth, Zoe Kamitses und Lana Cantrell bewiesen ihre Freundschaft über die Grenzen der Pflicht hinaus: Sie halfen beim Tippen des Manuskripts. Linda Lachman trug ebenfalls ihren Pflichtteil zum Tippen bei. Mein besonderes Lob gilt Jean O'Leary und noch einmal Lana Cantrell, die mir Zeit zum Schreiben der ersten Fassung gaben. Barbara Boldtmann, Mary Molaghan und Dr. Joanna Spiro waren unerschöpfliche Quellen der Heiterkeit. Matile und Harold Poor redigierten die erste Fassung, eine Arbeit, die nur mit dem Säubern des Augiasstalls zu vergleichen ist. Wenn trotzdem noch Mist übrig ist, machen Sie nicht die beiden, sondern die Ungeheuerlichkeit der Aufgabe dafür verantwortlich. Liz und Chris Poor sowie Elaine Noble sorgten für Ablenkung, als ich sie am dringendsten brauchte. Nancy Cunningham las das Originalmanuskript und fand Lester Maddox viel zu vulgär. Immer empfänglich für Kritik, machte ich ihn bei der Überarbeitung von *Goldene Zeiten* noch ein bißchen ordinärer. Und Dank sei Baby Jesus und Frip, die das Manuskript mit den Zähnen perforierten und kräftige Pfotenabdrücke darauf hinterließen, damit ich nicht in den Ruf übertriebener Reinlichkeit gerate.

An die feministischen Leserinnen

In der Kunst wie in der Politik haben wir es mit Menschen zu tun, die sind, wie sie sind, und nicht, wie wir sie uns wünschen. Nur durch die Arbeit an der Realität kannst Du Dich dem Ideal nähern.

An die nicht-feministischen Leserinnen

Was ist los mit Euch?

*B*eachten Sie die sinnliche Kurve der Brust.»

Das Surren des Diaprojektors konnte das Gekicher eines unreifen Knaben nicht übertönen. Carole warf ihm einen mitleidigen Blick zu und fuhr mit ihrer Vorlesung fort: «Ingres fängt unseren Blick durch die Bewegungswahrnehmung und hält ihn mit einem vollendeten Bildaufbau. So, es ist drei Uhr, wir machen nächsten Dienstag weiter. Es werde Licht, bitte.»

Es wurde hell im Raum, und die üppigen Frauen, die sich in einem türkischen Harem liebkosten, verschwanden. Carole sammelte ihre Notizen ein und steuerte auf die Tür zu. Im Nu war sie von drei Studentinnen umringt, die Perlen der Weisheit ergattern wollten.

Sie nickte, sagte: «Schönes Wochenende» und raste zum Fahrstuhl. Heute war kein Tag für Perlen der Weisheit. Der Fahrstuhl, der langsam aus den oberen Regionen der New Yorker Universität nach unten kroch, erinnerte Carole an Opossumweibchen, die schwankend unter dem Gewicht ihrer klammernden Jungen rückwärts einen Baum hinunterklettern. Opossums und die Sommer ihrer Kindheit in Virginia schwanden aus ihren Gedanken; ein gefährlicher Ruck im fünften Stock verscheuchte das letzte Bild von Grandmas abblätterndem Haus. Als sie sicher in der Gegenwart gelandet war, dachte Carole, eines Tages wird dieses verdammte Ding runterkrachen, und ich stürze mit vierzig höheren Töchtern und Söhnen aus Long Island in den Tod.

Die Türen öffneten sich im Erdgeschoß und spuckten den menschlichen Inhalt in die Halle. Carole überquerte den Waverly Place, um einen noch antiquierteren Fahrstuhl zu betreten, dessen Führer in einem ähnlich klapprigen Zustand war. Riley, mit einem Gesicht wie eine Straßenkarte, auf der alle Linien in feinem Lila gezeichnet waren, begrüßte sie mit seinem unfehlbaren

«Einen wunderschönen Tag, Professor Hanratty. Fakultät für Kunstgeschichte, stimmt's?»

«Wie immer.»

«Guck mir im Sommer immer die Spiele an, wissen Sie.» Da er schwerhörig war, antwortete Riley stets auf das, was er verstanden zu haben glaubte. «Sie auch?»

«Football ja, Baseball nein.»

«Baseball ist eine Kunst. Eine wahre Kunst. Heutzutage wollen die Leute bloß immer, daß alles schnell geht. Ich, ich bin so langsam wie dieser Fahrstuhl. Ich liebe Baseball, besonders die Red Sox. Baseball und Kartenspiele. Da wären wir.»

«Danke, Riley.»

Direkt gegenüber dem Fahrstuhl lag ein geräumiges Büro mit Teppichboden und einem großen Walnußschreibtisch, der komischerweise mit der Front zu den Fahrstuhltüren stand. Diese Türen schoben sich auf und zu wie die Diaprojektoren, die das Arsenal der kunsthistorischen Fakultät ergänzten, um desinteressierte, spätpubertäre Gehirne zu attackieren. Wie ein hypnotisierter Student vor dem Diaprojektor blinzelte Fred Fowler, Dekan der Fakultät, jedesmal, wenn die Türen einen neuen Fahrgast freigaben. Es wäre sinnvoll gewesen, die Tür zu schließen oder seinen Schreibtisch andersherum zu drehen, doch Freddie Fowler wollte nichts verpassen, vor allem nichts, was weiblich war. Der leichte Luftzug, der durch den Fahrstuhlschacht heraufdrang, wirbelte die Röcke der Frauen hoch; allerdings war seit dem Siegeszug der Hosen kaum noch eine Wade zu sehen. Trotzdem flackerte in Freddies Augen ein Hoffnungsschimmer, sobald die Türen ratterten. Als er Caroles schlanke, aufrechte, einen Meter achtzig große Gestalt erkannte, zuckte sein Mundwinkel aufwärts. «Carole, hallo. Was macht der Grundkurs an so einem heißen Tag? Die jungen Wilden sind bstimmt ganz zappelig.»

«Bedröhnt kommt der Wahrheit näher. Sie sind entweder von der Hitze oder von ihren persönlichen Krisen so deprimiert, daß sie nur noch sporadisch folgen können. Ein paar zeigen allerdings durchaus Anzeichen einer gewissen Intelligenz. Ehrlich gesagt,

Fred, fast genieße ich die Sommerkurse. Obwohl ich die Idee zuerst furchtbar fand.»

«Freut mich zu hören. Freut mich zu hören. Ich weiß, wie Ihnen zumute ist. Wir stellen uns auf einen Semesterzyklus ein und wollen den Sommer über nichts wie schleunigst verduften.»

«Ich verdufte jetzt, um nach meiner Post zu sehen. Schönes Wochenende, Chef.»

«Danke, gleichfalls.»

Gott, wie gern Fred sich Chef nennen läßt. Aber was kann man schon von einem Mann erwarten, der sich sein Wappenschild ins Büro hängt? Ich schwöre, der hat seine Doktorarbeit über die gesellschaftliche Bedeutung von Malbüchern geschrieben. Und ob er jemals die Augen über Brusthöhe hebt? Er sagt hallo zu meiner linken Brustwarze. Der Kerl gibt nie auf. Carole holte die Telefonnotizen aus ihrem Postfach, fächerte sie mit der Rückseite nach oben wie Bridgekarten und zog eine.

*H**i, Adele, bin gerade** von der Vorlesung zurück und hab deine Nachricht gekriegt.»

«Hallo, Schätzchen, was machst du heute abend?»

«Ach, ich dachte, ich flieg vielleicht nach Rio. Andererseits könnte ich heute auch mal früh ins Bett gehen.»

«Haha. LaVerne und ich haben von einem neuen Restaurant im Village gehört, einer Art feministischem Freßschuppen. Wir wollen es mal ausprobieren. Willst du mitkommen?»

«Klar. Wie heißt das Lokal?»

«Mutter Courage.»

«Du liebe Zeit, muß ich 'nen ‹Macker zu Hackfleisch›-Button tragen, damit sie mich reinlassen?»

«Glaub ich nicht. Bring Geld mit, das genügt. Schwestern sind zwar gemeinsam stark, aber immer noch arm.»

«Okay. Um wieviel Uhr soll ich bei dir sein?»

«Halb acht? Wir werden eine Weile brauchen, bis wir da sind.»

«Halb acht, in Ordnung. Bis dann.»

Adele legte den Hörer des schwarzen 40er-Jahre-Apparates auf und starrte hinaus in den Garten.

Ich hätte nie gedacht, daß ich mal dreißig würde, und jetzt bin ich dreiunddreißig Jahre alt. Carole ist vierundvierzig. Ich kenne die Frau schon über zwanzig Jahre. Fast ein Vierteljahrhundert. Komisch, nach all den Jahren versuchen unsere Freundinnen immer noch, aus Carole schlau zu werden. Für mich ist sie leicht zu durchschauen. Muß an ihrer Schönheit liegen. Die Amerikaner machen schöne Frauen immer zu Idolen. Egal, was eine Schönheit tut, sie wird mißverstanden. Vielleicht werden wir alle mißverstanden, bloß kriegen die Schönen mehr Aufmerksamkeit. Ach was, blöde Platitüde! Die jungen Philosophen aller Generationen verkaufen die essentielle Einsamkeit des Lebens seit der Zeit vor Christus. Niemand hat sie verstanden, und wir sind alle allein auf der kalten, grausamen Welt. Ich glaube nicht, daß die Menschen einsam sind, weil sie mißverstanden werden. Sie sind einsam, weil sie glauben, daß sie mißverstanden werden. Himmel noch mal, sie wollen mißverstanden werden. Auf diese Weise können sie sich vor Verantwortung drücken und sich außerdem noch für begabt oder intelligent halten. Öffentlich leiden ist äußerst erstrebenswert. Paßt prima zu mißverstanden werden. Ha. Na schön, ich verstehe Carole, und sie versteht mich. Vielleicht kenne ich Carole besser, als ich LaVerne kenne. Und ich kenne mich sogar selbst. Ich werde diese lahmen Philosophien widerlegen.

Ein durchdringendes Keckern von Lester, einem strahlendweißen Kakadu, erschütterte Adeles Triumph.

«Halt den Schnabel, Lester, du hast keine Ahnung. Du hast nicht mal Schamlippen.»

Lester entfaltete seinen Federschopf, stieß ein neuerliches Keckern der Lautstärke eines startenden Jumbo-Jets aus und erleichterte sich zugleich.

«Du bist ein Drecksstück. Weißt du das?»

Falls Lester es wußte, ließ er es sich nicht anmerken. Unterdessen hatten die zwei Aras laut zu plappern begonnen, und der Tukan, der Hirtenstar und der grüne Papagei beteiligten sich mit regem Interesse an der Unterhaltung.

Adele, der man alles außer Konventionalität vorwerfen konnte, hatte eine riesige Voliere gebaut, die eine ganze Wand ihrer Gartenwohnung an der East 71st Street einnahm. Sie erzählte allen Leuten, das sei ihr Klein-Afrika, obgleich der Stil eher an den Amazonas-Regenwald erinnerte. Carole taufte die Konstruktion «Dschungelhäschenwand». Adele gab viel zuviel Geld dafür aus, und LaVerne, die mit jedem Penny geizte, nannte sie haltlos und verschwenderisch. Der Felsenspringbrunnen, das üppige Laubwerk und die bunte, geschwätzige Vogelschar waren mehr, als LaVerne ertragen konnte. Adele dagegen schwelgte in ihrer Schöpfung. Eine Frau braucht etwas Eigenes, Geliebte hin oder her. Carole hatte das gespürt und ihr Lester Maddox geschenkt, einen makellos weißen Kakadu. Adele ihrerseits brachte Lester bei, jedesmal, wenn eine nichtschwarze Person die Wohnung betrat, «Bwana, weißer Teufel!» zu krähen. Als Carole zum erstenmal von Lester mit dieser vernichtenden Sentenz begrüßt wurde, hätte sie fast einen Herzanfall bekommen. Lester verschaffte Adele mehr Befriedigung als ihr Doktortitel in präkolumbianischer Kunst.

«**A**dele, wo liegt denn nur diese Kneipe? Mitten im Fluß?» zischte LaVerne.

«Ich hab vergessen, daß der Fluß nicht an der Seventh Avenue entlangfließt», entschuldigte sich Adele. «Ehrlich gesagt, ich hab mich ein bißchen verfahren. Ich komme nie weiter runter als bis zur 57th Street. Apropos runterkommen, Carole, ist Fred Fowler immer noch scharf auf deinen Hintern?»

«Er ist unverbesserlich, aber er kann nichts weiter tun als geil glotzen.»

«Schatz, nach all den Jahren könnte der arme Kerl zum Äußersten greifen und versuchen, dich zu vergewaltigen», bemerkte Adele hoffnungsvoll.

«Wir werden ihn wegen Körperverletzung mit einem stumpfen Gegenstand verklagen müssen.» Carole grinste.

Kichernd kamen sie vor dem kleinen Restaurant an; das bemalte Holzschild knarrte im Wind.

«Sieht voll aus. Stellt euch vor, die vielen Leute sind alle bis hierher in den wilden, wilden Westen gepilgert. Muß ein guter Laden sein», bemerkte LaVerne.

Sie stießen die Tür auf. Die Leute sahen zu ihnen hin und vertieften sich dann wieder in ihre Gespräche und ihr Essen.

Eine große Frau mit lebhafter Mimik und freundlichem Lächeln wies ihnen den einzigen freien Tisch zu.

LaVerne fragte sie: «Wie seid ihr auf die Idee für diesen Laden gekommen?»

«Seid ihr alle von außerhalb? Diese Frage stellen fast nur Schwestern aus anderen Städten.»

«Nein, wir sind direkt von hier, den hängenden Gärten von Neon.» Adele lächelte.

«Oh. Ich habe Mutter Courage mitgegründet. Eines Tages kam mir über der Bratpfanne der Gedanke, daß es keine Restaurants für Frauen gibt, kein Lokal, wo sie sich treffen und entspannen können, ohne von Männern belästigt zu werden. Meine Freundin verstand viel vom Geschäft, ich hatte viel Ahnung vom Kochen, und hier sind wir nun.»

Die Frau hatte eine so einnehmende Art, daß alle drei sie fasziniert ansahen und ihr versicherten, wie großartig alles sei.

«Entschuldigung, ich hab mich gar nicht vorgestellt. Ich bin Dolores Alexander.»

Adele übernahm die Vorstellung der drei.

«Der Eintopf ist sehr gut, und falls eine von euch Vegetarierin ist, der Senfbrokkoli schmeckt köstlich. Ich hoffe, ihr werdet den Abend bei uns genießen.»

Eine Kellnerin kam vorbei, und Carole hielt sie an. «Entschuldigung, haben Sie Coca Cola?»

«Nein, nur Pepsi.»

«Nein danke. Wir sind gleich soweit mit unserer Bestellung, wenn Sie dann noch mal vorbeikommen.»

«Glaubst du, du hältst es ohne Transfusion aus?» zog Adele sie auf.

Carole schlug sich theatralisch mit der Hand an die Stirn. «Pepsi ist widerlich, 7-Up wüst und Root Beer schlicht skandalös. Würde ich mich nicht großartig machen auf den Brettern, die die Welt bedeuten?»

«Oder darunter», gurrte LaVerne.

«Mhm. Ich weiß einen Getränkeladen auf der Hudson Street. Ich lauf hin und hol zwei Flaschen Südstaaten-Schampus. Adele, bestell mir einen Spinatsalat und den Eintopf.»

Sie stand auf, ohne sich umzusehen. Im selben Moment kam eine Kellnerin mit einem Tablett voll Salaten um die Ecke geschossen. Carole blickte noch rechtzeitig auf, um die drohende Katastrophe zu erkennen, aber nicht rechtzeitig genug, um auszuweichen. Das vollbeladene Tablett rammte sich ihr in den Bauch, rutschte und fiel klappernd auf die Erde. Drei Salatschüsseln schlitterten zur Tür, und Caroles Weg war mit Salatblättern statt mit Palmzweigen bestreut. Das Dressing roch köstlich. Die Kellnerin starb fast vor Verlegenheit.

«Oh, es tut mir leid. Es war meine Schuld. Ich hab nicht aufgepaßt, wo ich hingehe. Hab ich Sie total besudelt?» Alles in einem entgeisterten Atemzug.

«Wir müssen uns in Zukunft etwas weniger stürmisch in die Arme fallen.» Carole lachte, um die Kellnerin aus ihrer Verlegenheit zu erlösen.

Die junge Frau blinzelte, dann lachte sie auch. «Haben Sie nichts abgekriegt?»

«Nein. Und Sie?»

«Ich auch nicht. Ich glaube, das meiste ist auf dem Fußboden gelandet. Entschuldigen Sie mich, ich muß das aufwischen, bevor jemand ausrutscht.»

Von ihrer Schürze abgesehen, sah die Kellnerin aus wie der Zeitschrift *Mademoiselle* entstiegen. Sie war höchstens dreiundzwanzig, eine typische Amerikanerin mit blonden glatten Haaren bis über die Schultern. Sie verkörperte den Weiblichkeitstraum des weißen Amerika, ein Traum, den nicht mal Carole Hanratty ganz aus ihren Lenden löschen konnte.

Gegen Ende der vierziger Jahre war Carole selbst ein Bild dieses Traums gewesen, strahlend jung mit schimmerndem Teint. Sie hatte sich zu einer würdevollen Frau mit einer guten Haltung und einem edlen, beinahe heroischen Kopf entwickelt. Ohne sich dessen bewußt zu sein, stellte sie den unbedarften Glanz der Jugend jetzt sogar noch in den Schatten.

Die junge Kellnerin, eingeschüchtert durch die große, selbstbewußte Frau, machte sich mit der Kehrschaufel zu schaffen. Auf allen vieren starb sie tausend Tode, während diese umwerfende, gelassene Person sie zum zweitenmal fragte, ob sie Hilfe brauche. Nein, ich brauche einen schnellen, schmerzlosen Tod, dachte sie.

Als Carole schließlich auf der Suche nach ihrer Coca Cola aus der Tür schwebte, stieß die Kellnerin einen Seufzer der Erleichterung aus.

Adele, der nie etwas entging, kicherte.

Als Carole mit ihren zwei Colas in einer kleinen Papiertüte zurückkam, stand der Spinatsalat auf dem Tisch.

«Dell, hast du den vielleicht vom Boden aufgeklaubt, um mich zu triezen?»

«Du sollst mir aus der Hand fressen, nicht vom Fußboden.»

LaVerne schnippte mit den Fingern und verdrehte hingebungsvoll die Augen. Sie liebte es, Adele und Carole zusammen zu beobachten. Weit entfernt von jedem Gefühl der Eifersucht, wußte LaVerne die Beziehung zwischen Adele und Carole sogar zu schätzen. Sie war klug genug, um einzusehen, daß ein einziger Mensch die Bedürfnisse eines anderen nicht befriedigt. Carole hatte etwas, das sie selbst Adele nicht geben konnte – Schlagfertigkeit, einen anspruchsvollen Literaturgeschmack und ein übersprudelndes Temperament. Und LaVerne wußte, sie gab der übermütigen, unbändigen Adele etwas, das Carole ihr nicht geben konnte, nämlich eine sanft bremsende Hand, damit ihre ganze Energie nicht in tausend Richtungen zugleich davonstob.

Wißt ihr», sagte Verne, «die Lampen über den Tischen sehen aus wie die Straßenlaternen bei uns in Trenton, als ich klein war.»

«Wenn ich zurückdenke, sehen sie aus wie die Straßenlaternen, die wir in Richmond hatten», erwiderte Carole.

«Und wie die in St. Louis», ergänzte Adele. «Wow, vielleicht sind es echte Straßenlaternen.»

Die Kollisionsbedienung kam bei ihnen vorbei, und Adele rief ihr zu: «Ilse, sind das richtige alte Straßenlaternen?»

«Ja, Jill Ward hat ein verstecktes Lager.»

«Ilse James, gestatte, daß ich dich noch mal Carole Hanratty vorstelle.»

Carole reichte Ilse die Hand. «Mir persönlich hat unsere erste Vorstellung gefallen. Unvergeßlich.»

«Also echt.» Ilse benutzte diesen Ausdruck, ohne sich bewußt zu sein, daß er zu einer bestimmten Generation gehörte: ihrer. Sie eilte zurück an die Arbeit. Carole zog die Augenbraue hoch. «Hör mal, Sherlock, wie hast du ihren Namen rausgekriegt?»

«Ich hab sie gefragt. Wir drei haben uns gut unterhalten, während sie den Boden aufwischte. Das ist der Preis für deine Coca-Cola-Sucht, meine Liebe: Du verpaßt die intimen kleinen Gespräche.»

«Sie ist schön!» rief LaVerne.

«Die Schönheit liegt im Auge der Betrachterin», konterte Carole.

«Dann hast du aber große Augen», witzelte Adele.

«Kümmert ihr zwei Turteltauben euch lieber um euch selber. Als ich fünfundzwanzig war, bin ich zu dem deprimierenden Schluß gekommen, daß ich nie aus Liebe sterben werde. Allerdings hab ich mich einmal von einem Bordstein gestürzt, als mir klar wurde, daß Katharine Hepburn mich nicht heiraten würde.»

«Ach, hör auf.» LaVerne hob die Stimme bei «auf».

«Verne hat recht. Hör auf, dich zu bremsen. Die Liebe ist die Lottofee des Lebens.»

«Keine Predigten, bitte», wehrte Carole ab.

«Gib's zu, du bist ein bißchen verknallt», beharrte Adele.

«Ihr benehmt euch wie zwei schrullige Jungfern. Ich dachte, mit Kuppelei schlagen alte Tanten ihre letzten Lebensjahre tot. Demnächst verlangt ihr noch Finderlohn von mir.»

Adele und LaVerne lachten. Carole gab sich moralisch entrüstet, doch ihre Mundwinkel zuckten verdächtig.

«Übrigens, seit wann ist Schönheit die Voraussetzung für Liebe?»

«Hast du das etwa aus meinem Munde gehört? Ich sagte lediglich – he, Verne, was hab ich gesagt?»

«Liebe ist der Totoschein des Lebens? Schatz, frag mich nicht so was. Ich hab nun mal kein Computergedächtnis.»

«Und ich dachte all die Jahre, du hängst an meinen Lippen und behältst jedes Wort von mir. Solche Enttäuschungen können einen Menschen völlig aus der Bahn werfen.» Adele spießte ein Brokkolistückchen auf und schob es sich bekümmert in den Mund. Die Anwandlung dauerte ganze zwei Sekunden. «Ich weiß, was ich gesagt habe. Ich sagte lediglich, daß die Menschen einander körperlich wahrnehmen.»

«Stimmt.» Die beiden anderen nickten.

«Wer weiß, wann und wen wir lieben? Aber wir versuchen es zuerst mit Hilfe der körperlichen Anziehungskraft herauszufinden.»

«Ich kann mich nicht an diesen philosophischen Bezug erinnern.» Carole stützte den Kopf auf die Hand.

«Ich mich auch nicht, aber es ist mir plötzlich eingefallen.»

«Ja, und zugleich dreiunddreißig andere Dinge.» LaVerne drückte Adeles Knie.

«Ich habe tatsächlich an den kalten Abenden, wenn ich mich mit den Katzen ins Bett kuschelte, ein bißchen über diese Sache nachgedacht. Ich vermute, in uns allen lauert ein schäbiger puritanischer Zug. Wenn es etwas gab, das die Puritaner nicht ausstehen konnten, dann war es die Verherrlichung des Körpers und der Schönheit. Deswegen haben wir, wenn wir uns zuerst aufgrund von Äußerlichkeiten zu jemandem hingezogen fühlen, ein schlechtes Gewissen, oder wir versuchen es mit der alten Nummer von innerer und äußerer Schönheit zu kaschieren.»

Adele lachte. «War das nicht Mencken, der gesagt hat, ‹Puritanismus ist der quälende Verdacht, daß irgendwer sich irgendwo amüsiert›?»

LaVerne nickte. «Ein gutes Zitat. Das muß ich BonBon und Creampuff weitersagen. Hat jemand von euch sie in letzter Zeit gesprochen?»

«Nein, wieso?» Carole war verwirrt.

«Ich habe neulich mit Bon telefoniert. Aus irgendeinem Grund dachte sie an ihre Jugendzeit als Stripperin zurück und sagte, das erste, was ihr an Creampuff auffiel, war ihr schöner Hals. Der ist ziemlich sexy. Sie fügte noch hinzu, daß Creampuff ein süßes Lächeln hatte und sie sich deshalb dachte, sie sei eine liebenswerte Frau.»

«Ich hab mit der ganzen Geschichte angefangen, nicht?» Adele hielt inne. «Verflixt, ich wünschte, die Leute würden endlich aufhören, wegen allem und jedem ein schlechtes Gewissen zu haben. Ich hab alle so satt, die wegen ihres vorhandenen oder nichtvorhandenen Sexuallebens Schuldgefühle haben. Ich hab beinahe schon Schuldgefühle, weil ich keine Schuldgefühle habe!»

«Schuldgefühl ist eine jüdische Erfindung, die seit zweitausend Jahren von den Christen überboten wird», bemerkte Carole.

Nervös betrachtete Ilse die drei Frauen, die beim Nachtisch miteinander plauderten. Ihr fiel ein, wie oft sie ihre Freundinnen aufgefordert hatte, nicht immer so schüchtern zu sein, und nun dies. Sie wollte sich mit Carole verabreden, und wenn sie es nicht bald tat, würde sie sie vielleicht nie wiedersehen.

Ich kann nicht hingehen und sie vor ihren Freundinnen fragen, dachte Ilse. Was, wenn sie nein sagt? Außerdem kann ich sie nicht einfach so überfallen. Ich wünschte, sie würde endlich mal zur Toilette gehen, dann könnte ich sie auf dem Rückweg fragen. Ihre Blase ist vermutlich aus Gußeisen. Es muß doch eine Möglichkeit geben, ohne daß ich mich schrecklich blamiere.

LaVerne stand auf, um aufs Klo zu gehen. Eine Beobachterin ist besser als zwei, dachte Ilse, nahm all ihren Mut zusammen, schob die Hände in die Schürzentaschen, damit sie sie nicht ringen konnte, und ging hinüber.

«Entschuldigung.» Herrgott, alles, was ich zu dieser Frau sage, ist *Entschuldigung*.

Beide sahen auf, und Adele wußte, was kommen würde, auch wenn Carole es nicht wußte. «Ich hoffe, dies ist kein Abschied für immer, nachdem wir uns eben erst kennengelernt haben.»

Ilse unterdrückte den Impuls, Adele zu umarmen. «Genau deswegen bin ich gekommen. Ich hoffe, wir sehen uns wieder. Ich – hm – Carole, wenn du vielleicht noch was mit mir trinken gehen magst, ich kann bald Schluß machen, weil der große Ansturm vorbei ist. Ich… ich meine, wenn du's nicht eilig hast.» Konnte man sich noch vollkommener blamieren? Vielleicht würde die Küche explodieren und ein fliegender Topf diesem Elend ein Ende machen.

«Mit Vergnügen. Kannst du gleich fragen, ob es geht?»

«Na sicher!» Von ihrem Erfolg verblüfft, machte Ilse sich auf die Suche nach Dolores.

«Bist du zufrieden, du Grinskatze?» Carole beugte sich vor und zwickte Adele in den Zeigefinger.

Adele lächelte. «Und du? Bist du zufrieden?»

«Du läßt nicht locker, wie? Ja, ich bin zufrieden. Es wird Zeit für mich, daß was passiert. Außerdem, wie könnte ich mich sträuben, nach einer so schicksalhaften Begegnung?»

LaVerne ließ sich wieder auf ihren Stuhl fallen. «Eine Politmanze hat an die Wand geschrieben: ‹Erst kommt das Fressen, dann kommt die Moral.› Wie passend für ein Freßlokal.»

«Willst du noch was Passendes hören? Ilse hat sich mit Carole verabredet.»

«Nein! Das Kind hat Mut.»

«Wir müssen beide morgen früh aufstehen, wie wär's, wenn wir nach Hause gehen und dich alleinlassen? Du hast doch nichts dagegen?» fragte Adele.

Carole schüttelte den Kopf. «Nein. Ich erzähl dir morgen, wie's gelaufen ist.»

Sie saßen an einem Tischchen in einer Ecke. Ilse sah Carole an und wieder weg. «Darf ich dir eine Frage stellen?»

Die Frage nach meinem Alter, dachte Carole.

«Bist du in der Frauenbewegung?»

«Was?» Carole war erstaunt.

«Ich meine, bist du in einer Gruppe, oder liest du darüber oder so?»

«Das ist heute das zweite Mal, daß das Thema zur Sprache kommt. Seh ich wie eine Amazone aus?»

«Nein, du siehst intelligent aus.» Die Antwort kam wie aus der Pistole geschossen.

«Danke. Nein, ich bin in keiner Organisation. Ich bin kein sehr politischer Mensch. Obwohl ich froh bin, daß einige Frauen sich für Dinge einsetzen, die uns allen Vorteile bringen, wie zum Beispiel gleicher Lohn für gleiche Arbeit. Ansonsten finde ich nicht, daß irgendwer meine Interessen vertritt. Ich bin sicher, es gibt da vieles, was ich nicht weiß. Meine Kenntnisse sind nur oberflächlich, aber wie gesagt, ich bin kein sehr politischer Mensch. Du schon, nehme ich an?»

«Ich bin in der Bewegung, ja.» Ilse lächelte. «Ich kann dir ein paar Aufsätze geben, wenn du sie lesen magst.»

Carole kam sich plötzlich wie eine Studentin vor, aber sie erlaubte ihrem Ego nicht, sich ihr in den Weg zu stellen. «Ich werd sie lesen.»

«Ich bin eine revolutionäre Feministin. Du sollst nicht denken, ich sei eine von denen, die bloß ihr Stück vom kapitalistischen Kuchen abhaben wollen. Wir können eine neue Gesellschaft aufbauen, eine kooperative statt einer Wettbewerbsgesellschaft. Dieser Standpunkt wird in den Frauenmedien nie vertreten, weißt du.»

«Ich fürchte immer, es wird genug Revolutionärinnen geben, um Reformen zu verhindern, aber nicht genug von euch, um eine Revolution zu machen.»

«Hast du nicht gesagt, du seist nicht politisch?»

«Bin ich auch nicht, aber ich habe Augen im Kopf. Außerdem wird in Amerika das Wort ‹revolutionär› benutzt, um Strumpfhosen zu verkaufen.»

Ilse mußte unwillkürlich lachen. War Carole witzig, oder machte sie sich über sie lustig? Ilse hatte die letzten beiden Jahre «im Kampf» verbracht; sie hatte eine Menge gelernt, aber noch mehr verloren: ihren Sinn für Humor. Caroles offensichtliche Unbekümmertheit erweckte diesen Sinn für Humor wieder zum Leben, und das war berauschend, ja gefährlich. Sie sah die ältere Frau an und versuchte, mit ihrer körperlichen Präsenz fertigzuwerden.

Das erste, was allen an Carole auffiel, war ihre Größe. Sie war rund einsachtzig groß. Sobald sich die Leute davon erholt hatten, bemerkten sie ihren Kopf. Die dichten, braunen, mittellangen Haare waren zurückgekämmt und legten über den Schläfen dicke Silbersträhnen frei. Das Silber wurde durch kleine goldene Ohrringe ausgeglichen. Die Nase war lang, gerade, mit zierlichen Nasenlöchern, die Stirn hoch. Sehr englisch, dachte Ilse, oder vielleicht ein starker irischer Einschlag. Die Backenknochen waren scharf und vorstehend, das Kinn fest, die Lippen sinnlich, voll. Tiefe Falten umgaben den Mund, und die Augen hatten ausgeprägte Lachfalten. Carole strahlte ein Selbstvertrauen aus, das sie zusammen mit ihrer Körperlichkeit unwiderstehlich machte.

«Möchtest du tanzen gehen?» Ilse beschloß, die politische Diskussion zu verschieben.

«Wenn wir uns einigen, wer führt, bevor wir da sind.»

«Du. Du bist größer.»

An Wochentagen drängten sich nicht so viele Gäste in der Frauenbar, und auf der Tanzfläche war Platz. Carole hatte lange nicht mehr getanzt, und die Körperberührung traf sie wie ein Schlag. Sie hatte vieles lange nicht mehr getan. Ilse hatte einen Arm um ihren Hals gelegt, und der andere um ihre Taille hielt sie eng aneinander. Caroles Schläfen pochten; sie konnte nicht auf die jüngere Frau hinuntersehen, sonst hätte sie sie geküßt. Die Ironie der Situation entging ihr nicht. Sie hatte in ihrem Leben keine Frau in einer Bar geküßt, und schon gar nicht gleich bei der ersten Begegnung.

Ilse sah nicht hoch und versuchte keine Unterhaltung, bis der Song verklang. Dann hob sie ihr Gesicht; das milde Licht ließ die haselnußbraunen Augen so hell und klar aussehen, daß sie fast durchsichtig wirkten. Ohne ihrem inneren Monolog ein weiteres Wort hinzuzufügen, beugte Carole sich hinunter und küßte sie. Es war so ziemlich das erste Mal seit ihrem zwölften Lebensjahr, daß sie sich wie ein richtiges Tier benahm. Die Freiheit war berauschend.

«Mein Gott, was würde meine Großtante Rosalind denken, wenn sie mich hier sähe?» fragte sie.

«Sie würde denken, daß du verdammt gut küßt.» Ilse warf die störenden Haare zurück, legte beide Hände auf Caroles Gesicht und erwiderte den Kuß. Im Hintergrund dröhnte Barry White, und sie tanzten weiter.

«Willst du mit mir schlafen?»

Carole war schockiert. Niemand, weder Frau noch Mann, sagte so etwas nach so kurzer Zeit. Es dauerte Monate, bis man zu dieser Frage kam, und kein Mensch wagte sie direkt zu stellen. Gewöhnlich versuchten die Leute, sich über irgendwelche gemeinsamen Interessen bei einem einzuschmeicheln.

Keine Scharaden auf dem Weg ins Schlafzimmer, das ist wirklich eine neue Generation, dachte sie.

Als Ilse sie zögern sah, fügte sie schnell hinzu: «Ich wollte dich nicht vor den Kopf stoßen. Ich dachte nur, es wäre wunderbar. Du sollst dich nicht bedrängt fühlen.»

«Ich gebe zu, ich bin so direkte Anträge in diesem Tempo nicht gewöhnt, aber fragen kannst du mich jederzeit. Bloß, heute nacht ist es ungünstig, weil ich morgen früh aufstehen muß.»

«Morgen abend?»

Carole beschloß, nicht zu überlegen. «Gut.»

«Du kannst mich von der Arbeit abholen, oder wir treffen uns irgendwo. Nein, warte, das hätte ich fast vergessen, morgen abend kommt eine Sängerin ins Restaurant, und ich muß dableiben, bis sie fertig ist. Du kannst sie dir anhören.»

«Wenn's nicht so ein elektronisches Gekreische ist?»

«Nein. Die Frau spielt auf einer ganz einfachen Gitarre.»

«Um wieviel Uhr tritt sie auf?»

«Gegen zehn.»

«Wir sehen uns morgen abend um zehn.» Sie stand auf, um zu gehen.

«Schön, ich bin da, es sei denn, morgen beginnt die Revolution.»

«Ilse, ich glaube, die Revolution hat schon begonnen.» Carole lächelte und küßte sie zum Abschied.

Adele rief Carole am nächsten Tag nach ihrer ersten Vorlesung an. «Nun?»

«Was, nun, du gnadenloses Klatschmaul?»

«Ich platze vor Neugier. Was ist gestern abend passiert?»

«Wir haben ein bißchen geredet und getanzt.»

«Und?»

«Und ich bin allein nach Hause gegangen, weil ich heute morgen Vorlesung hatte. Wirklich, Adele, ich dachte, wir hätten solche Gespräche ad acta gelegt, als wir Anfang Zwanzig waren.»

«Quatsch. BonBon, Creampuff und ich führen ständig solche Gespräche. Jedenfalls, Verne und ich haben gewettet, und ich hab verloren, verdammt noch mal.»

«Du bist schrecklich.»

«Nein, bin ich nicht. Was ist so schlimm daran, ein bißchen Geld in erotischen Optimismus zu investieren? Übrigens, die Leute flirten heutzutage nicht mehr lange, deshalb dachte ich, die junge Dame würde dich direkt ins Bett zerren, Schätzchen.»

«Gefragt hat sie.»

«Vielleicht kann ich die halbe Wette gewinnen.»

«Das wäre ganz was Neues. Mit LaVerne? Niemals.»

«Wenn das nicht die reine Wahrheit ist! Die Frau dreht jeden Penny zweimal um und steckt ihn dann wieder ein.»

«Ich wette, daß die Menschen mehr Gefühl in Geld investieren als in Sex.»

«Amen. Sie erzählen dir mehr von sich, wenn sie einen Dollar ausgeben, als wenn sie sich dir rückhaltlos hingeben.»

«Übrigens, du könntest etwas von deinem Verlust wieder einbringen, wenn du auf heute abend wettest.»

«Carole, ich staune über dich.»

«Kein Wunder. Ich staune über mich selbst.»

«Aber du heulst mit den Wölfen.»

«So ähnlich. Da ich so was noch nie gemacht hab und schon gar nicht nach so kurzer Zeit, dachte ich mir, ich sollte es mal versuchen. Sagst du nicht immer, der Fortschritt liegt in der Richtung, die du noch nicht eingeschlagen hast?»

«Ja, aber ich habe nie gesagt, daß die Richtung horizontal ist.»

«Du gehässiges Stück, wir reden später weiter. Gib Verne einen Kuß und sag BonBon Yvonne und Creampuff Louise kein Wort davon, was ich vorhabe. Die beiden tratschen es in der ganzen Stadt herum.»

«Ich hab gestern zu Bon gesagt, bei all den Informationen, die sie hat, könnte sie über Nacht reich werden.»

«Erpressung?»

«Himmel, nein, sie kann einen Sonderdienst für einsame Frauen gründen: ‹Lesbentelefon›.»

«Heilige, Mutter Gottes», rief Carole gequält.

«Die kann ihn auch benutzen. Bon und Creampuff haben keine Vorurteile.»

«Adele, du bist unverbesserlich. Ich leg jetzt auf, sonst krieg ich den ganzen Tag nichts getan. Mach's gut!»

*C*arole kreuzte gegen zwanzig nach zehn auf, aber Ilse war um Viertel nach zehn überzeugt, daß sie sie nie wiedersehen würde. Als Carole dann hereinkam, war das Lokal so rappelvoll, daß Ilse sich nicht zu ihr durchkämpfen konnte, deshalb winkte sie nur und bemühte sich, nicht zu aufgeregt zu wirken.

Während Carole der Sängerin – Maxine Feldman – zuhörte, sah sie sich im Lokal um. Das Publikum war mit wenigen Ausnahmen unter dreißig und ungemein vital. Alle trugen Arbeitshemden mit Stickereien, um das monotone Blau aufzulockern. Kleine emaillierte lila Sterne prangten auf Mützen und Hemden. Carole bemerkte, daß Ilse einen auf dem linken Ärmel trug. Maxine hatte einen auf dem Latz ihrer Arbeitshose. Sie waren hübsch, aber Carole hatte keine Ahnung, was sie bedeuteten.

Es störte Carole, daß so viele der anwesenden Frauen sich offenbar alle Mühe gaben, unattraktiv auszusehen. Einige wirkten sogar schmutzig. So arm Carole und ihre Familie während der Wirtschaftskrise gewesen waren, sie hatten immer auf Sauberkeit geachtet. Wenn ihre Mutter aus dem Grab auferstehen und diese Frauen sehen könnte, sie würde gleich noch einmal tot umfallen. Aber vielleicht bemühten sich die Frauen gar nicht unbedingt darum, häßlich auszusehen. Vielleicht war ihnen ihr Äußeres einfach egal. Carole musterte sie noch einmal.

Einige sehen aus, als könnte man auf ihren Fingernägeln Kartoffeln pflanzen, stellte sie fest, aber im großen und ganzen machen sie keinen schlechten Eindruck. Vielleicht ist es eine Modeerscheinung, wie weiße Söckchen und Männerhemden in den Vierzigern. Und zweifarbige Schnürschuhe. Ich hatte ein Paar schwarz abgesetzte, und dann wurden braune modern. Gütiger Himmel! Trotzdem, diese Frauen sehen uniformiert aus. Ich nehme an, wir sahen auch so aus, aber du kannst dich in dem Alter selbst nicht sehen. Ob dieser lila Stern und die Flickenhose so was Ähnliches sind wie das Armutsgelübde bei den Franziskanern?

Als die Sängerin ein temperamentvolles Lied über Marilyn Monroe beendet hatte, klatschten die Frauen im Lokal Beifall und verlangten nach einer Zugabe. Carole hatte sich nicht sehr für die lebendige Marilyn interessiert, und die tote interessierte sie erst recht nicht. Trotzdem lief ihr ein Schauer über den Rücken. Der Text sprach sie an. Die Röte stieg ihr ins Gesicht, als ihr klar wurde, daß sie eine Verbindung zu anderen Frauen als Gruppe gefunden hatte. Bis heute hatte sie geglaubt, es gebe nur Männer, Frauen und sie selbst.

Nein, dachte sie, so klipp und klar ist es nun doch nicht. Ich nehme an, ich habe immer gedacht, es gibt eine intellektuelle Elite, zu der Menschen wie Adele und ich gehören. Der Verstand überbrückt die Genitalien.

Ilse bahnte sich einen Weg durch die Menge, als Maxine eine wohlverdiente Pause machte.

«Hast du hier noch zu tun?» fragte Carole.

«Nein, laß uns gehen. Ich wohne auf der 12 th Street. Wir können zu Fuß gehen, es ist nicht weit. Dort redet es sich leichter als hier oder an der Bar.»

Unterhalb des West Side Highway spiegelte sich das Mondlicht in den alten Gebäuden einer Eisenbahngesellschaft am anderen Ufer. Der Geruch des Flusses durchdrang die Julinacht.

«Hier unten ist eine andere Welt. Wie verhext.»

«Warte, bis du erst das Haus siehst, wo ich wohne. Ich glaube, es stammt aus dem frühen neunzehnten Jahrhundert. Ein Kapitän hat es für seine Geliebten gebaut, und ich wohne in dem winzigen Häuschen im Hof, wo er seine Dame Nummer eins hielt.»

Die Tür zu dem stuckverzierten, abblätternden, nur zwei Stockwerke hohen Wohnhaus war leuchtend blau. Sie führte in einen langen Flur, und am Ende war wieder eine blaue Tür, möglicherweise ebenfalls leuchtend, aber wer konnte das im Dämmerlicht erkennen? Ilse griff in ihre Jeanstasche, zog ein Schlüsselbund an einer langen Kette heraus, die in ihre Gürtelschlaufe eingehakt war, und schloß auf.

«Ist es nicht sagenhaft?»

«Malerisch. Der Hof sieht aus wie auf einem Bild von Vermeer.»

Eine Fenstertür stand offen, um jede noch so schwache kühle Brise einzulassen, und Beete mit kleinen, zur Nacht geschlossenen Blumen deuteten an, daß die Tage farbenfroh waren. Die Einfassungen bestanden aus flachen Steinen, und eine hohe Mauer verwehrte dem Rest der Stadt New York den Zutritt.

«Jede Fensterreihe ist eine Wohnung», sagte Ilse leise. «Es sind zwei Flügel, und die mittleren Wohnungen in den Flügeln haben kleine Balkone. Du solltest die schmalen Wendeltreppen sehen, die die Leute raufsteigen müssen. Aber die Balkone sind sehr romantisch. Da drüben links wohnt eine Freundin von mir. Sie hängt Fähnchen auf, um mir Zeichen zu geben.»

«Gibst du ihr auch Zeichen?»

«Ja, ich hänge meine zum Seitenfenster raus, schau.» Sie deutete um das Häuschen herum, wo ein rot-gelber Wimpel sporadisch flatterte. «Das ist meine Flagge für ‹guten Tag›. Meine Blumen gedeihen, und da drüben ist ein Vogelhäuschen. Komm, gehen wir rein.»

Sie öffnete die Tür zu einem kleinen Raum. Eine Sperrholzplatte auf zwei Schlackensteinen diente als niedriger Schreibtisch, ein Kissen als Stuhl. Eine Handvoll Bücher umgab den Schreibtisch. Linkerhand war ein etwas größeres Zimmer mit einem an die Wand gerückten Bett, auf dem eine indisch gemusterte Decke lag. Über dem Bett hing ein Poster mit kleinen Frauen aller Hautfarben, die sich in mehreren Kreisen an den Händen hielten. Knapp zwei Meter neben dem Bett befand sich ein Kamin. Die Wände waren umwerfend: kalkweißer Stuck. Auf der anderen Seite des Schreibtisches lag das Bad, und die Küche bestand aus Minikühlschrank und Herd, keine drei Meter vom Kamin entfernt. Eine ramponierte Frisierkommode stand direkt neben der Tür.

«Das ist wie aus einem anderen Jahrhundert. Fehlt bloß noch ein Strohdach», rief Carole aus.

«Ich weiß. Mir gefällt's. Im Winter ist der Kamin meine einzige Heizung, aber die Wohnung ist so klein, daß er mich wärmt. Das einzige Problem ist, das Holz draußen trocken zu halten. Ich muß immer zusehen, daß ich fünfzehn Scheite neben dem Kühlschrank gestapelt habe, sonst frier ich mir die Lippen blau.»

«Ist das da drüben das Bad?»

«Wenn du duschen willst, ruf mich, dann dusch ich mit dir.»

«Ich hab zu Hause geduscht», antwortete Carole und schloß die Tür. Als sie herauskam, sah sie, daß Ilse die einzige Deckenlampe ausgeknipst hatte; in einer flachen Schale leuchtete jetzt eine dicke Kerze. Daneben stand eine Feldflasche mit lavendelfarbenen und blauen Strohblumen.

«Du kannst mit mir duschen oder warten, ich brauch nicht lange. Wenn ich den ganzen Abend rumrenne und bediene, immer rein in die dampfende Küche und wieder raus, bin ich reif für Deoseife.»

«Ich warte.»

Da es außer dem Fußboden keine Sitzgelegenheit gab, schlenderte Carole zum Bett hinüber und lehnte sich aus der Fenstertür. Der Hof, silbrig im Mondlicht, lag still da. Eine dicke Katze, die auf dem linken Balkon thronte, sah zu Carole hinunter. Nicht weit entfernt kam ein tiefes Tuten vom Fluß: ein Schlepper, der seinen Fang vom Meer einbrachte. Das Tröpfeln der Dusche hörte auf, und Ilse kam in einen Frottierbademantel gehüllt aus dem Bad. Als sie Carole Tee anbot, fiel ihr ein, daß sie am vorigen Abend über Politik geredet und vergessen hatte, Carole zu fragen, was sie eigentlich machte, darum fragte sie jetzt.

«Ich bin Professorin für Kunstgeschichte an der New Yorker Universität. Mein Spezialgebiet ist die Kunst des Mittelalters, und wenn ich jetzt nicht sofort aufhöre, hör ich erst auf, wenn ich das gesamte dreizehnte Jahrhundert umrissen habe.»

«In Vassar hatte ich eine phantastische Kunstgeschichtsprofessorin. Ich hatte immer gedacht, das Zeug wäre langweilig und trocken, bis sie mir beibrachte, daß Ideen visuell übermittelt werden können. Das war für mich wie eine Offenbarung. Ich habe immer so am Wort geklebt... Verstehst du, was ich meine?»

«Wann warst du in Vassar?»

«Ich hab 1973 Examen gemacht.»

«Ich hab 1951 Examen gemacht.»

«Du meine Güte!»

«Als ich in Vassar war, gab es jedenfalls noch keine Frauenbewegung, außer der in Richtung Yale.»

«Das kann ich verstehen», sagte Ilse.

«Ich konnte es nicht. All die albernen Schnepfen, die um blasse Viertsemester rumgeflattert sind.»

Ilse runzelte die Stirn. «Ich weiß, was du meinst. Es ist widerlich, wenn Frauen sich in Gegenwart von Männern flatterhaft und blöde benehmen, aber was blieb ihnen denn 1951 übrig? Ich meine, wir müssen uns klarmachen, wo die Leute unterdrückt sind. Etwa unterdrückt im Kopf, weil arme Frauen nicht nach Vassar können. Aber ob reich oder arm, Frauen werden als Halbmenschen erzogen. Es gab keine wirkliche Alternative zum blassen Viertsemester.»

«Du siehst die Alternative vor dir.» Carole lächelte, doch Ilse entging die Strenge in ihrer Stimme nicht.

Was für eine ungewöhnliche Frau, dachte Ilse immer wieder. Sie ist eine Ur-Feministin, eine Rebellin, ohne es zu wissen.

Ilse wurde nicht bewußt, daß sie Carole etwas über das Verhalten der Frauen im Jahre 1951 erzählte, obgleich Carole direkt dazugehört hatte, während Ilse damals noch nicht einmal laufen konnte. Caroles teils offene Bluse ließ volle Brüste erkennen. Von dem Anblick verführt, vergaß Ilse, ihre Standardrede über die Identität der Frauen vom Stapel zu lassen. Sie fuhr mit dem Zeigefinger von Caroles Hals herunter bis zur Bauchmitte, während sie die Bluse mit der linken Hand ganz aufknöpfte. Carole schauderte, beugte sich vor und küßte sie sanft, ohne den geringsten Druck, küßte ihren Hals, ihre Kinnlinie und wieder ihre Lippen, fester diesmal.

Ilse zog die Jalousien herunter und warf ihren Bademantel ab. «Soll ich einen Trommelwirbel hinlegen?»

«Komisch, daß du das sagst. Ich hab nämlich zwei Freundinnen, die früher Stripperinnen waren. Ich hab mich oft gefragt, ob sie diese Musik spielten, wenn sie ins Bett gingen», bemerkte Carole, während sie mit den Armen aus der Seidenbluse glitt.

Ihre Schultern waren breit, ihre Hüften schlank und straff; Ilse zog sie ohne Umschweife ins Bett. Sie legte ihre Arme um ihren Hals und schmiegte ihre erheblich kleinere Gestalt an Caroles kühlen Körper. Carole biß sie in den Hals, während ihre Fingernägel an Ilses Seite entlangfuhren. Beide bekamen eine Gänsehaut, so daß sie mitten im Kuß lachen mußten. Carole schob Ilse die blonden Haare aus dem Gesicht, küßte ihre Stirn, ihre Wangen, ihre Nase und drang mit einem blitzschnellen Zungenstoß zwischen ihre Lippen. Ilse stöhnte und klammerte sich an sie; der Schweiß lief von ihren Körpern aufs Bett. Carole fühlte, wie Ilses Finger ihr Haar zerwühlten, und sie preßte ihre Lippen zwischen die kleinen Brüste der jüngeren Frau. Ilse bäumte sich auf und umschloß Caroles Taille mit den Beinen. Carole konnte die Muskeln auf der Innenseite der Schenkel spüren. So konnte es nicht lange weitergehen; die Spannung, der Schweiß und die suchenden Lippen verlangten einen Entschluß.

«Carole?»

«Hmm?»

«Du machst mich verrückt. Ich kenne deinen Körper noch nicht, ich weiß nicht, was du möchtest.»

«Was möchtest du?»

«Ich möchte machen, daß du kommst», flüsterte Ilse ihr ins Ohr.

«Keine Sorge, dahin kommen wir früh genug», flüsterte Carole. Sie bewegte sich langsam an ihrem Schenkel hinauf, um in sie einzudringen. Ilse spannte sich gegen die langen Finger, streckte die Zehen, ließ die Empfindung durch ihren ganzen Körper ziehen. Als Carole sich von ihr lösen wollte, zog Ilse sie wieder an sich. Es war ein glückseliger Schwebezustand, doch sie kannten sich noch nicht gut genug, um es zu Ende zu führen.

«Von mir aus können wir kommen», hauchte Carole.

«Bestimmt?»

«Bestimmt.»

Ilse wußte nicht, wie ihr geschah. Sie fühlte, wie Carole sie mit beiden Händen berührte, wie sie ihren Hals küßte, ihren Mund mit ihrer Zunge füllte. Sie konnte nur denken, sie ist so langsam und sie ist so sexy, und dann hörte sie auf zu denken, der Rest ihres Körpers brachte ihr redseliges Großhirn zum Schweigen.

Carole stützte sich auf einen Ellenbogen und strich die Haare aus Ilses nasser Stirn. Ilse, zu erschöpft, um sich zu rühren, fing an zu lachen. Carole sah sie fragend an.

«Es ist so schön», rief Ilse. «Ich meine, daß wir es gleich beim erstenmal können!»

«Übung macht den Meister.»

«Carole, ich wußte, daß du das sagen würdest.»

«Deshalb hab ich's gesagt.»

«Was kann ich für dich tun?»

«Wenn du wieder Luft kriegst, leg dich auf mich. Akrobatische Kunststücke können wir in einer späteren Übungsstunde machen.»

«Ich krieg wieder Luft.» Ilse landete mit Kriegsgeheul auf ihr.

«Mein Gott, bin ich mit Sheena der Dschungelkönigin im Bett?» Carole ließ die Hände von Ilses Hals auf ihren kleinen Po gleiten und schmiegte sich an die glatte Haut. Beide spürten, wie ihre Muskeln sich spannten und entspannten. Die Hitze, die Bewegung, die schimmernden Haare verschmolzen zu einer neuerlichen Woge der Lust, und schließlich stöhnte Carole und bäumte sich heftig auf.

Erschöpft lagen sie nebeneinander. «Du bist einfach unglaublich», seufzte Ilse.

«Nein, ich hab bloß mehr Übung als du. Sex wird besser und leichter, wenn du älter wirst.»

«Für Männer aber nicht.»

«Ich spreche für mich.» Carole grinste. «Männer müssen bei diesem Thema für sich selbst sprechen.»

«Erinnere mich morgen früh daran, daß ich dich um einen Gefallen bitte.»

«Bitte mich jetzt, damit ich vorbereitet bin», antwortete Carole, während sie sich unter die Decke kuschelten.

«Es ist nichts Großes. Hilfst du mir den Frisiertisch auf den Bürgersteig zu tragen? Er ist nicht schwer, aber zu sperrig für eine Person. Er war schon hier, als ich einzog, und er geht mir auf die Nerven.»

«Hmm – küß mich erst!»

Ilse küßte ihre Lippen, spielte mit ihrem Mundwinkel, dann umfuhr sie Caroles Mund so langsam, als wäre sie eine Schnecke auf ihren vorgegebenen Runden.

«Okay, okay, ich helfe dir.» Carole mußte über sich selbst lachen.

Carole öffnete die Augen und blickte in zwei glitzernde grüne, die auf sie hinuntersahen. Eine große getigerte Katze räkelte sich auf der Fensterbank. Als Carole sich aufsetzte, richteten sich die steifen Schnurrhaare nach vorn wie eine Smokingfliege. Ilse schlief noch, deshalb rückte Carole behutsam an sie heran, worauf die Katze mitten auf Ilses Rücken sprang.

«Was soll das?» Ilse fuhr hoch und blinzelte.

«Entweder ist das deine Katze, oder du hast frechen Besuch.»

«Hierher, Vito.» Die Katze sprang Ilse ins Gesicht und rieb ihre pelzige Stirn an Ilses. «Vito Russo ist meine Katze, aber wenn sie nachts unterwegs ist, klettert sie am Efeu hoch und bleibt bei Lucia. Deshalb gehört sie halb Lucia. Wie spät ist es?»

«Halb elf. Verdammt, ich habe mit der Uhr am Arm geschlafen.»

«Zeit zum Aufstehen. Wenn ich die Mieze gefüttert habe, füttere ich dich.»

«Ich brauche nur Tee, um auf Touren zu kommen, und ein Brötchen, wenn eins da ist.»

«Du hast Glück.»

Nach dem Frühstück erklärte Carole, sie müsse gehen, um an einem Aufsatz zu arbeiten, der veröffentlicht werden sollte.

«Was für ein Aufsatz?»

«Was Kunsthistorisches.»

«Oh. Aber hilfst du mir vorher die Frisierkommode rauszustellen?»

«Versprochen ist versprochen», erwiderte Carole.

Ilse hob die Kommode an einem Ende an. «Siehst du, das Ding ist gar nicht schwer, aber zu groß für mich, um die Arme drumzubringen.»

«Für diesen Deko-Stoff, der da ringsum runterhängt, braucht man ja eine Sonnenbrille. Willst du das Ding wirklich auf die Straße stellen?»

Ilse hob theatralisch die Hände. «Was soll das heißen? Deswegen will ich es ja raushaben. Glaubst du, ich will das Möbel angucken? Außerdem schminke ich mich nicht, es steht hier herum wie ein Dinosaurierskelett.»

Das einzige Hindernis der Entrümpelungsaktion war der schmale Flur im Haupthaus. Sie zogen sich ein paar Hautabschürfungen an den Handrücken zu, aber schließlich gelang es ihnen, das Ding auf dem Bürgersteig abzustellen.

«He, hast du mal ‹Versteckte Kamera› gesehen?»

«Ein-, zweimal. Warum? Das ist zehn oder fünfzehn Jahre her.»

«Ich war noch klein, als es zum erstenmal gesendet wurde, aber ich erinnere mich an komische Sachen; sie haben zum Beispiel einen sprechenden Briefkasten gebastelt oder Ketchupflaschen verstopft, so daß nichts rauskam und die Leute ausgeflippt sind.»

Carole hob die Augenbrauen, aber sie schwieg. War das nur so dahergesagt, oder wollte Ilse auf etwas hinaus?

«Carole?»

«Ja?»

«Laß uns unter das Ding kriechen und die Köpfe rausstecken, wenn Leute kommen, um im Sperrmüll herumzustöbern. Der Stoff reicht bis auf die Erde; sie können nicht ahnen, daß wir da drunter sind.»

«Nicht mit mir. Wenn du in New York irgendeinen Gegenstand auf den Bürgersteig stellst, kommen gleich fünf Leute an, die sich darum schlagen. Wir könnten ernsthafte Verletzungen davontragen.»

«Das ist nicht der wahre Grund. Du genierst dich. Komm schon, kein Mensch wird ahnen, daß sich da drunter eine respektable Professorin versteckt.»

«Sehr richtig. Kein Mensch würde es glauben. Die werden denken, ich bin aus der Irrenanstalt ausgerissen.»

«Bitte», bettelte Ilse. «Das wird lustig. Und was soll's? Wir sehen die Leute nie wieder. Wir sind schließlich in New York, oder?» Sie zupfte Carole am Ärmel und sah zu ihr auf wie ein Hund, der einen Krümel vom Tisch abhaben will.

«Na gut.» Carole hob ein Stück Stoff hoch, höflich, als wäre es ein Rockzipfel, und winkte Ilse, voranzugehen. Ilse schlüpfte darunter. Carole zögerte.

«Komm schon.» Ilse steckte den Kopf heraus.

Carole ließ sich auf alle viere nieder und kroch unter die Kommode. «Eng hier.»

«Ja», stimmte Ilse zu, «aber wenn du in der Hocke bleibst, kannst du den Kopf in die Lücke stecken, wo die Schublade fehlt. Ich glaub, sie ist auf deiner Seite.»

«Ja, hier.»

«Gut, dann hast du mehr Platz. Du bist viel größer als ich. Geht's?»

«Ja.»

«Bei mir auch. Ich fühl mich gut hier unten. Wie eine Tarantel auf der Lauer nach Beute.»

«Wenn du so weiterquatschst, sieht es mit der Beute schlecht aus», mahnte Carole.

«Du hast recht.» Ilse verstummte, und keine fünf Minuten später näherten sich leichte Schritte der Kommode. Sie hörten eine Hand über die Oberfläche streichen. Ilse stieß Carole mit dem Ellenbogen an. «Psst, rück nach links», flüsterte sie.

Sie machten zwei winzige Schrittchen nach links. Die Füße vor ihnen sprangen zurück. Ilse stieß ein jauchzendes Lachen aus und steckte den Kopf heraus. Sie erblickte eine Frau, ungefähr in ihrem Alter, in vollem Ornat mit Flickenhose.

«Angeschmiert!»

«Verrückt. Seid ihr total bekifft?»

«Nein», erwiderte Ilse, «wir machen bloß Blödsinn.»

«So was Verrücktes.» Die Frau entschwand in Selbstgespräche vertieft Richtung Hudson Street.

«Die war abgefüllt. Mit Pillen», stellte Ilse fest. «Ich hasse es, wenn Schwestern nach irgendeiner Form von Shit süchtig sind. In dieser Stadt kursiert so viel Shit, ich wette, die Behörden bringen das Zeug unters Volk.»

«Entweder – oder», ließ sich Carole vernehmen.

«Was?»

«Meine Generation ist betrunken und deine killt sich mit Drogen. Ich wünschte, die Leute würden sich schnell umbringen, damit sie's hinter sich haben. Ich sehe nicht ein, daß ich mich von Leuten bedrängen lassen muß, die sich selbst zerstören und das sozial nennen.»

«Du mußt dir darüber im klaren sein, daß sie es tun, um den Schmerz zu betäuben.»

«Schwachsinn.» Carole wechselte das Thema. «Ich kann nichts sehen, wenn mein Kopf hier drinsteckt. Gehen wir raus, wir haben unseren Spaß gehabt.»

«Ach, noch ein paar Minuten, ja?»

«Nur unter Protest... Autsch!» Ilse hatte sie in den Hintern gekniffen.

Schwere Schritte dröhnten in ihre Richtung. Es fühlte sich an, als würde ein Zweitonnenlaster direkt auf sie zurollen. Ein Köter steckte den Kopf unter die Frisierkommode. Der Hund war zu überrascht, um zu bellen. Die Spitzen eines maßgefertigten Schuhpaars lugten unter den Stoff und berührten fast Caroles eigene Schuhe. Übermütig packte Ilse den Mann an den Fußgelenken. Ein Stöhnen, gefolgt von einem schrecklichen Plumps, erschreckte Carole. «Was geht da draußen vor?» flüsterte sie. Wie eine vorsichtige Schildkröte streckte Ilse den Kopf hinaus und stöhnte: «Himmel, er ist in Ohnmacht gefallen, und er wiegt fast dreihundert Pfund! Wetten, er hat sich den Schädel gebrochen und ist tot. Verduften wir.» Sie schlängelte sich auf den Bürgersteig und spurtete los. Als sie sich umdrehte, entdeckte sie, daß sie die Flucht allein angetreten hatte. Sie lief zu der Kommode zurück, hob den Stoff an und erblickte Caroles Kopf, eingerahmt von dem Viereck, in dem die Kommodenschublade gesteckt hatte.

«Du siehst aus wie Señor Wensclas», sagte sie. «Brauchst du Hilfe?»

«Ich stecke fest, verdammt noch mal.»

«Zum Steckenbleiben ist jetzt keine Zeit. Laß uns lieber verschwinden, bevor dieses Nilpferd zu sich kommt. Wir dürften besser dran sein, wenn er sich den Schädel gebrochen hat und tot ist, als wenn er uns findet.»

Ein Mann, der weiter unten auf der Straße seinen Afghanen Gassi führte, marschierte in ihre Richtung; hinter ihm kam noch ein Passant.

«Ilse, ich sag dir doch, ich stecke fest.»

«Unmöglich. Professorinnen stecken nicht am hellichten Tag auf den Straßen von New York unter Kommoden fest.»

«Diese Professorin ist an den Schultern eingekeilt und kann nicht raus.»

«Schön, dann beweg dich. Wir müssen verschwinden, bevor dieser Knabe uns sichtet und ganz Greenwich Village hier aufkreuzt.»

«Du bist verrückt. Wie kann ich in diesem Ding gehen?»

«Willst du, daß er drunterguckt und dich da alleine findet? Ich bleib nämlich nicht hier. Mach schon, geh los.»

«Meinst du nicht, du solltest ihn wenigstens genauer inspizieren, um zu sehen, ob er noch lebt?»

Ilse schlich auf Zehenspitzen hin und beäugte das Opfer, dann ging sie auf Zehenspitzen zurück. «Völlig weggetreten. Der Kerl ist so feist, der konnte gar nicht richtig hart fallen und sich weh tun.»

Ein Seufzer entrang sich dem oberen Schubfach und wehte den Stoff hoch. Carole murmelte: «Du gehst neben mir her und führst mich. Ich komm mir vor wie eine blinde Krabbe.»

«Okay, okay, geh immer nach links. Wir gehen jetzt die 12 th

Street hoch. Schneller, Carole, schneller, wir müssen um die Ecke. Der Typ bewegt sich.» Die leeren Schubladen klapperten, als Carole Tempo zulegte.

«Okay, mach jetzt eine halbe Drehung und beweg dich nach rechts, dann kann er uns nicht sehen.»

«Sind wir schon außer Reichweite?»

«Ja, und jetzt laß dich noch mal anschauen.»

«Zieh den Stoff zurück, dann kannst du mich besser sehen.»

«Bist du okay?»

«Nichts ist okay. Hör auf zu lachen und hol mich hier raus.»

Ilse ließ sich auf alle viere nieder, um besser zu sehen. «Verdammt, du bist richtig eingekeilt. Versuch dich auf den Rücken zu legen, vielleicht kann ich dich dann rauswinden.»

«Ich kann mich nicht auf den Rücken legen.»

«Kannst du wohl. Setz dich hin und laß dich nach hinten fallen. Ich fang dich auf. Vorsichtig, vorsichtig. Na also.»

Caroles Beine zuckten in der Luft. «Ich hänge halb in diesem Ding drin, und das Holz schneidet mir in den Rücken. Komm, heb an, es tut weh.»

«Dann müssen wir eben noch ein Stück die Straße runter zum Lebensmittelladen. Castellani hat bestimmt einen Hammer oder so was, womit ich dich raushauen oder rausstemmen kann.»

«Wie weit ist es bis zu dem Laden?»

«Ungefähr einen Häuserblock.»

«Das darf nicht wahr sein!»

Die zwei bewegten sich die Straße hinunter. Ein paar Passanten gafften, aber die meisten sahen geradeaus, als wären sie an wandelnde Kommoden gewöhnt und eine sähe aus wie die andere.

«Halt, Carole. Wir sind an der Ecke. Laß mich mal gucken, ob der Kerl Jagd auf uns macht.»

«Jagd auf uns? Er ist vermutlich aufgewacht, dachte, er hätte Halluzinationen gehabt, und ist so schnell wie möglich nach Hause gerannt.»

«Die Luft ist rein. Paß jetzt auf. Kannst du nach unten gucken und den Bordstein sehen?»

«Nein! Ich sehe nur diesen gräßlichen Stoff. Das ist noch schlimmer, als hier drunter festzustecken.»

«Okay, jetzt geht's runter. Versuch einen Schritt schneller zu gehen, damit wir über die Straße kommen. Halt! Okay. Jetzt geht's rauf.»

«Scheiße, das Ding wird immer schwerer.»

«Nur noch ein kleines Stück. Du weißt, was Mao sagt.»

«Verdammt, was hat Mao damit zu tun, daß ich unter einer Frisierkommode feststecke? Als nächstes erzählst du mir noch, er sei ein Transvestit.»

«Beharrlichkeit führt zum Ziel», antwortete Ilse.

«Nicht gerade ein origineller Gedanke. Tu Mao einen Gefallen und häng diesen Spruch nicht dem großen Vorsitzenden an.» Carole war allmählich erschöpft. Die Schubladen klapperten deutlich leiser, als sie den Bürgersteig entlangschlurfte.

«Halt. Wir sind da. Du bleibst draußen. Ich gehe nachsehen, ob Mr. Castellani Werkzeug hat.»

«Wo könnte ich in diesem idiotischen Ding schon hingehen?»

«Ins Museum of Modern Art?» witzelte Ilse.

«Buh. Zisch. Beeil dich, ja?»

Carole hockte sich hin und holte tief Luft.

Rumms! Sie wurde durchgerüttelt. Peng! Noch ein heftiges Rütteln. Langsam wurde sie die Straße entlanggezerrt. Sie stemmte die Absätze ins Pflaster, um die Bremse anzuziehen. Es nützte nichts.

«Das Ding ist verdammt schwer. Ich dachte, diese Möbel wären ganz leicht?»

«Vielleicht ist was in den Schubladen.»

Carole brüllte: «Laßt mich los!»

«John, haste was gehört?»

Mit ihrer schönsten, lautesten Miss-Marple-Stimme donnerte Carole: «Loslassen!» Die Kommode plumpste hin.

«Was soll der Quatsch?» Eine behaarte Hand zog den Stoff zurück. Caroles zorniges Gesicht funkelte den dazugehörigen Mann an. «Gute Frau, Sie sind ja total plemplem.»

«Wem sagen Sie das. Jetzt verschwinden Sie und lassen mich in Frieden. Heutzutage kann eine Frau sich wirklich nicht allein auf die Straße wagen.»

Ilse kam noch gerade rechtzeitig aus dem Lebensmittelgeschäft, um zwei große Männer, deren Hemden auf dem Rücken die Aufschrift «Wonderbread» zierte, kopfschüttelnd und gestikulierend davonstapfen zu sehen.

«Carole, alles in Ordnung?»

«Ilse, zwei Männer haben versucht, mich abzuschleppen, aber diesmal buchstäblich. Würdest du mich jetzt bitte hier rausholen!»

«Es kann ein bißchen weh tun.»

«Das ist nichts gegen die Peinlichkeit.»

Ilse hangelte sich rücklings unter die Kommode und begann, das vordere Bein abzuschlagen.

«Wäre es von außen nicht einfacher?» fragte Carole.

«Ja, aber wenn das Bein dann zersplittert, splittert es zu dir rein.»

«Oh.»

Mit zwei festen Schlägen brach das Bein quietschend ab.

«Jetzt noch das hintere Bein, und ich glaube, dann kann ich dich rausholen.» Ilse schlug auf das hintere Bein ein. Carole zuckte zusammen.

«Ich komme, komm Baby, laß dich fallen», ächzte Ilse.

«Führ hier keine schmutzigen Reden, sondern hol mich raus.»

«Bring mich bloß nicht zum Lachen, sonst werde ich schwach, und dann brauche ich noch viel länger.»

Ersticktes Gekicher schwebte durch die Schubladenlücke nach draußen. Ilse schlug auf das hintere Bein ein, bis es abbrach und die ganze Kommode auf sie beide sackte. Sie hielt mit der rechten Hand die obere Hälfte der Kommode und stieß mit dem linken Fuß gegen die Schubladeneinfassung, die teils zersplittert war.

«Geschafft. Quetsch dich raus.»

Carole rieb sich die Schulter und witzelte: «Ich bin eine befreite Frau.»

«O Carole, es tut mir leid.» Ilse massierte ihr die Schulter, rieb ihr den Nacken. «Es tut mir wirklich leid.» Aber lachen mußte sie trotzdem. «Es tut mir leid, aber du sahst so komisch aus, und wenn du nur den Fettkloß hättest sehen können!» Ilse bog sich vor Lachen, sie setzte sich neben die Splitter und ließ Mr. Castellanis Hammer fallen.

Mit schmerzenden Beinen torkelte Carole ein paar Schritte und sank neben ihr auf den Bürgersteig.

«Bist 'n guter Kumpel.» Ilse legte die Arme um sie.

Carole sah sie von der Seite an und prustete los, bis sie sich kaum noch halten konnte. Ilse lachte, daß ihr die Tränen kamen. «Komm her.» Sie zog Carole an sich und gab ihr einen Kuß.

Wann habe ich zuletzt so gelacht? fragte sich Carole. Wann ist zuletzt etwas Unerwartetes passiert, oder wann habe ich zuletzt etwas Unerwartetes geschehen lassen? Ich habe meinen Sinn fürs Spielerische verloren. Wenn ich lache, dann über Worte. Witz. Intellekt. Ich erinnere mich, als ich ein Kind war, haben wir uns in solche Kalamitäten gebracht. Wo ist das geblieben? Wann hat es mich verlassen? Ich will es wiederhaben. Ich will das alles wiederhaben.

Ein Krachen und ein lauter Fluch ließen sie auseinanderfahren. Ein Mann auf einem Fahrrad wand sich um ein Parkverbotsschild. Lebensmittel lagen auf der Straße verstreut, aber er war so verdattert, daß er sich die Ursache für seinen Aufprall nicht mal ansehen wollte. Er strampelte mit eierndem Hinterrad weiter und ließ seine Trümmer einfach liegen.

«Auch das noch», rief Carole aus, und sie überschlugen sich vor Lachen.

Ilse putzte sich die Nase, half Carole auf, dann brachte sie Mr. Castellani den Hammer zurück. Sie klopfte Caroles Hintern ab. «Ist es wieder gut?»

«Da tut es nicht weh. Mir fehlt weiter nichts. Hör mal, ich muß nach Hause, um an meinem Aufsatz zu arbeiten.»

«Okay. Ich muß zum Werkraum, ein paar Sachen zusammenstellen helfen.»

«Werkraum?»

«Ja, eine Frauengruppe hat einen Speicher über Waverly and Mercer, gleich bei der Uni, wir zahlen wenig Miete und haben einen Raum zum Arbeiten.»

«Gute Idee.»

«Werde ich dich jemals wiedersehen? Ich hab das Gefühl, ich mache einen Fehler nach dem anderen.»

«Komm heute abend nach der Arbeit zu mir, wenn du magst. Du kannst mir die Schultern massieren.»

Erleichtert und glücklich fragte Ilse: «Wo wohnst du?»

«East 73rd Street Nummer 114, zwischen Park und Lexington Avenue. Es ist ein Sandsteinhaus, ich wohne ganz oben.»

«Großartig, ich komme.»

Carole fügte hinzu: «Ich weiß, es sei denn, heute beginnt die Revolution.»

Als der winzige Fahrstuhl im neunten Stockwerk hielt, war die Tür zum Werkraum abgeschlossen. Ilse zog ihr Schlüsselbund an der langen Kette aus der Tasche und schloß auf, während die Fahrstuhltüren rhythmisch gegen sie schlugen. Als sie die Tür öffnete, sah eine kleine Schar Frauen auf und grüßte sie. Bündel von Papieren lagen säuberlich gestapelt, und die Frauen bildeten auf dem Fußboden sitzend ein Miniaturfließband und stellten die Pamphlete zusammen. Ilse bot sich freiwillig als Heftmaschine an und klammerte alsbald drauflos.

Olive Holloway war die erste: «Wer war das, mit wem wir dich gestern abend gesehen haben? Deine Mutter?»

Alice Reardon, die Olive nicht ausstehen konnte, fuhr ihr in die Parade. «Halt den Rand, Holloway. Diskriminierungsquatsch können wir hier nicht gebrauchen.»

Olive, die sich gewöhnlich aus allem herausreden konnte, war ausnahmsweise sprachlos und machte sich wieder an die Arbeit.

In emotionaler Erpressung äußerst versiert, vermasselte Olive ständig mit ihren Machenschaften die Versammlungen. Wenn das nicht klappte, konnte sie jederzeit anfangen zu heulen, denn ihre Augen waren direkt mit ihrer Blase verbunden. Dann schluchzte sie: «Ihr unterdrückt mich alle.» Die meisten Frauen in der Gruppe konnten sie inzwischen längst nicht mehr ausstehen, aber keine wußte so recht, wie sie sie loswerden konnte. Es war unschwesterlich, sie rauszuwerfen, deshalb opferten sie lieber das Wohl der Gruppe. Ilse wurde allmählich klar, daß die Unfähigkeit, jemanden auszuschließen, der ihnen ein Dorn im Auge war, ein Wesensmerkmal der weißen Mittelstandsfrauen darstellte. Sei nett. Das wurde ihnen im zarten Kindesalter ins Hirn gebrannt. Und darum waren sie alle nett zu einer Natter. Eine Zeitlang dachte Ilse, Olive sei womöglich eine Agentin. Ihre Freundinnen in der Friedensbewegung statteten sie mit den Charaktermerkmalen sämtlicher denkbaren Agentinnentypen aus: die Provokateurin, die Unterbrecherin, die Zersetzerin, das scheue Reh, die tüchtige Arbeiterin – eine endlose Liste. Sie litt unter einer Flut von Informationen über Agentinnen. Der gesamte Komplex hatte sie anfangs total gelähmt, doch Ilse reifte schnell, dank der harten Schläge der Politik. Agentinnen waren ein Berufsrisiko. Wie auch immer, sie kam mit zersetzenden Frauen wie Olive nicht klar. Olive versuchte unentwegt, mit ihr zu schlafen. Ungemein hinterhältig hatte die unsympathische Person die perfekte Methode entwickelt, um «nette» Frauen ins Bett zu kriegen. Sie erklärte, jede Art von Anziehungskraft beruhe auf gesellschaftlich bedingten Werten. Das stimmte zum Teil, gab Ilse zu, galt aber mehr für Heteros als für Lesben. Olive gurrte oder wütete, je nach dem Wesen der Frau, die sie umgarnen wollte. Der Vorwurf war auf unangenehme Weise vertraut: Wenn eine Frau Olive nicht sexuell attraktiv fand, eine Ansicht, zu der man relativ leicht gelangen konnte, so erklärte Olive, die Frau reagiere nach männlichen Wertvorstellungen. Wie könne sie eine Schwester sein? Alle Schwestern müßten einander lieben. Daher, marsch ins Bett. Als Olive sich vor Monaten an Ilse herange-

44

macht hatte, ging Ilse ihr kühl aus dem Weg, bis die Ratte bei einem Treffen ihrer politischen Gruppe vor zwanzig Frauen lamentierte, sie sei nicht in der Lage, mit einer Frau zu arbeiten, der sie nicht vertrauen könne, wie solle sie da mit Ilse arbeiten, denn sie vertraue Ilse nicht. Und sie vertraute Ilse deshalb nicht, weil sie nicht mit ihr schlafen wollte. Sex setzt Vertrauen voraus. Ilse bezeichnete sie als sexuelle Faschistin, und der ganze Saal wäre fast explodiert. Damals spaltete die Gruppe ihre Loyalitäten. Die Hälfte der Frauen war so naiv oder so gut zum Nettsein erzogen, daß sie tatsächlich mit Olive sympathisierte.

Im Laufe der Monate ging auch den nettesten Frauen auf, daß Olive total neurotisch war. Jetzt hatte sie nur noch zwei Anhängerinnen, aber das waren geborene Kletten. Menschen wie Olive brachten Ilse manchmal in ihren bitteren Momenten auf den Gedanken, die Frauenbewegung müßte Anonyme Neurotikerinnen heißen. Aber sie wußte, daß jede Bewegung, die die Gesellschaft verändern wollte, Unzufriedene ebenso anzog wie engagierte Frauen. Was sie verwirrte, wenn sie an ihre Bekannten in den diversen feministischen Gruppen dachte, war, daß sie in zwei Lager zerfielen: die Olives dieser Welt und Frauen, die begabt waren, ungestüm und klug. Mittelmäßige Frauen gab es nicht.

Vielleicht war dies in sich eine Antwort, doch Ilse, getreu ihrer Herkunft aus der Bostoner Mittelschicht, wollte ein analytisches Schmuckstück. Sie war gewohnt, daß ihr niemand zuhörte, es sei denn, sie konnte alles, was sie sagte, beweisen. Sie hatte nicht nur ein emotionales Erklärungsbedürfnis, sie war zum Erklären gezwungen. Ilse war in so zartem Alter zur Rechtfertigung erzogen worden, daß sie nichts anderes kannte. Sie war lebhaft, viel spontaner als die meisten gleichaltrigen Frauen derselben Herkunft, trotzdem war sie auf geradliniges Denken angewiesen. Ihr Anliegen war dionysisch, ihre Methode apollinisch. Seltsam, daß Carole sie attraktiv fand, die oberflächlich besehen so einseitig wirkte, so diszipliniert, so urban, ein ausgesprochener Verstandesmensch. Aber, erinnerte sich Ilse, im Bett ist Carole nicht gehemmt oder beherrscht. Die ältere Frau faszinierte sie zum Teil

deshalb, weil sie älter war. Hier kotzten die Leute binnen fünfzehn Minuten, nachdem sie einem vorgestellt worden waren,
ihre gesamte emotionale Lebensgeschichte aus. Sie war mit
Carole sehr intensiv zusammengewesen, und die Frau hatte
nicht ein Wort über ‹tiefgreifende Umstellungen› geäußert. Und
über ihre Vergangenheit wußte sie nur, daß sie 1951 in Vassar
Examen gemacht hatte. Komisch. Ilse freute sich, daß sie Carole
heute abend sehen würde. Sie war gespannt auf ihre Wohnung.
War sie hoffnungslos bürgerlich eingerichtet? Olive Holloway
griff sich ein fertiges Pamphlet und machte es sich auf Ilses
Schoß bequem.

«Scheiße!» kreischte Olive.

Ilse hatte sie mit dem Heftapparat in die Brust geschossen.

*S*obald **Carole ihre Wohnungstür** aufschloß, husch-
ten Louisa May Allcat und Pussblossom die Große
hinaus, um sich an ihr zu reiben. Louisa May stürmte die teppichbelegte Treppe des braunen Sandsteingebäudes bis ins
nächste Stockwerk hinunter und wieder hinauf. Pussblossom
hatte die ganze Rolle Toilettenpapier abgerissen und die Hälfte
davon auf Caroles geliebten Feldschreibtisch geschleift. Carole
fütterte die Katzen, hörte den Anrufbeantworter ab, las ihre
Post, dann schlug sie ihren Ordner auf, begierig, mit ihrer Arbeit
über «Heidnische Bilder in *Très Riches Heures du Duc du Berry*»
fortzufahren. Sie vertiefte sich in die sinnlichen Blau- und satten
Rottöne, die Reinheit der mittelalterlichen Farben. Nach der
zähen Prosa von Tacitus oder der Eintönigkeit Vergils war selbst
das Latein erfrischend. Manche Leute bezahlten Analytiker.
Carole beruhigte sich mit lateinischer Lektüre.

Sie hatte sich nicht von Anfang an für das Mittelalter begeistert.
Zuerst hatte sie für die Renaissance geschwärmt – sobald ihr

eines der seltenen Vassar-Stipendien sowie Geldspenden von Richmonds Töchtern der Konföderation, katholischen Frauen und anderen, an die sie sich nicht mehr erinnern konnte, den Besuch des Colleges ermöglichten. Aber sie konnte das Elendsviertel während der Wirtschaftskrise und den heißen September in Richmond nicht vergessen, wenn sie nach den Sommerferien wieder zur Schule trottete und sich aufs Lernen konzentrierte, weil es ihre einzige Hoffnung war. Ihre Mutter sagte immer zu ihr, sie würde mal ein Filmstar, weil sie so schön sei. Doch selbst wenn es nicht der Traum einer bedauernswerten verarmten Frau gewesen wäre, mit einem Mann am Hals, den der Erste Weltkrieg zum Krüppel gemacht hatte, selbst wenn es hätte wahr werden können, wäre Carole nicht Schauspielerin geworden. Sie wollte ihren Kopf gebrauchen. Das sagte sie sich jedesmal, wenn sie die trostlosen Häuser im Wohnviertel der armen Weißen betrachtete.

Nach all dem schienen ihr Vassar und die Renaissance wie die Erfüllung eines Traums. Ihr Intellekt wurde beachtet. Hierher kamen Frauen, um zu lernen, um ernsthaft ihren Verstand einzusetzen. Und symbolisierte die Renaissance nicht den großen Aufbruch der abendländischen Kultur? So dachte sie. Doch als im letzten Collegejahr der quälende Prozeß begann, Anträge für die Aufnahme an der Universität auszufüllen, ein Formular nach dem anderen, Anträge auf Stipendien, auf Gelder aller Art, da riet ihr eine verhutzelte Professorin, Miss McPherson, die Renaissance als Fach zu vergessen. Hier könnten Frauen es nicht weit bringen, sagte sie. Versuchen Sie es mit der Antike oder dem Mittelalter. Es war eine sachliche Feststellung wie ein Wetterbericht, ohne Begründung, und Carole, voller Hochachtung für die alte Dame, hätte nicht im Traum daran gedacht, um eine Erklärung zu bitten. Zuerst glaubte sie, Professor McPherson wolle sie bewegen, sich mit dem Mittelalter zu befassen, weil die alte Dame ihre berufliche Laufbahn mit dem Versuch verbracht hatte, den Ruf einer Nonne des zehnten Jahrhunderts, Roswitha von Gandersheim, zu rehabilitieren. Und Miss McPherson war Altphilologin, keine Kunsthistorikerin. Doch da es in erster Linie um Stipendien ging, versuchte die Professorin, die Carole sehr mochte, ihr aufrichtig zu helfen. Carole wechselte das Fach, und es zahlte sich aus. Sie haßte die anderen Mittelalterexperten an der Uni. Ein total vertrockneter Klüngel. Die Leute, die im Schatten von Athen oder Rom arbeiteten, hatten wenigstens Sinn für Humor und verbreiteten ein bißchen Leben um sich. Aber sie hielt durch, und nach und nach tauchte ein anderes Bild auf, von lustvollen, hitzigen, frommen, widersprüchlichen Menschen, und sie war hingerissen. Adele hatte einmal erklärt, warum sie sich mit der präkolumbianischen Zeit beschäftigte: «Ich war von diesen uralten Steingesichtern fasziniert, die so geheimnisvoll aus der Vergangenheit blicken.» Genauso war es bei ihr – die lebhafte, durchdringende Erkenntnis, daß einst, vor siebenhundert Jahren, die Toten lebendig waren und Caroles eigenes Leben von der längst vergangenen Existenz dieser Menschen abhing. Im Laufe der Jahre traten taktische Erwägungen hinsichtlich einer Universitätskarriere in den Hintergrund, sie vertiefte sich immer mehr in die Betrachtung jener anderen Zeit. Sie machte sich einen Namen, wurde als Autorität anerkannt. Und dank der alten Professorin McPherson wußte sie, daß dies unter anderem deswegen so war, weil Männer dieses Feld nicht in Scharen besetzten.

Wenn ich in Ilses Alter wäre, fragte sie sich, würde ich mich dann genauso entscheiden? Heutzutage herrscht ein anderer Druck. Die jungen Frauen, die ich bei Mutter Courage beobachtete, haben viel mehr Möglichkeiten als wir damals. Aber ich würde mich trotzdem zur Vergangenheit hingezogen fühlen, zu Schönheit, zu dem konkreten Beweis, daß wir selbst in unseren schlimmsten Zeiten bestrebt waren, wenigstens einen schönen Gegenstand zu schaffen, eine Kapelle, eine Handschrift, einen Umhang. Ich bin nicht sicher, ob die Frauen in ihrer Arbeitskluft mit den lila Sternen das verstehen oder überhaupt verstehen wollen. Wenn ich heute einundzwanzig wäre, würde ich mich genauso entscheiden. Ich würde es auch wieder allein machen, nehme ich an, abgesehen von Miss McPhersons Hilfe. Sie sah sich die erste Seite ihres Aufsatzes an:

Das im Verfall begriffene Römische Reich zog sich aus England und Westeuropa zurück wie ein großer, zurückweichender Fluß und hinterließ in den rauhen Ländern, die es einstmals erobert hatte, kleine Latein- und Wissenspfützen.

Sie wußte, ihre Arbeit war gut, und freute sich, daß sie auf der Welt war.

«*Und was dann?*» fragte Carole und nahm sich noch ein Solei. «Köstlich, Dell, gib mir das Rezept, bevor ich gehe.»

«Es ist aus Pennsylvania. Also, BonBon und Creampuff sind in die vollen gegangen...»

«Adele, das war daneben.»

Adele warf den Kopf zurück und lachte laut. «Das war so daneben, Herzchen, daß ich's nicht mal gemerkt habe.» Der schlichte rote Rollkragenpullover unterstrich vorteilhaft Adeles Teint. Dazu trug sie eine Kette aus orangefarbenen Perlen mit eingestreuten Tigerzähnen. «Aber wirklich, sie gingen in die vollen, um für Maryann die zweite Hauptrolle zu kriegen, oder wie immer das in dieser wandernden Zeltshow heißt. Gott weiß, wo sie jetzt ist, aber gestern abend war sie in Maryland gleich außerhalb von Washington, D.C., und wer dabei war, wird es nie vergessen.»

«Wenn du nicht bald zur Sache kommst, mach ich den verdammten Vogelkäfig auf und binde dich unter deiner Montezuma-Wasserwand fest!» Carole hob die Stimme, was Lester als Stichwort auffaßte. «Bwana, weißer Teufel! Bwana, weißer Teufel!» kreischte er, was seine kleinen Lungen hergaben.

«Jetzt nicht, Lester, Mama unterhält sich», rief Adele über die Schulter.

Er senkte seinen Kamm und verlagerte sein Gewicht von einem Fuß auf den anderen.

«Okay, aber fairerweise müssen wir sagen, daß Maryann singen kann.»

«Zugegeben», sagte Carole.

«In ‹The Music Man› spielt sie eine prüde, zimperliche Person und singt ein, zwei Lieder.»

«Sie schauspielert.»

«BonBon sagt, wer in Zelten auftritt, klebt sich irgendwo, wo es nicht auffällt, eine Batterie an den Körper. Für die Mikrophone. Maryann war für den Ton verkabelt. Eine Strippe führte an ihrem Rückgrat hinunter, und eine ging zu ihrem Lavalier hoch.»

«Klingt irgendwie schmutzig, aber ich dachte, ein Lavalier hängt man sich um den Hals, und unten baumelt die Kappa-Alpha-Theta-Plakette von der Uni dran.»

«Genau. Und so heißen auch die winzigen Mikrophone, die wie eine Halskette getragen werden. Sie haben Schalter, damit man den Ton ein- und ausknipsen kann. Wenn du für einen Kostümwechsel oder sonstwas von der Bühne gehst, knipst du deine Batterie aus, weil sonst alles zu hören ist, was du machst.»

«Ich glaube, ich weiß, was kommt. Sie ging hinter die Bühne, ließ schmutzige Reden vom Stapel und kehrte als Bollwerk der Moral auf die Bühne zurück.»

«Carole, es ist viel schlimmer.» Adele legte die Hand auf Caroles Arm, hielt inne, senkte dann die Stimme, um nicht rauszuplatzen. «Maryann ging aufs Klo, vergaß, ihr Mikrophon auszuschalten, und ließ einen fahren. Es muß sich angehört haben wie Tschaikowskys Ouvertüre 1812, und sie machte es noch schlimmer, indem sie ihr Tun in Selbstgesprächen kommentierte, während sie auf dem Lokus saß. Herzchen, als das Mädchen wieder auf die Bühne kam, verfiel das ganze Publikum in einen Anfall von Massenhysterie. Und vom Ensemble hatte keiner den Mut, ihr zu sagen, was passiert war, aus Angst, sie würde vor lauter Verlegenheit nicht weiterspielen. Den Rest des Abends lachte das Publikum jedesmal los, wenn sie auch nur Luft holte. Maryann dachte, sie hätte Talent zur Komik, weil sie beim Schlußvorhang stehende Ovationen bekam. Erst als sie sich abschminkte, hat die Frau, die die Bibliothekarin spielte, wie heißt sie doch gleich, irgendein ausgegrabener Hollywoodstar der fünfziger Jahre... ist nicht so wichtig. Aber der großen Dame war durch Maryanns rege Darmtätigkeit die Show gestohlen worden, deshalb sagte sie in unmißverständlichen Worten, Maryann solle gefälligst ihr Mikrophon abschalten, sonst würde sie es ihr in den Arsch schieben, was ihren Problemen bestimmt ein Ende setzen würde.»

«Adele, hör auf. Ich hab Bauchweh vor Lachen.»

Die zwei machten einen solchen Lärm, daß Lester wieder loslegte.

«Bwana, Bwana. Weißer Teufel. Einen auf die Eier, sprach die Queen. Hätt ich zwei, wär ich der King. Hätt ich vier, wär ich ein Flipperautomat. Bwana!»

«Beruhige dich, Vogel», prustete Adele. Sie hatte Mühe, wieder zu Atem zu kommen.

«Alle tun's, tun's, tun's», sang Lester.

«Verfluchte LaVerne. Sie bringt Lester die schmutzigsten Redensarten bei, und er liebt so was.»

«Ich geh ins Bad und hol ein Kleenex. Nach dieser Geschichte muß ich mir die Nase putzen und die Augen wischen.»

«Carole, sieh zu, daß dein Mikro abgeschaltet ist.»

«Ich bin gleich wieder da. Heute abend gibt's keine Vorstellung.»

«Tun's, tun's, tun's, bohren in der Nase und tun's in den Mund.»

Lester war äußerst aufgekratzt.

«Aufhören. Hast du verstanden? Du sollst aufhören!» Adele drohte ihm mit dem Finger, worauf er wieder sein Gewicht von einem Fuß auf den anderen verlagerte. Er genoß es, im Mittelpunkt zu stehen.

Der Hirtenstar versuchte ein Lied, doch Lester überschrie ihn: «Tun's, tun's, tun's. Bwana. Ach. Bwana.»

«Professor Hanratty, tu was mit diesem Vogel, den du mir aufgehalst hast.»

«Wenn wir uns wieder an den Couchtisch setzen und sie alle ignorieren, beruhigen sie sich vielleicht. Hab ich recht, Lester?»

Lester ließ von seinen Sprüchen ab und stieß Dschungelrufe aus.

«Das sind ja erstaunliche Töne. Die hab ich bei ihm noch nie gehört.»

«Soviel ich weiß, könnte das sein natürlicher Ruf sein, aber bei Lester ist nichts natürlich. Er hat es vermutlich aus einem Tarzanfilm aufgeschnappt, oder LaVerne hat's ihm wieder hinter meinem Rücken beigebracht.»

«Ich esse noch so ein Ei.» Carole angelte sich mit der linken Hand ein Solei aus der weißen Schüssel, während ihre rechte die Cola bereithielt. «Und hat Maryann aus Verlegenheit das Handtuch geworfen?»

«Maryann? Die Rolle der Bürgermeistersgattin aufgeben? Sie macht eiskalt weiter.»

Lester hatte sich so weit beruhigt, daß er nur noch gelegentlich ein Kreischen von sich gab, murmelte jedoch ein paarmal leise: «Einen auf die Eier, sprach die Queen.»

«Was macht dein Aufsatz?» fragte Adele.

«Er wird Aufsehen erregen, glaube ich. Ich bin im wesentlichen fertig, muß nur noch ein bißchen feilen.»

«Werde ich ihn zu lesen kriegen?»

«Natürlich. Würde ich etwas veröffentlichen, ohne es von meiner meistgeschätzten Kollegin durchsehen zu lassen?»

«So ist's recht», antwortete Adele, den Mund voll Ei. «Hmmm.» Sie schluckte. «Heute hat mich dieser junge Typ von der Pennsylvania-Uni angerufen. Ich soll nächsten Sommer zu seinen Ausgrabungen in Yukatan mitkommen, alles auf Spesen.»

«O Dell, das ist großartig.» Carole stellte ihre Cola ab, stand auf und wäre in ihrer Hast, zu Adele zu kommen, die in dem großen Ohrensessel saß, fast in den Couchtisch geknallt. Sie umarmte und küßte sie. «Gott, ist das aufregend. Hast du es Verne schon gesagt?»

«Nein, ich warte, bis sie nach Hause kommt, und sag's ihr persönlich. Ich weiß, sie wird sich für mich freuen, aber sie wird im Sommer nicht fast drei Monate allein sein wollen.»

«Vielleicht kann sie sich ein paar Wochen zusätzlich Urlaub nehmen und zu dir kommen.»

«Das will ich hoffen. Da wir es so rechtzeitig wissen, kann sie's mit ihrer Arbeit einrichten. Sie lieben sie bei Bloomingdale's ohnehin, und du kennst LaVerne, sie wird mit einer kompletten heißen Kollektion aus Mittelamerika zurückkehren. Die Frau ist eine Wahrsagerin. Sie spürt, was die Leute kaufen werden. Sie ist *Women's Wear Daily* normalerweise um ein Jahr voraus.»

«Stimmt. Da ich gerade stehe, willst du was aus der Küche? Ich hol mir noch eine Cola.»

«Ja, bring mir auch eine mit, und Kartoffelchips. Ich hab Lust auf leere Kalorien.»

«Okay.»

Caroles Hantieren in der Küche erregte Lesters Aufmerksamkeit, vor allem, als sie die knisternde Kartoffelchipstüte aufmachte. Er plapperte eine ganze Reihe unverständliches Zeug, doch das letzte Wort war eindeutig *Rotz*.

«Hier, deine Cola. Was spielt da für eine Platte? Bei all dem Lärm hier hab ich's nicht gehört.»

«LaBelle. Weißt du noch, wie LaVerne und ich mit dir im Baths waren? Da hat diese Gruppe gesungen.»

«Sie war himmlisch», erinnerte sich Carole. «Eine wilde Nacht.»

«Wie geht's Ilse?»

«Prima. Sie muß heute abend in der Feuerwache eine Tanzerei organisieren, damit ist sie voll beschäftigt.»

«Ihr seid jetzt ungefähr zwei Monate zusammen, nicht? Wird es was Ernstes?» Adele sah Carole direkt in die Augen.

«Sie ist liebenswert, und du weißt, bei uns beiden hat es ziemlich eingeschlagen. Auf den Schnellkurs in Frauenbefreiung, den ich bei ihr absolvieren muß, könnte ich allerdings gut verzichten. Jedenfalls, Adele, wenn es etwas Ernstes wäre, wüßtest du's.»

«Manchmal steckt man tiefer drin, als einem selber bewußt ist.»

«Ich weiß nicht. Ich weiß nicht, ob es so ist. Ich passe auf. Manchmal ist es eine Art *déjà vu*-Erlebnis. Sie sagt etwas, das für sie ein absolut neuer Gedanke ist, aber wir haben vor zwanzig Jahren dasselbe gesagt.»

«Ich geb's ungern zu, aber es gibt anscheinend im Leben bestimmte Phasen.»

«Ich denke allmählich, wir sind alle der Zivilisation verpflichtet.»

Ein schiefes Lächeln erschien auf Caroles Gesicht.

Adele wies mit dem Finger auf sie. «Verpflichtet oder nicht, unterdrückt oder frei, mein Herz, die Menschen sind miteinander verkettet, um sich gegenseitig weiterzuhelfen.»

«Adele, du bist wunderbar.»

Adele nickte. «Ja, manchmal glaub ich das sogar selbst.»

«Wenn Ilse hier wäre, würde sie sagen, das solltest du immer glauben. Frauen haben ein schmächtiges Selbstbild, ein zu kleines Ego. Wir müssen uns gegenseitig hochschaukeln. Mich langweilt das Zeug, das Ilse mir zu lesen gibt – Eileiter, Eierstöcke, Uterusse. Herrgott, meine Installationen interessieren mich nicht.»

«Ich hab diesen Aufsatz ‹Fraubestimmte Frau› gelesen, den du mir gegeben hast. Klingt sehr vernünftig, aber er ist ja auch von Lesben geschrieben. Ich kann diese ‹Unsere Eierstöcke sind unser Verhängnis›-Nummer nur begrenzt ertragen, und das meiste andere Zeug, das ich durchgelesen habe, hat einen penetrant lamentierenden Ton. Und dann diese unglaubliche Sexfixiertheit, ob schwul oder hetero. Vielleicht ist es ihr Alter, oder vielleicht ist Sex als Thema um so interessanter, je unterdrückter du bist. Ich kann das alles nicht hören.»

Carole seufzte. «Ich weiß. Die Hälfte von dem Zeug, das sie mir zu lesen gibt, ist so schlecht geschrieben oder so verschwommen, daß ich nichts damit anfangen kann. Außerdem trifft es auf dich und mich nicht zu. Ich fühle mich Männern nicht unterlegen. Ich kann mich nicht erinnern, mich jemals minderwertig gefühlt zu haben. Als Kind wußte ich, daß den Jungen alles zufiel, aber das hat mich wütend gemacht, und ich habe nur um so härter gekämpft. Ich sitze nicht mit drei plärrenden Kindern zu Hause, und ich hab was anderes zu tun, als darüber zu klagen, wie schrecklich die Männer sind. So was langweilt mich zu Tode.»

«Ilse ist ja selbst lesbisch, also ist ihr bestimmt klar, daß wir uns von Hausfrauen unterscheiden. Aber ich weiß nicht recht – vielleicht gibt es Hausfrauen, die Lesben sind. Seien wir ehrlich, wir haben auf eine Karriere hingearbeitet. Ich nehme an, eine heterosexuelle Frau in unserem Alter, die Karriere gemacht hat, fühlt sich so ziemlich wie wir.» Adele runzelte die Stirn.

Carole schwieg einen Moment. «Ilse denkt, Lesben sind die Spitze der Frauenbewegung, aber ich glaube, sie sieht alle Frauen als Opfer. Zufällig sieht sie in uns die stärksten Frauen. Aber sie hat eine Entschuldigung für alle, die versagen oder sich besonders abscheulich benehmen. Es liegt an der männlichen Überlegenheit oder am Kapitalismus oder Rassismus. Ich bringe das alles durcheinander.»

«Es ist durcheinander.»

«Dell, ich habe mich nie für Politik interessiert, und durch die Frauenbewegung wird Politik für mich auch nicht interessanter. Ich glaube, Politik ist das Gerüst einer Nation und äußerst wichtig, aber mich interessiert die Inneneinrichtung, nicht der Rohbau, verstehst du?»

«Wir sollten aber aufpassen, sonst bricht das Haus zusammen.»

«Du hast recht. Trotzdem kann ich mich nicht für das Thema begeistern. Du weißt, ich wäre längst Dekan der Fakultät, wenn ich keine Frau wäre; verdammt, ich bin immer noch keine ordentliche Professorin. Ich hasse das alles. Aber für mich ist meine Arbeit das Wichtigste, und ich bin der Meinung, daß Arbeit im allgemeinen wichtig ist. Wie kann ich meine Arbeit machen, wenn ich Streikposten spiele oder im Frauenzentrum Anrufe beantworte?»

«Das kannst du sicher nicht. Aber ich kann dir eins sagen», erklärte Adele.

«Was?»

«Die Ideen der Bewegung dringen zu dir. Du würdest dich und

55

deine Arbeit nicht in Frage stellen, wenn du keinen Ruck spüren würdest.»

«Lächerlich.» Carole winkte ab.

«Haha.»

«Adele, sitz nicht da wie eine Katze, die Sahne geschleckt hat.»

«Du brauchst dich vor mir nicht zu verteidigen, aber du solltest einen Schritt zurückgehen und erkennen, daß Ilse für dich wichtiger ist, als du zugibst, und daß das, wofür sie eintritt, Wirkung zeigt. Allein über die Ideen nachzudenken zeigt schon ein bißchen Betroffenheit.»

«Manchmal glaube ich, du kennst mich besser als ich mich selbst.»

«Was machst du am 29. September?» Adele wechselte das Thema.

«Nichts, warum?»

«Was würdest du von einer schicksalhaften Verabredung halten?»

«Klingt geheimnisvoll.»

So sehr sie sich bemühte, Carole konnte aus Adele nicht herausbekommen, was es mit dem 29. September auf sich hatte. Adele sagte ihr lediglich, sie solle sich aufdonnern und abends um sieben fertig sein.

Carole blieb danach noch eine Stunde. Ihr und Adele ging der Gesprächsstoff nie aus. Auf dem Nachhauseweg sichtete sie im Geiste ihren Kleiderschrank. Sie hatte Ilse versprochen, heute abend zu der Fete zu kommen, und sie hatte keine Ahnung, was sie anziehen sollte. Doch dann fiel ihr ein, daß es eigentlich nicht wichtig war. Ilse achtete nicht besonders darauf, was sie trug. Sie hatte es viel zu eilig, sie auszuziehen.

Die Wooster Street liegt im Herzen von Soho, wo die schmalen Straßen die häßlichen Fabrikgebäude daran hindern, miteinander zu verwachsen. Viele dieser Gebäude waren Ende der sechziger, Anfang der siebziger Jahre von Künstlern bezogen worden, auf der Suche nach preiswerten Räumen, die in der aus allen Nähten platzenden Innenstadt immer seltener wurden. Die Idee machte rasch Schule, und hinter den schmutzigen Fassaden erblühten phantastische Lofts, die ihre besondere Note durch das jeweilige Talent der Eigentümer erhielten. Die Feuerwache in der Mitte eines Straßenzuges war von schwulen politischen Gruppen für ihre Zwecke umgewandelt worden.

Carole sprang aus dem Taxi und dachte, sie würde von einem Feuerwehrauto überfahren – äußerlich war an dem Gebäude nichts verändert worden. Die Tür stand offen, um ein bißchen Luft in den dreistöckigen Bau zu lassen. Musik plärrte in die verlassene Straße hinaus und hallte dumpf von den Häusern wider. Drinnen war der Qualm so dick, daß Carole außer den zwei Frauen hinter einem Tisch an der Tür nicht viel sehen konnte. Sie bezahlte ihren Obolus von zwei Dollar, ging mutig hinein und gab die Hoffnung auf, Ilse jemals ausfindig zu machen. Rechts von ihr befand sich eine eiserne Wendeltreppe, den Raum darunter nahm ein Tisch mit Lektüre ein, und auf der Kellertreppe hinter dem Tisch herrschte ein dichtes Gedränge von Leuten, die auf und ab liefen, um sich Getränke zu holen. Dahinter war ein länglicher Raum, rappelvoll mit Frauen, Frauen in Arbeitshemden, Frauen in paillettenbesetzten, rückenfreien Kleidern, Frauen in alten Uniformen und Frauen oben ohne. Es war eine solche Rassenmixtur, daß Carole hätte meinen können, sich auf einer Versammlung von Angestellten der Vereinten Nationen zu befinden, wenn man davon absah, daß hier alle miteinander tanzten. Außerdem – wie würden die Vereinten Nationen auf nackte Brüste reagieren?

Sie würde Ilse nie finden, aber sie konnte es wenigstens versuchen. Als sie sich durch das Gewimmel von Hunderten von Frauen schob, wurde ihr deutlich bewußt, daß sie gut fünfzehn Jahre älter war als die ältesten von ihnen.

Gott, bin ich froh, daß ich Jeans anhabe, dachte sie. Sie trug außerdem eine von LaVernes Nik-Nik-Blusen, aber angesichts der Hitze, die von den vielen sich drängenden Leibern ausging, und der neuen Kleiderordnung spielte das keine Rolle. Ihre Größe und ihr straffer Körper bewirkten, daß sich viele nach ihr umdrehten, als sie durch das Gedränge schlenderte. Das gedämpfte Licht milderte ihre tiefen Lachfalten, und sie hätte für vierunddreißig durchgehen können, sofern sie Wert darauf gelegt hätte, jung auszusehen; was sie nicht tat. Ihr erstes graues Haar, das sie gefunden hatte, als sie dreiundzwanzig war, hatte sie nicht mit der Unvermeidlichkeit des Alterns versöhnt. Sie erinnerte sich, daß ihre Mutter gewitzelt hatte, die Menschen hätten nichts gegen das Älterwerden, nur gegen das Älteraussehen. Doch sie hatte nicht begriffen, daß sie altern würde, wie ihre Mutter in Richmond, wie ihre Großmutter in den Gebirgsausläufern von Winchester gealtert war; erst nach Margarets Tod verstand sie diese simple Tatsache.

Während sie gegen die jungen Körper rempelte, die sich berührten, um den Abend und ihre Jugend zu feiern, versetzte sich Carole zurück an einen Wendepunkt in ihrer eigenen Jugend. Inmitten dieser fremden Menschenmenge wurde sie von einem schläfrigen Sog zurückgezogen in eine Zeit, als sie keine andere Welt kannte als die Welt der Jugend, wo Unschuld mit Unwissen garniert war. Sie kehrte zurück zu dem Augenblick, als sie lernte, was jeder Mensch lernen mußte. Sie war fünfundzwanzig Jahre alt, fast sechsundzwanzig.

«Adele, dieser Aufsatz von dir bringt's, ich weiß es.»

«Du meinst, er bringt mir den Aufstieg?»

«Ich weiß es einfach. Ich verstehe nicht viel von deinem Fach, aber dieser Aufsatz über die Spuren der Olmeken in der Kunst der Maya liest sich so aufregend wie ein Krimi von Dorothy Sayers. Was hast du in letzter Zeit Aufregendes in Kunstgeschichte gelesen?»

«Das ist es ja eben. Das sind alles so aufgeblasene Wichtigtuer.

Ich bin nicht sicher, ob ich den Aufsatz überhaupt einreichen soll.»

«Ach komm, riskier's. Was soll's. Wenn er ihnen nicht gefällt, suchen wir aufgeschlossenere Unis, die dich zu schätzen wissen. Jedes Institut, das zu dämlich ist, den inhaltlichen und stilistischen Wert dieser Arbeit zu erkennen, hat dich nicht verdient.»

«Kann man dich engagieren?» Adele stieß sie in die Rippen. «Apropos engagieren, wir sollten nach draußen gehen und uns ein Taxi nehmen, sonst schaffen wir's nie zu Lynn Feingartens Fete, und du weißt doch, sie hat ein Auge auf dich.»

«Sie kann ihr Auge behalten.»

«Was? Ich dachte, du magst sie auch ganz gern.»

«Och, wir haben ein paarmal zusammen gegessen, aber ehrlich, Dell, wenn Lynn ein Mann wäre, wäre sie eine von diesen Seidenschal-Tunten, verstehst du, was ich meine?»

«Ja, ich verstehe, was du meinst. Aber Schatz, halb New York ist damit beschäftigt, ach-so-vornehm zu sein.»

«Das ertrag ich nicht. Denk daran, was Chanel gesagt hat: ‹Luxus ist nicht das Gegenteil von Armut, sondern das Gegenteil von Vulgarität.›»

«Ha, Feingarten glitzert vor lauter Schmuck. Ihr solltest du das erzählen.»

«Sag ihr nichts. Meinetwegen werfen wir sie in den Hudson. Der Glitzerkram wird die Fische von weit her anlocken.»

«Schatz, du bist ausgesprochen gehässig. Was hat sie dir getan?»

«Zweierlei. Erstens hat sie mich so plump angemacht, daß es jeder Beschreibung spottet. Ich kann diesen Kesser-Vater-Quatsch nicht ausstehen. Zweitens, und viel, viel schlimmer, hat sie gesagt, ich hätte einen Südstaatenakzent und könnte viel attraktiver sein, wenn ich ihn ablegte. Die hat Nerven, diese aufgedonnerte Schnepfe.»

«Dein Akzent verströmt den Duft von Magnolien.»

«Adele, als Schulmädchen hab ich geschuftet wie eine Baumwollpflückerin, um ihn loszuwerden.»

«Egal, jetzt kommt er zum Vorschein. Außerdem, Scarlett, meine Leute waren die Baumwollpflücker, erinnerst du dich?»

«Himmel, ja. Dein Großvater hat ihnen vermutlich Schlangenöl gegen Schmerzen verkauft. Davon ist deine Familie so unverschämt reich geworden.»

Adele kicherte. «Daß du bloß keinem sagen fiese Lügen über mich. Mein Großvater machen Vermögen mit Creme für Schwarze, damit Haut werden heller.»

Carole kreischte vor Lachen. «Adele, neunzig Prozent der Scheußlichkeiten, die über dich gesagt werden, sind falsch, aber die wahren zehn Prozent sind schlimmer, als sich irgend jemand vorstellen kann!»

«Stimmt. Daß du's nur nicht vergißt.»

«Das hat dein Großvater nicht wirklich getan, oder?»

«Natürlich nicht, aber es ist so eine schöne Geschichte. Willst du wissen, wie wir zu Geld gekommen sind, Hand aufs Herz?»

«Da wir uns jetzt ungefähr sechs Jahre kennen, möcht ich's gern wissen.»

«Hat deine Mutter dir nicht gesagt, über Geld spricht man nicht?»

«Ja, aber nur, weil wir keins hatten, und alle anderen hatten auch keins, warum also alle unsere Freunde in Verlegenheit bringen?»

Das gefiel Adele. «Siehst du, mir wurde aus den entgegengesetzten Gründen genau dasselbe gesagt. Jedenfalls, Großvater brachte das Geschäft ins Rollen, und seitdem blieb es in der Familie. Er war Chemiker. Um die Jahrhundertwende entwickelte er eine Serie von Schönheitsmitteln für Farbige, wie er uns von jeher nennt, und das Geschäft blüht bis heute. Dad wurde Jurist, er verfügt über Großvaters Konto nebst einer Reihe anderer dicker Konten sowie Grundbesitz. Mein Vater ist ein ziemlich gewitzter Typ. Er hat eine Spürnase für Geld.»

«Es gibt weiß Gott viele Wege, um ein paar Kröten zu verdienen, aber ich hab noch keinen entdeckt. Das muß mein Erbteil von Generationen der Armut sein.» Carole lachte.

60

«Für eine alleinlebende Frau stehst du ganz gut da.»

«Ich weiß, aber wer wissenschaftlich arbeitet, wird selten reich.»

«Dafür haben wir Zeit; Zeit zum Denken, Reisen, Lesen, Schreiben. Für mich ist das ein größerer Luxus als das Geld, das ich zufälligerweise hätte haben können. Großvater würde mir das Geschäft überlassen. Von allen Enkelkindern hat er mich am liebsten, weil er meint, ich bin die Klügste. Da siehst du, er hat keine Ahnung.» Adele grinste.

«Ich weiß nicht, Dell. Findest du nicht, es wäre eine Herausforderung?»

«Bestimmt, aber nicht für mich. Jedenfalls, wenn alle mit hundertzehn sterben und ich krieg dann meinen Anteil, veranstalte ich eine Ausgrabung, darauf kannst du dich verlassen. Stell dir vor, meine eigene Mayastadt.»

«Hoffentlich kriegst du die Moneten nicht erst, wenn du zu alt bist, um Freude daran zu haben.»

«Hör mal, Hanratty, ich beabsichtige, eine boshafte alte Frau zu werden und ewig zu leben.»

Das Telefon klingelte. Carole stand langsam auf. «Wetten, das ist Lynn F., die mit ihrem schönsten Filmstargurren verlangt, wir sollen sofort hinkommen. Denk dir eine nette Notlüge aus.»

«Von wegen. Denk dir deine Notlüge selber aus. Ach, laß uns hingehen. Ich hab Lust auf 'ne Party.»

Carole nahm den Hörer ab.

«Carole? Carole, ich bin's, Mutter.»

«Mutter?»

«Liebes, ich habe schlechte Nachrichten.» Ihre Stimme war sehr besonnen; sie betonte jedes Wort, als sei es ein Stützpfeiler, als würde jedes Wort, das sich in Gefühlen verlor, das ganze Gewicht des Satzes auseinanderbrechen lassen und sie zermalmen. «Hörst du mich?»

«Ja, ja, ich hör dich. Die Verbindung ist klar. Mutter, was ist passiert?»

«Margaret hatte einen Unfall.»

Carole begann zu zittern. Adele trat zu ihr und stand hilflos da, wußte nicht, was sie tun sollte. Carole sah sie an.

«Mutter, wo ist sie? Wie geht es ihr?»

«Liebes, sie ist tot. Verbrannt. Sie wurde von hinten angefahren, und der Benzintank ist explodiert. Es ist nichts mehr übrig.» Die Stimme, obwohl matt, blieb noch fest.

«Mom, ich nehme den nächsten Zug. Ich komme so schnell ich kann.»

«Ja, komm nach Hause, Liebes. Komm nur heim.»

Bei dem Wort *heim* weinte sie leise. «Ich muß jetzt einhängen. Ist jemand bei dir? Ich möchte nicht, daß du allein bist, bis du abfährst.»

«Ich habe eine Freundin hier, Adele.»

«Ein hübscher Name. Ich glaube nicht, daß ich sie kenne.» Alles, was mit normaler Konversation zu tun hatte, schien ihre Mutter zu trösten.

«Nein, Mutter, du kennst sie nicht. Jetzt leg auf. Ist Luke bei dir? Kann er sich um dich kümmern?»

«Luke ist direkt neben mir, Liebes. Komm du nur nach Haus.»

«Dann bis morgen, Mom. Mach's gut.»

«Ich versuche es.» Sie weinte jetzt heftiger und legte auf.

«Carole, was ist, um Himmels willen?»

«Meine Schwester Margaret hatte einen Autounfall. Sie ist tot.» Caroles Lippen zitterten. Als Adele sie in die Arme nahm, konnte sie vor lauter Tränen nichts sehen. Adele führte sie zum Sofa. Sie versuchte nicht, etwas zu sagen. Worte waren nutzlos. Carole weinte eine Dreiviertelstunde. Sie konnte es nicht aufhalten. Es wurde so schlimm, daß sie einen Schluckauf und rasende Kopfschmerzen bekam. Langsam hörte sie zu weinen auf. Schließlich sagte sie: «Wir waren mehr Zwillinge als Schwestern.»

«Du hast mir oft von ihr erzählt. Es tut mir so leid, Baby. Es tut mir ja so leid.»

«Adele, du bist unheimlich lieb.» Carole umarmte sie wieder und weinte noch ein bißchen, bis sie schließlich ruhiger wurde. «Ich muß packen.»

«Sag mir, was du mitnehmen willst, ich pack's dir ein.»

«Nein, ich muß was tun, irgendwas.»

«Dann rufe ich die Zugauskunft an.»

Spätabends ging ein Zug nach Washington, D. C., wo Carole mehrere Stunden Aufenthalt haben würde, bevor sie nach Richmond weiterfahren konnte. Adele überhörte Caroles Proteste und fuhr mit ihr nach Washington. Sie wartete die ganze Nacht und setzte sie in den Zug nach Richmond. Sie aßen Donuts, sprachen über Leben und Tod und darüber, daß sie nie geglaubt hatten, daß ihnen so etwas passieren könnte. Carole konnte nicht und Adele wollte nicht schlafen, und so umschlossen die Stunden sie wie ein magischer Kreis und stärkten den Bund ihrer Freundschaft. Als Carole schließlich einstieg, drehte sie sich zu Adele um und sagte: «Jetzt bist du meine Schwester», und ehe Adele antworten konnte, kletterte sie rasch in den Zug.

Wie eine alternde, ihren Kaiser überlebende Kaiserin glühte Richmond in der Landschaft Virginias. Andere Städte des Südens hatten es überholt. Sie waren größer, lebendiger, reizvoller, doch die Kinder des Südens erwiesen der Hauptstadt der Konföderation nach wie vor ihre Reverenz. Wie eine Großmutter, die Belagerungen, Tod und Niederlagen erlebt hatte, beschenkte sie alle, die Augen im Kopf hatten, mit Weisheit. Generationen später verwoben sich die Narben mit neuen Straßen, neuen Häusern, doch Richmonds Wunden verheilten nie ganz. Der Süden war und bleibt ein geschlagenes Volk. Richmond wird immer nahe an den tiefsten Wunden liegen. Als Carole auf dem Bahnsteig ihrem wartenden Bruder Luke entgegenging, war sie erfüllt von Richmond, das ihre ganz persönliche Wunde öffnete. Es war, als habe sie diese Stadt nie verlassen, und doch war es anders. Luke kam ihr entgegen, küßte sie, nahm ihr Gepäck und fuhr sie in seinem 1955er Chevrolet, den er erst drei Jahre besaß und der sein ganzer Stolz war, nach Hause.

Der übliche Beerdigungsaufwand bestärkte Carole in ihrem Entschluß, auf einer fernen Insel zu sterben, wo kein Mensch ihr den Übergang in das Leben nach dem Tode erschweren könnte. Obwohl der Sarg unter Gladiolen schier erstickte, hätte Carole schwören können, sie röche brennendes Fleisch. Eine solche Nähe zum Tod in seiner greifbaren Form erschreckte sie. Die sprühende, hübsche, übermütige Margaret, reduziert zu unkenntlichem, stinkendem Fleisch.

Mutter trug die gesamten gesellschaftlichen Konsequenzen des Todes mit Würde. Carole stand neben ihr, verwundert über die Geduld dieser Frau. Man kann sich nur eine bestimmte Anzahl der immer gleichen Beileidsbekundungen anhören, bevor man den Leuten die verdammten schwarzen Schleier von ihren glänzenden Hüten reißen und ins Maul stopfen möchte. Luke blieb während der ganzen Prozedur stumm. Von Gefühlen übermannt, suchte er sich einen typisch männlichen Fluchtweg und trank beängstigende Mengen Whisky. Er war Mutter keinerlei Hilfe. Sie ertrug ihn so stoisch wie ihre Trauer. Carole blieb eine Woche, kümmerte sich um ihre Mutter, und am Ende zerschlug sie jede einzelne von Lukes verdammten Schnapsflaschen auf seinem 1955er Chevrolet. Durch seinen Rausch hindurch hörte Luke das Klirren von Glas und stürmte aus dem Haus.

«Verdammt und zugenäht, was machst du da, Carole Lee?»

«Bist du so besoffen, daß du es nicht sehen kannst?»

«Ich kauf mir 'ne neue», blaffte ihr älterer Bruder.

«Und ich zerschmeiß jede Flasche, die ich finde.»

«Ich sollte dir eine schmieren, daß dir das Grinsen vergeht.»

«Nur zu, du Arschloch. Vermöbel mich ruhig, aber ohne Schrammen wird das auch für dich nicht abgehen, das schwör ich dir.»

Luke ließ die Arme sinken. Er war acht Jahre älter als seine Schwester. Margaret war drei Jahre älter als Carole gewesen. Luke, der im Zweiten Weltkrieg gekämpft hatte, war ein amerikanischer Widerspruch: Er verehrte Gewalt, aber fürchtete den

Tod. Margarets Tod ging ihm näher als die organisierte Brutalität seiner Infanteriezeit im europäischen Theater. Das war Krieg, und so schlimm er auch war, Luke konnte ihn einordnen. Doch Margaret, seine Schwester, die er liebte, seine Schwester, die er aufziehen geholfen hatte – der Tod dieses angebeteten Menschen ging über seinen Verstand. Einen solchen Schmerz konnte er nicht einordnen, und niemand hatte ihn darauf vorbereitet, daß es so viel Leid überhaupt geben konnte.

«Hast du meinen Wagen zerkratzt, du kleine Ratte?»

«Guck doch selbst nach, Pisser.» Bei dem Wort «Pisser» mußte Luke lachen. Seine Schwestern waren ihm beide gewachsen, aber Carole verfügte über einen größeren Schatz an Schimpfwörtern. Diese gespielte Feindseligkeit war immer noch besser als der Schmerz – zumindest für eine Weile.

«Hüte deine Zunge, Dr. Klugscheißer. So was sagt eine Frau nicht. Da sieht man, wozu das führt, wenn man unter diese blöden Yankees geht.»

«Ich hab schon geflucht, bevor ich ausgewandert bin.»

«Hm, du kannst von Glück sagen, daß der Wagen keinen Kratzer abgekriegt hat.»

«Läßt du mich mal fahren? Ich mach 'ne kleine Spritztour mit dir, du Held.»

Unter häufigem Schalten schlängelten sie sich durch die Straßen. Carole bog in das reiche Viertel der Stadt ein. Es machte ihr Spaß, hier herumzufahren und zu sehen, wie die andere Hälfte lebte.

«Luke, du mußt aufhören zu trinken. Ich muß morgen zurück an die Arbeit. Mutter braucht dich, und zwar nüchtern. Hast du mich verstanden?»

Luke brummte.

«Du hast einen Mund. Gebrauch ihn.»

«Ich hab dich verstanden. Himmel noch mal. Ich hab dich verstanden. Du mußt mir nicht sagen, daß ich ein Arschloch bin. Das weiß ich längst.»

«Lukie, guck dir das Haus da an. Meine Güte, da drin könnte

man ein kleines Bataillon einquartieren. Kannst du dir vorstellen, so zu wohnen?»

«Ach Scheiße, Carole, das ist gar nichts. Du solltest die Schlösser in Europa sehen. Das nenn ich Lebensart.»

«Während du die Nazis verdroschen hast, hättest du vielleicht ein kleines Schlößchen für dich und die Familie organisieren sollen.»

«Tja.»

«He, was ist das für ein Mikro hier am Lenkrad?»

«Nimm's und sprich was Unanständiges rein, dann wirst du's schon merken.»

«Du hast sie nicht mehr alle. Ist das wieder einer von deinen Scherzen?»

«Nein. Mach schon, sag was – warte, bis wir bei dem alten Knakker da drüben an der Ecke sind.»

Als sie sich dem weißhaarigen Herrn näherten, sagte Carole auf Drängen ihres Bruders eines der Lieblingsschimpfwörter aus ihrer Kinderzeit: «Furzblüte.»

Zu ihrer Verwunderung und größten Verlegenheit plärrte das beleidigende Wort so laut aus dem Auto, daß alle Welt es hören konnte und der Himmel obendrein. Das Kinn des alten Herrn klappte herunter wie die Gangway bei einem amphibischen Landungsunternehmen.

«Luke!» Carole trat aufs Gaspedal und floh mit quietschenden Reifen vom Schauplatz ihres Verbrechens.

«Gib her.»

«O nein, laß das. Ich weiß, was du vorhast. Luke, gib's mir wieder. Los, gib her.»

«Pustekuchen.»

Luke, ein geschickter Handwerker, hatte Lautsprecher neben seiner Hupe installiert. Zu seinem unendlichen Vergnügen konnte er damit ausnahmslos jeden aus der Fassung bringen.

«Paß auf, wie ich den dämlichen Cadillac da vorne drankriege. He, Sie. He, Sie in dem teuren Stück Scheiße. Fahren Sie rüber. Ja, Sie in dem blauen Cadillac, hier spricht Richmonds neue polizeiliche Luftüberwachung. Sie verstoßen gegen Paragraph 84 A. Halten Sie am Straßenrand, ein Wachtmeister ist unterwegs, um Sie zu empfangen. Versuchen Sie bloß nicht abzuhauen. Wir haben Ihre Zulassungsnummer.»

Der Fahrer des Wagens fuhr an den Rand und steckte den Kopf aus dem Fenster, um nach dem neuen Tiefflieger zu sehen. Als der kleine Chevrolet vorbeifuhr, saß er immer noch da und wartete auf die Polizei. Luke schlug sich johlend auf seinen muskulösen Schenkel. «So was Blödes. Herrgott, die Leute sind so blöd, daß sie Scheiße kaufen würden, wenn man sie in rotes Zellophan wickelt. Guck dir den reichen Fiesling an, der sitzt immer noch da.» Sein Gesicht leuchtete, hochrot vor Triumph und Gelächter.

«Luke, du bist unschlagbar. Jetzt gib's wieder her.»

«Nee, du kriegst es nicht. Ich will mir 'n Spaß machen.»

«Gib's mir. Ich versprech dir, daß ich mitspiele.»

«Und das soll ich dir glauben?»

«Ehrlich, Luke. Siehst du die ältere Dame mit dem Federhut, die da drüben geht?»

«Klar, ich bin ja nicht blind.»

«Du sagst, du bist die Stimme Gottes und sprichst mit tiefer Stimme wie ein Prediger. Ich fahr langsam vorbei. Und wenn du sie heiliggesprochen hast, gibst du mir das Mikro.»

Als sie sich ihrem Ziel näherten, war Luke so aufgeregt, daß seine Stimme in den Keller sackte. «Schwester, Schwester, die Stimme des Herrn ruft dich. Kannst du mich empfangen, Schwester?»

Bei dem Wort *empfangen* zuckte Carole zusammen. «Die hat doch kein Funkgerät.»

Luke verstand. «Schwester, hörst du die Stimme des Herrn, deines Gottes, Herr der Hostien, Vater des Lamms?»

Der rosafarbene Hut der Frau hüpfte bejahend auf und ab. Da sie noch nicht auf gleicher Höhe mit ihr waren, konnten sie den verwunderten Ausdruck in ihrem runden Gesicht nicht sehen.

«Schwester mit dem rosafarbenen Hut, ich habe mich dir gezeigt, um dir zu sagen, du – ja, du, du – gute Frau, du mußt dieses gottlose Land erretten. Führe deine Brüder fort von der Verehrung des Mammon, führe deine Brüder auf den Pfad der Gerechtigkeit. Betrachte dein früheres Leben als tiefe Umnachtung, wie Jonas, verschluckt vom Walfisch der Habgier, Selbstsucht und Gehässigkeit. Und nun gehe hin, gute Frau, gehe hin und verbreite meine Botschaft in ganz Amerika.»

Als sie an der verdatterten Frau vorbeifuhren, bemerkten sie ihre zu Tode erschrockene Miene. Luke fing an zu kichern, aber er war vernünftig genug, die Hand über das Mikrophon zu legen.

«Schwester, wenn du nach meinem Willen handeln willst, fall auf die Knie und preise meine Herrlichkeit.»

Sie fiel nieder wie eine angeschossene Hirschkuh, warf die Hände über den Kopf und stieß zitternd ein «Gelobt sei der Herr» aus.

Carole riß Luke das Mikrophon aus der Pranke und setzte noch eins drauf: «Schwester, Engel Carole spricht jetzt zu dir. Folge der Botschaft des Herrn, deines Gottes. Errette dein Volk aus Sünde und Zerstörung. Schwester, ich überlasse dich nun dem Kampf mit dem Fürsten der Finsternis und seinen Dienern. Sing mit mir, singe weiter, wenn meine Stimme verklingt. Nein, nein, auf die Knie, Schwester, erhebe dich noch nicht. Wenn meine Stimme verklingt, denke daran, der Herr hat dich berührt.» Mit erstaunlich vergeistigter Stimme sang Carole: «Näher mein Gott zu dir», und als sie um die Ecke bogen, lag die Frau auf den Knien, die Hände an den wogenden Busen gedrückt, und sang das Loblied, während ihr der Schweiß von der Stirn rann.

Außer sich vor Übermut, fuhren Schwester und Bruder nach Hause; sie hatten kaum den Wagen und noch weniger sich selbst unter Kontrolle. Als sie vor dem baufälligen, aber sauberen Haus hielten, kniff Carole ihren Bruder in den Arm. «Himmel, war das lustig!»

«Wetten, die Frau baut genau an der Stelle ein Predigtzelt auf.» Luke bog sich vor Lachen und sagte ohne zu überlegen: «Scheiße, ich wünschte, Margie hätte das sehen können.»

«Ich bin sicher, sie hätte sich für die Jungfrau Maria ausgegeben.»

«Ja, ich weiß.» Mit Tränen in den Augen wandte Luke sich Carole zu. Sie legte ihre Arme um ihn und küßte ihn zärtlich auf die Wange.

Als Luke sie am nächsten Tag verabschiedete, schwor er: «Kein Schnaps mehr, Schwesterchen. Ich paß auf das alte Mädel auf. Komm du öfter nach Haus. Ich mein's ernst.» Und er hielt Wort.

Auf der langen Rückfahrt nach New York dachte sie an ihren Bruder und an den Preis, den Männer dafür bezahlten, daß sie Männer waren. Sie dachte an Lukes Zärtlichkeit und seinen Sinn für Humor. Er sah aus wie ein Grizzlybär und gebrauchte sein furchteinflößendes Äußeres, um die Sanftheit in seinem Innern zu verbergen. Von uns dreien ist Luke Mom am ähnlichsten, dachte sie.

Margaret schlich sich leise in ihre Gedanken. Margaret, der dunkeläugige, phantasievolle, irrlichternde Kobold, schillernd wie eine Libelle – wir Amerikaner wünschen uns immer ein Happy End, und der Tod verweigert es uns. Ich habe mein Leben lang vom Tod nichts wissen wollen, aber du, Margaret, dir selber treu wie im Leben, hast mir gezeigt, wie dumm ich bin. Er wird zu mir kommen, genau wie er zu dir kam, meiner angebeteten großen Schwester.

Carole lehnte sich gegen das Fenster und sah die Rot- und Gelbtöne des Herbstes. Die Ostküste schmückte sich noch einmal, bevor sie nach und nach die Winterkleider anzog. Schwindlig von der Kraft der Farben, dachte Carole gegen ihren Willen weiter: «Sie wird es nie mehr sehen. Warum? Warum? Ich verstehe es nicht. Ich kann es nicht verstehen. Warum mußte Margaret sterben? Warum müssen wir alle sterben? Ein grausamer Scherz. Von jetzt an will ich doppelt leben. Ich will für Margaret und mich leben. Ich will für jede strahlende, lachende Person leben, die vor der Zeit dahingerafft wurde. Wenn es ein Geheimnis der Toten gibt, komm zurück zu mir und sag's mir, Margaret. Wenn es ein Geheimnis des Lebens gibt, o bitte sag es mir. Wissend oder unwissend, ich werde leben, ich will leben, ich muß leben. Das Leben ist das Prinzip des Universums. Leben!»

Von dieser ungewohnten Gefühlsaufwallung erschöpft, schlief sie ein und wachte erst auf, als der Schaffner sie anstupste. «New York City, Miss.»

Als Carole schlaftrunken ihr Gepäck einsammelte und mühsam aus dem pfeifenden Zug stieg, sah sie zu ihrer Überraschung Adele, die sie mit Armen voll Blumen, Büchern und Schallplatten erwartete. Dies war einer der glücklichsten Augenblicke in ihrem ganzen Leben.

Als eine Frau mit Kräuselhaaren und einem über und über mit Silbersternchen bemalten Gesicht sie anrempelte, wurde Carole schlagartig wieder in die Gegenwart versetzt, verblüfft über ihre lange Reise. Sie legte die Arme um sich selbst, nicht weil sie fror, sondern um sich zu überzeugen, daß sie wirklich hier war, im Jahre 1976, mitten unter diesem Chaos der Kostüme. Ja, dies war die lebendige Gegenwart. Keine Epoche der Vergangenheit hätte so aussehen können. Als sie ihren Brustkorb betastete, fühlte sie, wie wunderbar sie geschaffen war. Eine Sekunde lang konnte sie sich an Ilses Stelle versetzen und spüren, wie es sein mußte, diese Rippen zu berühren, den muskulösen Bauch, das Wunder des Fleisches.

«Wir müssen uns in Zukunft etwas weniger stürmisch in die Arme fallen.» Ilse küßte sie.

«Du hast zu viele alte Filme gesehen», sagte Carole, froh, sie zu sehen.

«Nein, ich mach dich nach.»

«Eure Fete ist ein voller Erfolg.»

«Wie immer. Wir machen das alle zwei Wochen. Heute war ich mit der Organisation an der Reihe, du weißt schon, Rotation.»

«Mußt du die ganze Zeit hierbleiben?»

«Nein, ich hab alle Vorbereitungen getroffen und ein paar Stunden Türsteherin gespielt. Jean O'Leary bleibt bis zum Schluß.»

«Kann sie sie rausscheuchen?»

«Von diesen Frauen sind so viele in sie verschossen, die bleiben bestimmt ewig. Vielleicht sollte ich nach Hause gehen und meinen Kassettenrecorder holen, damit ich sie mit Flötenmusik rauspfeifen kann. Willst du gleich gehen, oder wollen wir ein bißchen tanzen?»

«Laß uns gehen.»

«Okay. Ich bin die letzten Wochen sowieso oft genug hier gewesen.»

Louisa May Allcat sauste die Treppe hinunter und zockelte gemächlich wieder hinauf, zufrieden mit ihrer Fluchtübung.

«Louisa, trödel nicht so. Los, rein mit dir.»

Caroles Drängen zeitigte natürlich die gegenteilige Wirkung. Das Tier setzte sich auf die dritte Stufe von oben, erfreut über seine Macht, Menschen zu ärgern.

«Ilse, halt mal kurz die Tür fest. Louisa May spielt sich wieder auf. Je später ich nach Hause komme, desto länger bleibt sie hier draußen sitzen.»

Carole hob das rundliche Tier auf den Arm und setzte es neben seine Futterschüssel. Louisa May genoß die Beachtung, und das Geräusch der klappernden Futterschüssel lockte die verschlafene Pussblossom unter dem Sofa hervor. Ilse tätschelte den hochgestellten Schwanz und sah sich in der Wohnung um. Sooft sie nun schon hier war, sie konnte sich nicht daran gewöhnen. Alles war zu durchdacht, zu üppig. Obwohl es viel phantasievoller war als ihr Elternhaus in Brookline, Massachusetts, etwas an der Vollkommenheit dieser Wohnung störte sie. Das Vorderzimmer ging auf die 73rd Street hinaus; die Blendläden vor den Fenstern stammten noch aus der Zeit, als das Haus gebaut wurde, was so um 1890 gewesen sein mußte. Ein Orientteppich wärmte den Fußboden. Ein beigefarbenes Sofa aus den dreißiger Jahren mit riesigen, gerollten Armlehnen war von zwei beigefarbenen spanischen Sesseln flankiert. Auf dem Couchtisch aus Glas und Chrom, der zwischen dem Sofa und den Sesseln stand, lag das rosafarbene Gehäuse einer Nautilusmuschel, in der Mitte aufgeschnitten, so daß die makellosen, perlmutternen Kammern zu sehen waren. Ein umgedrehter, polierter Schildkrötenpanzer diente als Aschenbecher. Die raffinierte Farbgebung lenkte Ilses Blick auf die von Farben lodernden Wände. An einer Wand hing eine prachtvolle, mit Federn besetzte Flagge aus Peru in schillerndem Dunkelgrün und Krickentenblau. Adele, die selbst eine besaß, hatte sie Carole geschenkt, um sie daran zu erinnern, daß die Inkas im Mittelalter zivilisierter waren als die barbarischen Bewohner des Westens. Als Ilse zum erstenmal in der Wohnung gewesen war, hatte Carole ihr erklärt, es sei natürlich kein Original. Andernfalls wäre sie eine Handvoll Rubine wert gewesen, meinte sie lachend. Dieses atemberaubende Stück wurde von zwei Manuskriptseiten aus dem Mittelalter flankiert; das Gold glänzte nach Jahrhunderten noch, das Latein war klar und deutlich. An der Wand gegenüber hingen drei Bilder von neuen Künstlern, die Carole dieses Jahr entdeckt hatte: Betsy Damon, Judy Chicago und Byrd Swift. Die in Konzeption und Ausführung erstaunlichen Arbeiten harmonisierten mit der Flagge und den Manuskriptseiten.

Ilse wußte nicht, wie Carole diese Sachen zusammentrug, doch sie verrieten eindeutig eine ungewöhnliche visuelle Phantasie. Vielleicht war es die nackte Sinnlichkeit des Raumes, die Ilse beunruhigte.

Die Wohnung war eigenartig geschnitten. Man trat in einen winzigen Flur und stand vor einer ebenso winzigen Küche. Das Vorderzimmer lag rechter Hand, links war ein geräumiges Arbeitszimmer mit Marmorkamin, dahinter ein kleines Schlafzimmer, von dem das Bad abging. Ilse liebte Caroles Arbeitszimmer. Jedesmal, wenn sie es betrat, dachte sie, sie könnte sich hinsetzen und unwiderlegbare Positionspapiere für die Bewegung schreiben. Der Kamin befand sich in der Zimmermitte, darüber hing ein riesiges Kirmes-Glücksrad. Die Katzen liebten es, oben auf dem Kamin zu sitzen, das Rad zu drehen und zuzuhören, wie die kleinen Metallnägel gegen den Gummistopper klackten. Sämtliche Wände, auch die Kaminwand, waren vom Fußboden bis zur Decke mit Regalen bestückt, in denen die Bücher dicht an dicht standen. Ein polierter, schlichter Feldschreibtisch beherrschte die Zimmermitte gegenüber dem Kamin. Die Messinggriffe glänzten, das edle Holz war mit den Jahren nachgedunkelt. Carole fragte sich oft, wer ihn besessen haben mochte, Napoleon oder Wellington? Sie hätte gern gewußt, auf wessen Seite er gehörte. Ein gewaltiges Wörterbuch lag in Reichweite auf einem kleinen Podium links vom Schreibtisch. Eine elektrische Schreibmaschine, eine Smith Corona, nahm die rechte Seite des Schreibtisches ein; in der Mitte lagen zwei saubere Stapel Papier. Ein Tintenfaß aus glänzendem Messing enthielt zwei Montblancfüller. Trotz der zahlreichen Bücherregale warteten riesige Bücherstapel geduldig auf dem Fußboden, bis Carole sich aufraffen würde, auch im Schlafzimmer Regale zu bauen. Ein großes Fenster hinter dem Wörterbuch ging auf den Garten der darunterliegenden Wohnung hinaus.

Trotz ihrer Leidenschaft für Carole blieb Ilse immer zuerst einen Moment im Arbeitszimmer, bevor sie in das kleine Schlafzimmer stürmte. Carole hatte hinter einer schmalen Bodenleiste Lampen montiert, so daß das indirekte Licht über die Füße streifte und einem das Gefühl gab, im Nebel zu schweben oder zu gehen. Auf dem schlichten Doppelbett in der Mitte lag eine Tagesdecke aus dunkelbraunem Knittersamt. Zwei Feldtruhen rechts und links enthielten Kleidungsstücke, der Rest hing in dem kleinen Schrank. Die Wände waren kahl, nicht aber der Fußboden. Ein paar kurvenreiche Skulpturen ragten aus den Nebelwolken auf.

Obwohl erschöpft, war Ilse immer noch aufgedreht. Die Organisation der Fete war anstrengend gewesen. Carole brachte ihr ein Sandwich und ein kaltes Bier. Sie setzten sich ins Wohnzimmer.

«Jedesmal, wenn ich hier bin, macht diese Wohnung mich fertig.»

«Wenn du so was sagst, weiß ich nicht, ob es ein Kompliment oder eine Beleidigung ist.»

«Sie hat so gar nichts Bürgerliches. Ich meine, hier ist alles Leichtigkeit und Klasse.»

Carole seufzte. Ilse hatte entschieden etwas gegen Behaglichkeit. «Na und? Ich dachte, in Revolutionen wurde für ein bißchen Bequemlichkeit und ein paar Vorteile gekämpft.»

Ilse rutschte nach vorn auf die Kante ihres Sessels. «Das ist nicht alles. Freiheit ist genauso wichtig, vielleicht noch wichtiger.»

«Das ist ein schwer definierbarer Begriff. Sind die Russen frei?»

«Du kannst das, was wir wollen, nicht mit anderen Revolutionen vergleichen. Das waren männliche Machtfanatiker, erinnerst du dich? Wir werden mehr erreichen.»

«Ich erinnere mich, aber ich weiß trotzdem nicht, was Freiheit bedeutet, wenn jemand es ausspricht. Im Mittelalter bedeutete es Verantwortungslosigkeit. Die Gesellschaft, das war eine Folge beschränkter Privilegien zum Nachteil aller, bis auf wenige Ausnahmen. Politische Freiheit bedeutete Freistellung vom Gesetz. 1917 in Rußland bedeutete sie die Diktatur des Proletariats, und heute in Amerika ist Freiheit zur bloßen Konsumwahl verkommen. Und jetzt sag mir, was du meinst.»

Ilse trank einen Schluck Bier, warf den Kopf zurück und starrte Carole an. Wollte sie streiten oder reden?

«Freiheit bedeutet das Recht zu wählen, wie du leben willst, und das Recht der Beteiligung an staatlichen und wirtschaftlichen Beschlüssen. Du hast recht, es gibt eine Verschmelzung von politischer Freiheit und materiellen Vorteilen. Aber für mich bedeutet Freiheit, das eigene Umfeld zu gestalten, mit anderen zu arbeiten. In meinem Begriff von Freiheit sind wir uns alle gegenseitig verantwortlich.»

«Das kommt meiner Auffassung sehr nahe. Ich weiß nicht, wie wir es anpacken, aber wenn es das ist, wofür die Bewegung eintritt, wie kann dann irgend jemand dagegen sein?»

«Die Schweinehunde ganz oben sind dagegen. Sie verleumden die Frauenbewegung als männerfeindlich, damit die Leute sich vor uns fürchten und nicht hören wollen, was wir zu sagen haben. Ich will die Männer nicht einfach davonkommen lassen. Aber einen

Mann für seine Rolle bei der Unterdrückung der Frau verantwortlich machen und männerfeindlich sein ist zweierlei.»

Carole rutschte nach vorn. «Mir scheint, ihr seid alle gut im pro-
grammatischen Analysieren dessen, was falsch und was schwach
ist.»

Ilse zuckte zusammen und legte ihr Sandwich auf den Teller;
ihre Stimmlage schnellte etwas in die Höhe. «Carole, wir sind
neu. Als politische Idee existieren wir erst seit ungefähr 1968.
Gib uns ein bißchen Zeit.»

«Was soll das heißen? Was glaubst du, was die Suffragetten um
die Jahrhundertwende gemacht haben? So viel weiß sogar
ich.»

«Das ist nicht dasselbe. Sie wollten eine Beteiligung an der Regierung. Sie haben sich aufs Wahlrecht versteift. Sie dachten, mit
dem Wahlrecht wäre wirklich etwas erreicht. Sie bekamen es
schließlich 1920, und dann spaltete sich die Partei. Die meisten
Frauen sagten, wir haben, was wir wollen; die klügeren sagten,
nein, haben wir nicht, wir brauchen Gleichberechtigung.
Scheiße, der verdammte Gleichberechtigungsparagraph steht
noch immer nicht in der Verfassung.» Ilse wurde leidenschaft-
lich. Sie konnte nicht ohne Wut an die Vergangenheit denken,
obwohl sie kein Teil von ihr war. «Aber das sind alte Kamellen.
Ich will keine Beteiligung an dieser korrupten Regierung. Ich
will keine General-Motors-Aktien. Ich will mich nicht an dem
Leid in Vietnam bereichern. Der Krieg ist aus. Ein mieser Witz!
Ich will eine neue Regierung, eine Demokratie, eine echte Volks-
herrschaft.»

Carole faßte Ilse an der Schulter und versuchte, sie zu beruhigen. «Liebes, ich glaube dir. Ich weiß nur nicht, wie das zu machen ist.»

«Auf jeden Fall nicht, indem wir uns voneinander abschotten,
dieser alte amerikanische Quatsch von Individualismus. Vielleicht ist es das, weswegen diese Wohnung mich fertigmacht. Ich
meine, sie ist so individuell. Und warum mußt du so viel Miete
bezahlen? Ich wette, du zahlst vierhundert Dollar oder mehr für

die Wohnung.» Ilse war wütend über ihre eigene Hilflosigkeit und ließ ihren Zorn an Carole aus. «Und wozu ist eine Kunsthistorikerin der Welt eigentlich nütze?»

Verblüfft über den heftigen Ausbruch, ließ Carole ihre Hand fallen. Im ersten Impuls wollte sie kontern, aber sie durfte nicht vergessen, daß Ilse nach einer anstrengenden Woche überarbeitet war, daß sie zwanzig Jahre jünger war und daß sie, Carole, das Engagement der jüngeren Frau respektierte, auch wenn sie nicht immer ihrer Meinung war. Außerdem konnte es sein, daß dies alles sich schon seit geraumer Zeit aufgestaut hatte.

«Ilse, wozu bin ich der Welt nütze, wenn ich in die Slums zurückgehe? Sei vernünftig.»

«Was meinst du mit ‹in die Slums zurückgehen›?» fragte Ilse mißtrauisch.

«Ich habe für alles, was ich besitze, gearbeitet. Ich hatte nicht von Haus aus Geld. Ich bin während der Wirtschaftskrise in Richmond, Virginia, aufgewachsen – als eins von drei Kindern. Wir haben im Armenviertel gewohnt. Es war ein richtiger Slum, auch wenn wir's selbst vielleicht nicht so genannt haben. In den letzten zehn Jahren, ungefähr seit meinem vierunddreißigsten Lebensjahr, bin ich in der Lage gewesen, für mich selbst etwas anzuschaffen. Bis dahin habe ich Darlehen zurückgezahlt und meinen Eltern etwas zu ihren Krankenhausrechnungen zugeschossen, bis sie starben. Du lernst andere Menschen kennen und denkst, ihr Leben sei statisch. Ich habe für dies alles gearbeitet. Ich habe dabei niemandem geschadet und habe die unterstützt, die mir am nächsten standen. Warum sollte ich ein schlechtes Gewissen haben?»

«Man kann sich überhaupt nicht vorstellen, daß du aus den Slums kommst. Du bist viel zu kultiviert», sagte Ilse mit etwas sanfterer Stimme. «Adele vielleicht, aber du doch nicht.»

«Wenn du so weiter machst, wirst du noch ein radikaler Single.»

«Ach komm, Carole, arme Leute benehmen sich nicht so wie du.»

Das brachte Carole erst recht in Rage. «Verdammt, wer bist du, daß du an meinen Worten zweifelst? Verdammt, wer bist du, daß du Verhaltensmuster für Leute festlegst, von denen du nichts weißt? Wie kannst du es wagen anzunehmen, daß arme Leute dumm und unsensibel sind und sich nicht auszudrücken wissen!»

«Das hab ich nicht gesagt.»

«Das war auch gar nicht nötig. Du hast es angedeutet. Lauter Klischees. Das ist genauso schlimm wie das, was die Männer den Frauen antun. Daß wir nichts besaßen, heißt noch lange nicht, daß wir keinen vollständigen Satz zustande kriegten, im Dreck lebten und regelmäßig jeden Samstagabend Schlägereien hatten. Und selbst wenn ich so gelebt hätte – trau mir, trau allen Menschen ein bißchen was zu – wir können uns ändern, weißt du. Du hast mir hundertmal vorgejammert, daß sich eurer Bewegung fast ausschließlich weiße Frauen aus dem bürgerlichen Mittelstand anschließen. Kein Wunder. Ihr habt andere Frauen beleidigt. Erzähl mir bloß nicht, wie ich mich zu verhalten habe, meine Liebe. Fang bloß nicht an, meine Vergangenheit umzudichten. Die Revisionisten kannst du Rußland überlassen. Zwischen armen Leuten gibt es mehr Unterschiede als zwischen Leuten des Mittelstandes. Weißt du das nicht? Ich bin anders als eine arme Waise, die auf den Feldern von South Carolina aufgewachsen ist. Du hast ein einziges Klischee, das du uns allen überstülpst, und wenn du eine Frau triffst, die in Armut aufgewachsen ist, erkennst du sie wahrscheinlich nicht mal. Es gibt keinen schnelleren Weg, die Leute gegen sich aufzubringen, als irgendwelche Rechtfertigungen für ihre Vergangenheit zu verlangen.»

«Ich – also... Ich hatte keine Ahnung, daß du so viel über Rußland weißt.»

«Um Himmels willen, Ilse, ich war keine Dreißig, als die Panik vor den Roten auf dem Höhepunkt war. Ich habe mich redlich bemüht, etwas zu lernen. Deine Generation ist nicht die einzige, die Marx gelesen hat.»

«Oh.»

Der Raum vibrierte wie ein Blitzableiter, nachdem es eingeschlagen hat. Langsam legte sich die Spannung.

«In den fünfziger Jahren habe ich Material zur russischen Geschichte gewälzt. Um ehrlich zu sein, Marx hab ich erst vor vier Jahren gelesen. Das ist eine komische Geschichte. Es war an meinem vierzigsten Geburtstag, ein großer Tag. Adele gab eine Party für mich, und hinterher saßen wir zum Ausklang in ihrem Wohnzimmer. LaVerne hat mit der ganzen Sache angefangen. Sie hatte irgendeine dämliche Börsen-Software mitgebracht, die vielversprechend aussah, wegen des Computer-Booms. Das ging damals ab wie eine Rakete und fiel gleich darauf mit einem dicken Platsch auf die Erde. LaVerne wäre fast gestorben und zog pausenlos über die Wirtschaft her. Ich äußerte meine Unwissenheit über Wirtschaftsangelegenheiten, und Adele sagte, sie wisse auch nicht richtig, wie das funktioniert. LaVerne ist die schlauste von uns allen, und sie erklärte kurz den Börsenmarkt, so daß ich ein bißchen durchblickte, aber sie wußte auch nicht, wie Waren von einem Land zum anderen gelangen oder was Gold mit alledem zu tun hat. Da saßen wir und sahen uns an, drei erwachsene Frauen in ökonomischer Finsternis. Darauf schlug LaVerne vor, wir sollten jede ein Buch lesen und den anderen erzählen, was drinsteht, wie Inhaltsangaben auf der High-School. Sie schnappte sich Keynes, Adele nahm Galbraith und ich Marx. Ich verschlang das *Kommunistische Manifest*, fand es total einfach und dachte, ich hätte den absoluten Durchblick. Daraufhin hatte ich einen Frontalzusammenstoß mit *Das Kapital*. Hast du es gelesen?»

«Nein, aber ich habe Interpretationen und so was gelesen.»

«Du meinst, ich habe *Das Kapital* gelesen und du nicht?» Carole tätschelte Ilses Wange.

«Zieh mich nicht auf.» Sie küßte Caroles Hand. «Seid ihr drei zu keinem Schluß gekommen?»

«Doch. Die Reichen werden reicher, und die Armen werden ärmer, und das hatte mir meine Mutter schon gesagt.» Carole lachte.

«Du kannst dir einen guten Spruch nie verkneifen.»

«Ilse, sei nicht so verbiestert. Ich hab mich ein bißchen mit Arbeit, Wert, Nutzen, Akkumulation beschäftigt, aber Wirtschaft ist nicht mein Fach. Wir haben unsere Bücher gelesen. Wir haben uns zuerst selbst und dann gegenseitig informiert. Ich beobachte, was vorgeht, aber wie gesagt, es ist nicht mein Fach. Ich bin ein aufgeweckter Laie.»

«Bist du Marxistin?»

«Wer weiß. Ich glaube, Marxisten brauchen ihren eigenen ökumenischen Rat, um die Gläubigen neu zu gruppieren. Ich stell sie mir gerne als eine Art weltlicher Jesuiten vor. Marx hat uns einen neuen Blick auf die Welt gegeben, und er hat mich eindeutig belehrt. Aber einiges, was er geschrieben hat, ist über hundert Jahre alt. Wir brauchen etwas, das uns heute nützt. Du solltest mich mittlerweile gut genug kennen, Ilse, um zu wissen, daß ich nichts kritiklos hinnehme. Und wie gesagt, ich bin keine Volkswirtschaftlerin. Ich weiß nur, als Marx die Arbeiter der Welt aufrief, ihre Ketten zu sprengen, da dachte ich, gut, dann können die Vereinigten Staaten sie als Alteisen verkaufen.»

Ilse mußte unwillkürlich lachen. Der Streit raubte ihr den letzten Funken Energie. Während sie immer müder wurde, legte Carole erst richtig los.

«Was mir beim Lesen noch auffällt, ist, daß anscheinend jede politische Organisation auf der Vorstellung von einem äußeren Feind gegründet ist», fuhr sie fort.

«Tja…»

«Nicht, daß der Zar nicht der Feind gewesen wäre oder Dupont etwa heute kein Feind wäre, aber etwas an dieser Vorstellung beunruhigt mich. Sie ist naiv. Es gibt Schlimmeres als einen äußeren Feind: einen inneren Feind.»

«Carole, ich bin nicht sicher, daß ich dir folgen kann. Mir wird ganz schwummrig.»

«Dann laß uns ins Bett gehen. Komm.» Sie legte ihren Arm um Ilses Taille, und so gingen sie ins Schlafzimmer. «Weil ich gerade dabei bin, laß mich das schnell zu Ende führen. Wir denken in Schablonen. Brasilianer haben eine brasilianische Art, etwas zu tun, und als Franzose hat man wahrscheinlich immer etwas ausgesprochen Gallisches an sich.»

«Frau», verbesserte Ilse.

«Okay, frau. Wir lassen uns von Ideen leiten, die nicht in Frage gestellt werden. Deswegen schlagen Revolutionen fehl. Rußland hat noch immer so etwas wie einen Zaren. Es könnte sogar sein, und hierin werden mir deine meisten Freundinnen widersprechen, aber es könnte sogar sein, daß an den scheinbar über jeden Zweifel erhabenen Erkenntnissen der Frauen nicht alles gut ist. Wir sind Frauen, aber wir sind auch Amerikanerinnen, oder? Ich wette mit dir um zehn Donuts, daß deine Ideen von Feminismus und davon, wie Demokratie zu erreichen ist, sich stark von den Vorstellungen einer Japanerin unterscheiden.»

«Das ist mir zwar nicht alles ganz klar, aber soweit ich's kapiere, hört es sich einigermaßen überzeugend an. Ich weiß bloß nicht, wie wir rauskriegen, was wir in Frage stellen sollten.»

«Durch Reisen.» Carole schlüpfte ins Bett, und Ilse, die Augen halb geschlossen, legte den Kopf an ihre Schulter.

«Eins noch», fuhr Carole fort.

«Hm?»

«Adele stammt aus einer der vornehmsten Familien von St. Louis. Ihr Vater ist Rechtsanwalt, und arm sind sie nie gewesen.»

«Oh», murmelte Ilse. «Bist du je mit Adele ins Bett gegangen?»

«Nein.»

F red Fowler genoß die erste Fachbereichsversammlung des Herbstsemesters. Für ihn war es der wichtigste Teil des Studienjahres, und er fand, jeder Herbst sei wie das Umwenden eines neuen Blattes. Er war weder ein besonders tüchtiger Verwalter, noch vertrat er eine bestimmte Richtung, doch wenn es keinen Fluchtweg gab, war er zu enormen Energieschüben fähig. Da die Fakultät ständig von irgendwelchen Krisen gebeutelt wurde, arbeitete Fred hart. Die Versammlung war auf drei Uhr angesetzt. Fred scheuchte seine Sekretärin herum. Standen die Aschenbecher auf dem Tisch? War der Eiseimer bereit? Fred fand, Alkohol schmiedete die Gruppe zusammen, ölte die Zahnräder der Fakultät.

Carole fegte aus der Fahrstuhltür und stieß beinahe mit ihm zusammen, als er wie ein geistesabwesender Langstreckenläufer durch den Flur rannte, zuerst in die eine Richtung, dann in die andere.

«Hoppla, Professor Hanratty, Sie führen ein gefährliches Kielwasser.»

«Verzeihung, Chef, das ist heute schon das zweite Mal, daß ich knapp einem Zusammenstoß entgangen bin.»

«Meine Güte, hoffentlich war es nichts Ernstes.» Er war begierig, sie zu trösten, sofern es eine Schauergeschichte gäbe. Fred war ungeheuer gut im Oh-ist-das-nicht-furchtbar-Spiel.

«Nein, nichts dergleichen. Als ich aus dem Haus stürzte, habe ich Mr. Dutton plattgedrückt, der gerade hineinstürzte.»

Dutton war ein unangenehmer alter Junggeselle um die fünfzig. Carole war überzeugt, daß er in jüngeren Jahren Gigolo gewesen war, denn er besaß einen rotzigen Charme, der vermutlich auf ältere, einsame Frauen wirkte. Dutton bewohnte das Gartenapartment. Häufig trippelte er mit seinem alternden Pekinesen die East Seventy Street auf und ab, umwölkt von teurem Rasierwasser. Carole konnte er nicht ausstehen, weil sie ihn nicht beachtete. Schlimmer noch, als er eines Tages seinen Hund von der Leine ließ, sprang der in den zweiten Stock hinauf, gerade als Carole ihre Wohnungstür öffnete. Louisa May, bereit zu ihrer großen Fluchtnummer, stürmte hinaus und bremste, als sie das winzige Tier sah. Kaum hatte sie erkannt, daß es sich wahrhaftig um einen Hund handelte, sträubte sie sich zu ihrer doppelten Größe und verdrosch ihn nach Strich und Faden. Dutton raste die Treppe hinauf, erblickte die blutende Nase seines Hundes und schleuderte Louisa May in schrillem Falsett «grausames Raubtier» entgegen. Sollten irgendwelche Arztrechnungen zu begleichen sein, werde Carole von ihm hören. Carole dachte sich, ein

Typ wie Dutton würde aus jeder Frau auf die eine oder andere Art Geld herausschlagen. Als sie heute mit ihm zusammengeprallt war, hatte sich sein automatischer Regenschirm geöffnet, und Dutton war im Türrahmen steckengeblieben.

Als alle acht Professoren im Raum versammelt waren, hob Fred zu seiner Herbstrede an: «Schön, daß Sie wieder da sind. Ich hoffe, Sie hatten alle einen angenehmen, anregenden Sommer. Wenn wir nachher zum Geschäft kommen, wird Bob Kenin uns vielleicht informell über den Fortschritt der Restaurierungen in Florenz unterrichten.» Bob nickte. «Da dies unsere erste Versammlung ist, haben wir einen reinen Tisch, abgesehen von der Kontroverse innerhalb der Fakultät über die Zensurenvergabe. Der Punkt ist für Erstsemester abgehakt, aber, wie Sie sich vielleicht erinnern werden, auf unserer letzten Versammlung vor dem Sommersemester wurde große Besorgnis über die Anwendung dieses Systems auf unsere höheren Semester laut, die *crème de la crème*, haha.» Nervöses Lächeln, bis der alte Professor Stowa zurücklächelte. «Ich schlage vor, wir lesen die beiden Statements, die unsere Vertreter der verschiedenen Standpunkte verfaßt haben, dann können wir heute in zwei Wochen über die Sache diskutieren. Womit ich natürlich nicht andeuten möchte, daß die Angelegenheit durch eine Debatte geregelt wird. Die Zensurenvergabe ist zum einen eine komplexe moralische Streitfrage, zum anderen geht es um den Schutz des Qualitätsstandards unserer Fakultät, daher habe ich das Gefühl, daß wir es mit der Spitze eines Eisberges zu tun haben. Blablabla...»

Bei Eisberg schaltete Carole ab. Sie starrte Fred an, der sich an seiner Wichtigtuerei weidete und dem Alkohol reichlich zusprach. Durch die Metaphern, die sie benutzen, verraten die Leute, wie ordinär ihr Verstand ist, dachte sie. Gleich wird er sagen, ‹an dieser Klippe im Strom der Zeit›. Wenn's keine Metaphern sind, dann sind's Adjektive. Adjektive sind der Fluch Amerikas. Gestern hat eine Zeitung Chris Williamsons neues Album mit den Worten besprochen, ‹eine sinnliche, vollblütige, betörende Stimme. Ms. Williamson bringt das Innere deines kühlen Kopfes mit ihrem vollkommenen heißen Sound zum Schwingen. Das Album verdient vier Sterne.› Herrgott, warum hat er nicht einfach geschrieben: ‹Sie ist großartig.› Ich dachte, Bezahlung nach Worten sei mit Dickens ausgestorben. Die Menschen müssen andauernd beschreiben, modifizieren, qualifizieren. Oder sie plappern Werbesprüche nach: Probieren Sie, es wird Ihnen schmecken. Ich kann's nicht fassen, ich hab alles aufgegessen. Wie steht's mit Ihrem Liebesleben? Fernsehen ist das Kaugummi des Geistes oder sagte Fred Allen ‹des Auges›? Manchmal denke ich, meine Freunde im dreizehnten Jahrhundert hatten es besser. Sie erlitten nie die Enttäuschung, wenn eine Heimdauerwelle Amok lief. Für sie war ein Spaten ein Spaten, kein ‹Aushebungsinstrument›. Was ist geschehen? Warum können die Menschen die Dinge nicht mehr nehmen, wie sie sind? Müssen sie eine Person oder eine Sache verbalisieren, bevor sie glauben können, daß sie wirklich ist? Verkehrtrum. Alles ist verkehrtrum. Gehängt sei, der da schrieb, ‹am Anfang war das Wort›. Er hat uns um die unverdorbene Erfahrung gebracht.

«... und ich vertraue darauf, daß wir uns alle ins Zeug legen werden.» Fred war fertig. Dreißig Minuten reden belebte ihn ungeheuer, und er klopfte allen, die in Reichweite waren, auf den Rücken, süffelte seinen Whisky und lachte viel zu laut.

Marcia Cagahan, die einzige andere Frau in der Fakultät, kam zu Carole. «Ich sehe, du hast den langen, heißen Sommer überlebt.»

«Es war nicht so schlimm, wie ich dachte. Wie war's in Paris?»

«Wunderbar wie immer, wenn man die Leute ignoriert. Von den Museen kann ich nie genug bekommen. Ich habe einen faszinierenden Abstecher nach Ostberlin gemacht. Das Museum dort ist sehr gut – überragend sogar –, aber die Stadt ist so freudlos. Zwischen Ostberlin und Westberlin ist ein Unterschied wie Tag und Nacht. Weißt du, ich glaube nicht, daß die Russen die Deutschen je vergessen lassen.»

«Und die Amerikaner verzeihen alles, wenn das Volk, das sie beleidigt hat, eine Coca-Cola-Lizenz kauft», bemerkte Carole.

Marcia wollte etwas erwidern, doch Fred, der sich Zentimeter für Zentimeter herangepirscht hatte, erreichte endlich sein Ziel und drapierte nach Art des Chefs je einen Arm um die weiblichen Angestellten.

«Marcia, Carole und ich haben diesen Sommer die Stellung gehalten.»

Marcia konnte ihn nicht betont ignorieren; sie wartete noch auf die feste Anstellung. «Dann war es bestimmt ein erfreulicher Sommer, Fred. Ich weiß, wie sehr Sie Caroles Arbeit schätzen. Wenn Sie mich jetzt entschuldigen wollen, ich muß schnell zum College, Michele abholen.»

Fred wurde plump. «Was dagegen, wenn ich Ihnen eine persönliche Frage stelle, Carole?» Und bevor sie abwehren konnte, dröhnte er: «Wie steht's mit Ihrem Liebesleben?»

«Phantastisch.» Sie machte auf dem Absatz kehrt und ging. Carole war seit sieben Jahren fest angestellt.

*I**lse küßte den Muskel**, der schräg nach unten zu Caroles Schamhaar verlief. Sie drapierte ihre Haare über Caroles Oberschenkel und fuhr mit den Lippen über ihren Bauch. Ilse liebte es, Carole hinzuhalten. Durch die ältere Frau hatte sie die Wonnen der Zurückhaltung erfahren. Langsam würde sie Carole in ein Meer heißer Fluten verwandeln. Die Gewalt ihrer eigenen Sexualität berauschte sie. Früher hatte sie sich ihre Klitoris als eine rote Eichel vorgestellt, doch jetzt sah sie sie als eine Seeanemone. Sie konnte ihre Lustzentren nicht mehr lokalisieren: Carole ließ ihren Körper zusammenschmelzen. Mit Carole hatte sie ihren ersten Mehrfachorgasmus gehabt, und sie liebte ihre Freundin dafür.

Damals hatten sie in den Kissen gelehnt, und Carole trank eine Cola wie gewöhnlich. Sie sammelte Eiswürfel in ihrem Mund und küßte Ilses ganzen Körper. Als Carole ihre Lippen zwischen Ilses geöffneten Beinen vergrub, brachen die Dämme ihres alltäglichen Ich. Vielleicht war es der Schock des Eises auf dampfender Hitze, aber Ilse wußte nicht mehr, wo sie aufhörte und Carole anfing. Wenn du erst weißt, wie's geht, ist es leicht, durchzuckte es sie. Sie lernte, willentlich in körperliche Höhepunkte hinein- und wieder hinauszugleiten. Sie spürte eine intensive Bindung an Carole. Wenn sie auf ihr lag, fürchtete sie, ihre Brustkörbe würden sich verkeilen. Ihre Schenkelknochen würden verschmelzen. Sie würden wieder ganz von vorn gehen lernen müssen. Sie zog die Fingernägel an Caroles Körper entlang, schob dann die Arme unter ihre Schultern und umschloß ihren Hinterkopf. Mit steigender Kraft bewegte sich Carole immer weiter in Ilses Körper hinein. Die Pulsader an der Innenseite des Schenkels schlug unter Ilses Klitoris. Das Gesicht an den Hals der großen Frau geschmiegt, spürte sie denselben rasenden Herzschlag unter ihren Lippen, fühlte sich selbst reglos und schwerelos. Als Carole stöhnte: «Jetzt, Ilse, jetzt», war ihr, als glitte sie eine Flutwelle hinunter. Die Schaukelbewegung und die brennende Ader direkt unter ihr berauschten sie; ein Schauer durchlief ihren Körper. Ilse weinte. Sie wußte nicht warum. Wenn sie so zusammen kamen, mußte sie einfach weinen. Ihr Verstand schob Worte beiseite, und die Tränen kullerten an ihrer Nase entlang in ihren Mund. Carole hüllte sie in Liebe ein, küßte sie, leckte das Salz fort. Wenn Carole Ilses Haare streichelte, fühlte sie sich als Beschützerin. Sie wußte, Ilse konnte auf sich selbst aufpassen, aber in diesem Moment beschirmte sie sie, stellten sie sich gemeinsam der Verletzlichkeit, geteilter Verletzlichkeit. Sie überließ es Ilse, den Zauber des Augenblicks zu brechen, wann immer sie bereit war.

«Hast du gewußt, daß Pussblossom sich die ganze Zeit nicht gerührt hat, während wir uns liebten?»

Pussblossom öffnete die Augen einen Schlitzbreit. Sie lag auf dem Rücken, die Vorderpfoten eingerollt, die Hinterbeine gestreckt; der kurze, flaumige Schwanz lag reglos zwischen ihren Beinen. Sie sah aus wie eine Kurtisane.

Carole fuhr ihr mit dem Finger über die Silberwange. «Blossom, schämst du dich nicht?»

Die Katze wandte den Kopf, schloß die Augen und schnurrte.

«Wie war Freddie Fowler heute?»

«Ein aufgeblasener Esel, wie üblich. Hast du dein Treffen überlebt, oder war Olive gar nicht da?»

«Und ob sie da war. Sie ließ eine Tirade darüber los, wie ich die Gruppe leite; Leiterinnen seien elitär, und ich sollte nicht soviel arbeiten. Kaum eine hört noch auf sie, aber sie ist so gerissen, Themen auszusuchen, die ablenken. Wir haben während der ganzen dämlichen Versammlung darüber diskutiert, ob ich eine Leiterin sei oder nicht und was das bedeute. Weißt du, die Trennungslinie zwischen Kollektivität und Chaos ist sehr dünn, und Leute wie Olive überschreiten sie ständig.»

«Vom Standpunkt einer Unbeteiligten begeht eine politische Gruppe ohne Führung Selbstmord.»

«Vor einem Jahr wäre ich nicht deiner Meinung gewesen, aber jetzt sehe ich allmählich, daß nicht alle Leute Verantwortung auf dieselbe Weise definieren und daß nichts geschieht, wenn nicht ein paar die vernachlässigte Verantwortung übernehmen und sozusagen aufheben, was andere zurückgelassen haben. Leuchtet dir das ein?»

«Ja, das leuchtet mir ein. Aber meinst du nicht, Führung ist mehr als Projekte realisieren? Ich stelle sie mir gern als eine Vision vor, oder als eine Begabung. Manche Leute können singen und manche nicht. Genauso haben manche eine politische Begabung und andere nicht. Ich weiß nicht, wieso du Leute tolerierst, die dich herabsetzen wollen, wo du doch für sie arbeitest – eigentlich sogar für uns alle.»

«Das ist es ja, was mich am meisten verletzt. Ich rechne damit, von Männern wie ein Stück Scheiße behandelt zu werden, aber von anderen Frauen hätte ich das weiß Gott nicht erwartet.» Carole wollte etwas sagen, doch Ilse fügte rasch hinzu: «Aber ich weiß, warum sie es tun. Aus Frauenhaß, weißt du? Ich meine, sie hassen sich selbst so sehr, daß sie eine andere Frau unmöglich achten können. Gleichheit bedeutet für sie, daß es jeder anderen Frau so miserabel gehen muß wie ihr. Das macht mir angst, verdammt noch mal, das macht mir richtig angst. Ich reibe mir den Hintern wund, ich gängele die Gruppe nicht und erteile keine Befehle, und diese Frau nennt mich elitär. Auch wenn unterdessen alle wissen, daß sie gemein ist, es gibt viele von ihrer Sorte auf der Welt.»

«Daß die Leute deine Arbeit mißbrauchen, dafür kannst du nichts, Ilse. Egal, was du machst, jemand kann es immer verdrehen und gegen dich verwenden. Die kannst du sowieso vergessen. Mach du nur weiter mit dem, was du kannst.»

«Tja, aber es tut weh.»

«Was hat dich nur auf die Idee gebracht, daß es leicht sein würde? Was weh tut, ist vielleicht, daß die Leute dich nicht mögen. Wie gesagt, vergiß sie. Du kannst nicht für andere Leute leben. Schau dir an, was für einen Schlamassel sie aus ihrem Leben machen. Du würdest dich doch nicht von der Meinung anderer beherrschen lassen? Niemals.»

«Aber der Zweck der Bewegung ist doch, Frauen füreinander verantwortlich zu machen, uns gegenseitig an die erste Stelle zu setzen, statt unsere Kräfte an Männer zu verschenken. Ich kann andere Frauen nicht einfach so ignorieren.»

«Solange du dich nicht selbst an die erste Stelle setzt, bist du eine Lügnerin. Du wirst versuchen, dich heimlich durchzusetzen, ohne dir dessen bewußt zu sein, und das wird deine Frauenbewegung wirklich vernichten. Wenn deine Leute sich alle hinsetzen und überlegen würden, was ihr im Leben braucht, würdet ihr vermutlich entdecken, daß ihr eine echte Basis für einen Zusammenschluß habt. Mit Idealismus bringt ihr es zu nichts. Verstehst du, was ich meine?»

«Carole, du hast dich eben so südstaatlerisch angehört. Woher hast du den Akzent?»

«Tatsächlich? Ein Relikt aus meiner Kindheit, schätze ich. Manchmal, wenn mir was unter die Haut geht, kommt er wieder durch.»

«Aber warum hast du deine Sprechweise geändert?»

«Versuch mal, mit einem Südstaatenakzent im Norden zu leben, und sieh zu, wie weit du damit kommst. Die Leute vermuten ausnahmslos das Schlimmste.»

«Du hast dir soeben widersprochen, weißt du das? Vorhin hast du mir gesagt, ich soll mich nicht von der Meinung anderer Leute beeinflussen lassen, dabei hast du selbst für andere was geändert.»

«Verdammt noch mal, sei nicht so pingelig. Ich war achtzehn, als ich hierher auswanderte, um aufs Vassar-College zu gehen. Damals war ich noch ziemlich ahnungslos, die Leute konnten mir alles mögliche erzählen. Heute würde ich mich nicht mehr danach richten, aber ich kann dir sagen, daß die Yankees, sobald sie die leisesten Anflüge von Singsang hören, kein Wort mehr ernst nehmen, verdammt noch mal.»

«Das ist das erste Mal, daß du mir von dir, von deiner Vergangenheit erzählt hast. Erzähl mir noch mehr.»

«Ich bin am 28. November 1932 in der Nähe von Winchester, Virginia, geboren.»

«Ich denke, du bist in Richmond aufgewachsen.»

«Bin ich auch, aber die Familie hatte sich zum Erntedankfest auf der Farm meines Großvaters versammelt, und Mutter wollte bei ihrer Mutter sein, als sie mich bekam. Ich habe jeden Sommer dort verbracht, bis ich aufs College ging, von da an habe ich im Sommer gearbeitet und jede einzelne Minute gehaßt.»

«Hast du Geschwister?»

«Ich habe einen lebendigen Bruder und eine Schwester, die 1958 gestorben ist.»

«Weiter. Ich will wissen, wann du dein *coming out* hattest. Langsam kommen wir zu den interessanten Phasen.»

«Muffy Cadwalder. Mein Gott, ich habe seit Jahren nicht an sie gedacht. Muffy und ich waren zusammen in Vassar. Wir haben beide in Jewett gewohnt.»

«Ich war in Cushing», unterbrach Ilse.

«Über die leidenschaftliche Affäre mit Muffy gibt es nicht viel zu erzählen... bloß, daß ich mich im Krankenhaus in sie verliebt habe.»

«Warst du krank?» Ilse hatte die Beine übereinandergeschlagen und war ganz Ohr.

«Nein. Muff hatte eine Panne. Sie war schwanger. Unverheiratet schwanger zu sein war damals ein Schicksal, schlimmer als der Tod, meine Liebe. Sie stammte aus einer reichen Chicagoer Familie, die offensichtlich Beziehungen hatte. Außerdem war ihre Mutter Gott sei Dank ziemlich verständnisvoll und arrangierte alles. Muff hatte schreckliche Angst und bat mich, übers Wochenende mit zu ihr nach Hause zu kommen. Sie hat mir das Fahrgeld bezahlt. Ihre Mutter und ich standen draußen im Flur, und nach der Narkose schoben sie sie durch den Flur in den Operationssaal. Als sie vorbeigerollt wurde, sang sie aus Leibeskräften ‹He was my man but he done me wrong›. Genau in diesem Moment wußte ich, daß ich in die fruchtbare Muffy Cadwalder verliebt war.»

«Los, erzähl schon, wie du sie ins Bett gekriegt hast!»

«Oh. Also, wir kehrten ins College zurück. Während des folgenden Monats blieb die Freundschaft rein platonisch, aber Muff und ich waren unzertrennlich. Ich nehme an, da ich ihr finsterstes Geheimnis kannte, fühlte sie sich mir um so näher. Auf dem Campus wurde ‹Frankenstein› gezeigt, die alte Fassung aus den dreißiger Jahren, und wir sind hingegangen. Anschließend sagte sie, sie hätte Angst, allein zu schlafen, und ob sie bei mir schlafen könne. Da lagen wir nebeneinander in dem verdammt kleinen Bett. Ich konnte mich nicht rühren. Ich atmete kaum und hatte Herzklopfen und dachte an all die alten gräßlichen Klischees. Da dreht sich Muffy zu mir um und fängt an zu reden, was für gute Freundinnen wir seien und wie sie mich liebte. Ich küßte sie. Das war vielleicht die mutigste Tat in meinem ganzen Leben.»

«Was hat sie gemacht?»

«Sie hat mich wiedergeküßt.»

«Man muß dir wirklich alles aus der Nase ziehen! Was hast du dann gemacht? Bist du auf sie drauf oder in sie rein oder was?»

«Ilse! Nein, ich hab nichts dergleichen gemacht, als wir das erste Mal zusammen waren. Wir wußten beide nicht recht, wie wir es anstellen mußten, und haben bloß so rumgefummelt. Aber es war immerhin ein Anfang.»

«Was hat euch auseinandergebracht?»

«Nach dem College-Abschluß hab ich studiert, und sie ging nach Europa, natürlich mit der neuesten Mode ausstaffiert.»

«Du sagst nie was über deine Gefühle. Was hast du empfunden?»

«Ist dir jemals in den Sinn gekommen, daß manche Leute ihr Herz nicht auf der Zunge tragen mögen? Meine Gefühle und meine emotionale Entwicklung sind meine Sache. Ich weiß nicht, ob du das verstehst. Deine Generation ist durch die Psychologie heillos korrumpiert.»

«Wieso bist du so defensiv?»

«Siehst du? Defensiv. Was ist das für ein Wort? Sind wir in einem Footballspiel?»

«Na gut. Eigensinnig. Reserviert. Distanziert? Wie wär's damit? Sag's mir jetzt. Es ist gut fünfundzwanzig Jahre her.»

«Herrje, bist du beharrlich. Meine Arbeit war mir wichtiger, als mit Muffy Cadwalder Familie zu spielen. Ja, ich war deprimiert, aber ich hatte nie ernsthaft daran gedacht, mich mit Muffy zusammenzutun oder sie zu heiraten oder wie immer du das nennen willst, verdammt noch mal. Ich habe sie geliebt, aber ich war nicht bereit, ihretwegen mein Leben zu ändern.»

«Was meinst du mit ‹zusammentun› oder ‹heiraten›?»

«Ich wußte, daß das kommt. Ich meine, zusammenleben.»

«Monogam?» Ilses Augenbrauen berührten fast ihre Kopfhaut.

«Das war 1951. Alle waren monogam. Wir ahnten nicht, daß es noch etwas anderes gab.»

«Bist du jetzt monogam?»

«Was ist das hier, ein Fernsehquiz? Ich hab nicht darüber nachgedacht. Ich nehme an, im Grunde meines Herzens, um eine Phrase zu verwenden, bin ich monogam veranlagt. Andere sind anders, und versuch ja nicht, mich in eine Diskussion über die politischen Aspekte der Monogamie zu verwickeln.»

Ilse kicherte. «Okay, okay, das Thema Monogamie brennt mir nicht gerade unter den Nägeln. Aber viele Leute interessiert es brennend.» Nach einer Pause hob sie die Hand. Carole brach in Lachen aus und nahm sie ihr herunter.

«Frau Lehrerin», bat Ilse, «eine Frage noch?»

«Raus damit.»

«Die Klavierspielerin.»

«Ihr seid eine wie die andere.» Carole hob in gespielter Resignation die Hände. «Du bist schon genau so schlimm wie Adele.»

«Ebendas ist meine Frage. Wann hast du Adele kennengelernt?»

«An der Uni. Wir waren die einzigen Frauen und sind oft zusammen Kaffee trinken gegangen, um uns zu unterhalten. Ich wußte, es war der Beginn einer wunderbaren Freundschaft, als sie mir von ihrer katholischen Kindheit erzählte. Ihre große Rebellion bestand darin, die Heilige Mutter Gottes ‹Geilige Maria› zu nennen. Ich war auch katholisch, und meine große Stunde schlug, wenn ich meinen Rosenkranz schlenkerte und dabei murmelte: ‹Gegrüßet seist du, Maria, voll der Gnaden, fällst auf die Nase und brichst dir die Waden.› Seitdem sind wir Freundinnen.»

«Adele ist katholisch?»

«War. Dachtest du etwa, sie sei Baptistin oder Mitglied der Holy-Roller-Sekte?»

«Wieso erwähnst du nie, daß Adele schwarz ist?»

«Was gibt es da zu erwähnen? Du brauchst sie doch bloß anzusehen.»

«Carole, du weißt genau, daß ich das nicht meine. Als ihr Freundinnen wurdet, ließen sich weiße und schwarze Frauen nicht zusammen sehen.»

Carole lachte. «Die Leute hielten sie vermutlich für meine Zofe.»

Vollkommen fassungslos, weil es ihr unerklärlich war, wie jemand über ein solches Thema lachen konnte, stotterte Ilse: «Jetzt mal im Ernst. Ihr mußtet doch wissen, daß ihr gegen einen Kodex verstießt.»

«Was ist bloß in dich gefahren? Ja, wir wurden manchmal angegafft, und wenn wir in Lokale wie ‹Half Note› oder ‹Jazz Gallery› gingen, mußten wir frühzeitig anrufen und Bescheid sagen, damit sie uns ganz hinten in einer Ecke plazierten. Aber wir sind mit Männern hingegangen. Sie mit Richard Benton, einem Schwarzen, und ich mit David; seinen Nachnamen habe ich vergessen. David war jedenfalls ein Weißer. Damals ging man nirgends ohne männliche Begleitung hin, außer in eine Schwulenbar. Und wir haben uns furchtbar aufgedonnert. Gepanzerte BH's und bis zur Taille reichende Unterhosen, Miederhöschen mit Strumpfhaltern. Wie konnten wir uns da noch rühren? Und die Schuhe. Die Schuhe wechselten alle Jahre. Touristen waren immer an ihren weißen Schuhen zu erkennen. Wenn ich daran zurückdenke, es war grauenhaft.»

«Du bist vom Thema abgekommen.»

«Adele in alten Zeiten. Okay, wir wurden ein bißchen schief angeguckt. Wir wären noch viel schiefer angeguckt worden, wenn wir ein Mann und eine Frau gewesen wären.»

«Wo du doch aus dem Süden kommst, war dir nicht mulmig dabei, eine schwarze Freundin zu haben?»

«Ilse, zeig mir einen einzigen Yankee, der damals nicht ein bißchen nervös gewesen wäre. Natürlich wußten wir, daß wir die Grenze überschritten, aber wir haben uns geliebt. Ich weiß nicht, bei uns hat's einfach gefunkt. Das Schicksal hat uns zu besten Freundinnen ausersehen. BonBon würde sagen, wir hätten uns in einem früheren Leben gekannt. Verdammt. Und wir haben bestimmt nie herumgesessen und uns ernsthaft über Rassenprobleme unterhalten.»

«Und du hast nie mit ihr geschlafen?»

«Ich hab doch schon gesagt, nein.»

«Vielleicht hast du nicht mit ihr geschlafen, weil sie eine Schwarze ist.»

«Wenn das der Grund ist, war es mir nie bewußt. Ich habe nicht mit ihr geschlafen, weil ich mit jemandem zusammen war, als ich sie kennenlernte. Gott, bist du neugierig.»

«Ja, aber die Ehe, wie du es nennst, hat nicht ewig gehalten.»

«Adeles Affären sind beständig. Sie hat zwölf Jahre mit einer Frau namens Carmen zusammengelebt. Adele treibt sich nicht herum. Als sie mit Carmen Schluß machte, war ich mit jemandem zusammen. Als wir dann Schluß machten, war Adele schon mit LaVerne zusammen. Außerdem, wenn du so lange Zeit mit jemandem befreundet bist, denkst du nicht auf diese Weise an sie.»

«Ich schon. Meine Freundinnen sind die, mit denen ich schlafe.»

«Du bist eben anders», sagte Carole.

«Du hast mir nie erzählt, daß du mit jemandem zusammengelebt hast.»

«Ilse, ich werde nicht noch eine lange Geschichte aus meiner Vergangenheit zum besten geben. Mit achtundzwanzig zog ich mit einer Frau zusammen, die ich gerne vergessen möchte – Rebecca Delaney. Wir haben sechs Jahre zusammengelebt, dann haben wir uns getrennt. Eigentlich sollte ich nicht sagen, daß ich sie vergessen möchte. Am Ende war eine von uns so schlimm wie die andere. Jetzt dreh dich um und schlaf.»

«Wer ist dran mit außen liegen, du oder ich?»

«Weiß ich nicht mehr.»

«Schön, dann hältst du mich fest.»

Carole kuschelte sich hinter sie, schob den linken Arm unter Ilses Kissen und den rechten über ihre weiche Hüfte.

«Weiß Freddie Fowler, daß du lesbisch bist?»

«Du sollst schlafen.»

«Sag's mir, und ich verspreche dir hoch und heilig, daß ich schlafen werde.»

«Die Frauen, die gegen deine Führung Widerstand leisten, machen einen großen Fehler. Du bist so verdammt hartnäckig, daß du jede Opposition niederschlagen kannst. Sie sollten dich lieber direkt an die Spitze setzen.» Carole seufzte. «Fred Fowler mag wohl wissen, daß ich lesbisch bin, aber du kannst kaum erwarten,

daß ich mich in sein Büro setze und mit ihm darüber disku-
tiere.»

«Weißt du, wir müssen uns alle bekennen, damit sie wissen, wie
viele wir sind und daß mit uns zu rechnen ist. Es darf keine
Schranklesben mehr geben, weil es uns alle beleidigt.»

«Das haben wir schon mal durchgesprochen. Ich habe die Artikel
zu diesem Thema gelesen, mir ist klar, was dahintersteckt, aber
was macht ihr mit all denen, die deswegen arbeitslos werden, vor
allem Frauen mit Kindern?»

«Das ist der springende Punkt. Wenn wir uns alle bekennen, können wir nicht arbeitslos werden; wir sind zu viele.»

«Sei still und schlaf. Ich habe morgen Vorlesung. Soll ich etwa mit
einem lila Lesbenstern in den Hörsaal spazieren?»

«Ja.»

«Laß uns jetzt schlafen. Außerdem, ich bin noch nicht tot. Ich
bekenne mich vielleicht öffentlich, aber erst dann, wenn ich dazu
bereit bin, verdammt noch mal. Gute Nacht!»

«Nacht.»

Als Adele in die Lexington Avenue einbog, blieb sie an
der Ecke stehen, um sich bei dem Straßenverkäufer
einen Hot dog zu kaufen. Der orange-blaue Schirm flatterte jedesmal, wenn ein Auto vorbeifuhr, doch der Mann ignorierte das und
stach auf die Würstchen ein, als seien es schlüpfrige Aale.

«Mit viel Senf bitte.»

Mit einem leuchtend gelben Hot dog bewaffnet, wirbelte Adele
durch die Drehtür von Bloomingdale's und stürzte sich in den
Kampf um die Fahrstühle. Zu jeder Tageszeit tummelten sich in
dem Kaufhaus zwei ebenbürtige parasitäre Fraktionen: Hausfrauen von der Upper East Side und ganze Truppen von Schwulen im Konsumrausch. In ihrer ersten Zeit in New York hatte

Adele, eine höfliche, wohlerzogene, an gute Manieren gewöhnte Frau, das Gefühl, von den Massen erdrückt zu werden. Damals hatte das Navigieren durch Bloomingdale's und seine herumkreuzende Kundschaft sie bis zum Zusammenbruch entnervt. Nachdem sie jahrelang auf dem erbarmungslosen Amboß der Stadt bearbeitet worden war, hatte sie ihre Lektion gelernt: Anstatt sich «Verzeihung» murmelnd durch die Einkaufenden zu schlängeln, stieß sie ihren triefenden Hot dog vor sich her und sagte in ihrem schönsten Bronx-Akzent: «Achtung, Leute, seht zu, daß ihr Land gewinnt, oder wollt ihr von oben bis unten mit Senf bekleckert werden?» Die Leute teilten sich wie das Rote Meer. Wenn sie ihren Hot dog im Fahrstuhl schwenkte, konnte sie sicher sein, daß niemand sie anrempelte, und geschah es doch, mußten sie die Kosten für die Reinigung selbst tragen. Die Türen öffneten sich in LaVernes Stockwerk, und Adele stieg majestätisch aus, ohne die gehobenen Brauen hinter ihr zu beachten. Ein kleiner Junge und seine Mutter warteten auf den Fahrstuhl nach unten.

«Hier, Kleiner, hast du was zum Futtern.»

Die Mutter riß ihrem Sohn den Hot dog aus der Hand, zweifellos, weil Adele schwarz war; man konnte schließlich nie wissen, ob diese Leute saubere Hände hatten. Sie stapfte zu dem Aschenbecher zwischen den Fahrstühlen und warf den Hot dog mitten zwischen die ausgedrückten Zigarettenstummel in den Sand. Der Junge schnappte sich ihn wütend wieder und biß das Ende trotzig mit seinen kleinen gefletschten Zähnen ab. Auf dem Weg zu LaVerne konnte Adele die zwei zanken hören.

Adele machte sich ein Vergnügen daraus, Autorität in jeder Form zu untergraben. Als kluge Frau verließ sie allerdings stets rasch den Schauplatz der Unruhen, die sie erzeugte. Aus irgendeinem Grund kam ihr Ilse in den Sinn.

Ich sollte der Frau eine Lektion erteilen. Ilse muß lernen, daß es mehr als eine Methode gibt, einer Katze das Fell über die Ohren zu ziehen. Adele lachte in sich hinein. Wen du nicht besiegen kannst, den mußt du betrügen.

LaVerne bückte sich gerade, um ihre Handtasche zu nehmen, als Adele sie erblickte.

«Hmm, hmm, diesen Hintern würde ich überall erkennen.»

LaVerne sprang auf, als hätte jemand auf sie geschossen. «Wirst du dich wohl benehmen? Oder willst du, daß ich hier gefeuert werde?»

«Ich will, daß du entbrennst.»

«Komm, du geile Geiß, laß uns hier verschwinden, ehe es zu spät ist.» LaVerne nahm ihren Arm, dann ließ sie ihn los. «Siehst du, du läßt mich vergessen, wo ich bin.»

«Menschenskind, hatte ich heute einen Spaß mit meinem Hot dog. Als ich aus dem Fahrstuhl stieg, habe ich ihn einem kleinen Jungen geschenkt, der dort mit seiner Mutter stand. Das war der Beginn einer dramatischen Auseinandersetzung. Sie hat ihm den Hot dog aus der Hand gerissen und in den schmutzigen Aschenbecher gestopft. Er ist hingerannt und hat ihn wieder rausgefischt. Richtig herzerwärmend, so eine rührende Familienszene.»

«Ich glaube allmählich, du magst keine Kinder.»

«Das ist eine gemeine Lüge. Ich mag Kinder, vor allem, wenn sie gut geraten sind.»

«Verdammt, nach all den Jahren, die wir zusammen sind, weiß ich immer noch nicht, was als nächstes aus deinem Mund geschossen kommt. Ich wette, du bist die einzige Person in New York, die ihren Mund vom Gesundheitsamt untersuchen lassen muß.»

Adele lachte. «Ich nicht, Liebling, die Ehre gebührt Che Che LaWanga, der bei der Verkehrsbehörde einen U-Bahn-Stand gemietet hat.»

«Che Che LaWanga?»

«Du kennst den Dicken nicht? Eine warme Mahlzeit für die Waisenkinder, Hosen runter, Jungs, Betsy Ross läßt die Fahne knattern.»

«Was singst du da, um Himmels willen?»

«*Hello Dolly.* Che Che LaWanga war ein Transvestitenstripper, ein Freund von BonBon und Creampuff. Früher hatte er ein

Spundloch unten in den U-Bahn-Klos. Immer, wenn wir ihn sahen, haben wir ihm das Lied vorgesungen.»

«Das ist ja widerlich. Männer sind pervers. Egal, ob normal oder schwul, wenn's um Sex geht, sind sie alle geisteskrank.»

«Was geht das dich an? Du bumst doch keinen von denen.»

«Stimmt. Gibt's was Neues von Bon?»

«Carole hat heute von ihr gehört. Creampuff hat ihr eine Uhr mit der Gravur ‹Ich bin jede Sekunde bei Dir› geschenkt. Sie feiern immer den Tag, an dem sie sich kennengelernt haben. Ist das nicht hübsch?»

«Das ist fast so schrill wie voriges Jahr, als sie ihr ein Fußkettchen mit der Inschrift ‹Der Himmel ist weiter oben› geschenkt hat.» LaVerne seufzte. «Jedem das Seine.»

«Jeder das Ihre, Ilse könnte hinter uns stehen, also jeder das Ihre», korrigierte Adele.

«Da du mich heute abend zum Essen einlädst, sag mir zuerst, wo wir hingehen, und dann sag mir, was mit Carole und Ilse los ist.»

«Ich dachte ins *Catch of the Sea*. Hast du Lust auf Fisch? Es ist nicht weit, und wir können zu Fuß zurückgehen.»

«Es ist so schön draußen, laß uns auch zu Fuß hingehen. Wir brauchen fünfzehn bis zwanzig Minuten, je nachdem, ob wir uns unterwegs die Schaufenster ansehen.»

«Ich hab meine Joggingschuhe zu Hause gelassen.»

«Tun dir die Füße weh? Komm, wir nehmen ein Taxi», drängte LaVerne.

«Nee, ich hab sowieso zuwenig Bewegung. So hält Carole sich in Form. Sie macht alle Wege zu Fuß.»

«Sie war zu ihrer Zeit eine schöne Frau. Sie ist weiß Gott immer noch ein erfreulicher Anblick. Als ich bei dir die Fotos von euch beiden als Studentinnen sah, fand ich sie atemberaubend. Sie sieht aus wie Carole Lombard.»

«Ja, aber ich hab dein Herz erobert.»

«Adele, du hast auch den Rest von mir erobert.» LaVerne lachte sie an.

LaVerne, eine warmherzige Frau, war nicht so karrierebewußt
wie Adele und Carole. Dennoch hatte sie Spaß an ihrer Arbeit und
arbeitete hart. Sie besaß ein Gespür für Farben, für Kleider, für
Trends, aber sie ging nicht so in ihrer Arbeit auf wie die beiden
anderen. Sie fand ihre Tätigkeit nicht gerade nützlich, aber sie
war wenigstens nicht langweilig. LaVernes gutes Aussehen und
ihr diplomatisches Auftreten im Geschäft garantierten den Aufstieg. Sie wußte, man würde sie dieses Jahr vermutlich befördern
und als Alibifrau präsentieren, um zwei Fliegen mit einer Klappe
zu schlagen, Hautfarbe und Geschlecht. Aber verdammt, dachte
sie, besser so, als übergangen werden. Außerdem geben sie mir
lange Urlaub, so daß ich mit Dell nach Yucatan kann. LaVerne
war nicht so intellektuell wie Adele, aber sie war klug, und sie
verstand zu leben; sie besaß die Gabe, sich Menschen und den
neuen Ideen, die sie mit sich brachten, zu öffnen. Adele liebte das
an ihr.

«Was ist mit Carole los?» fragte LaVerne wieder.

«Sie ist heilfroh, weil sie ihren Aufsatz fertig hat. Mit Ilse und ihr
ist es immer das gleiche. Sie haben sich oft in der Wolle.»

«Das ist wohl unvermeidlich. Auch wenn Ilse nicht so stark in der
Frauenbewegung engagiert wäre, der Altersunterschied muß
zwangsläufig zu Spannungen führen.»

«Ich hab sie noch mal an den neunundzwanzigsten September
erinnert. Es macht sie verrückt.»

«Ihr zwei seid so penetrant neugierig. Wenn eine eine Überraschung hat, kriegt die andere Magengeschwüre bei dem Versuch,
dahinterzukommen. Manchmal denke ich wirklich, ihr seid Zwillinge, ihr gleicht euch wie ein Ei dem anderen.»

«Herzchen, dann hätten wir Medizingeschichte gemacht.» Adele
nahm LaVernes Arm. «Bleib mal eine Sekunde stehen, ich
möchte mir dieses Schaufenster angucken. Sind diese Folon-
drucke nicht sagenhaft?»

«Die Farben gefallen mir und die merkwürdigen Leute. Dell,
glaubst du, Carole spielt mit dem Feuer?»

Sie gingen einen halben Häuserblock, ehe Adele antwortete. «Ja, aber etwas sagt mir, daß es ihr gut tun wird. Der Schmerz ist nicht immer ein Feind.»

«Schön gesagt. Was sagt Carole immer über Liebende? Du weißt schon, dieser berühmte Spruch von ihr?»

«Zeig mir deine große Liebe, und ich sag dir, wer du bist.» Adele lächelte. «Das bedeutet, wir haben das große Los gezogen, Liebste.»

«Sogar unsere Streitereien sind lustig. Ich glaube, wir streiten uns nie richtig, wir sind nur manchmal auf kreative Weise uneins.»

«Du bist wunderbar.»

«Was glaubst du, was Ilse über Carole sagt?»

«Carole ist eine komplizierte Frau. Nicht, daß sie nicht anziehend wirken könnte. Im Gegenteil, sie kann sicher jede haben, die sie will, also muß an Ilse was dran sein. Ich weiß, daß sie jedesmal hin und weg sind, wenn sie sich sehen, aber das kann nicht alles sein. Ich glaube, es hat was mit Ilses Direktheit zu tun. Sie ist ziemlich couragiert und fordert Carole andauernd mit ihren Ideen über die Veränderung der Gesellschaft heraus. Ich mag Ilse, trotz ihrer jugendlichen Arroganz. Sie hat viel aus Büchern gelernt. Jetzt muß sie von ihrem hohen Roß steigen und von Menschen lernen.»

«Ich war früher genauso. Mit einundzwanzig dachte ich, ich wüßte alles.» LaVerne senkte die Stimme. «Es ist ein großer Sprung von Frechheit zu Mutterwitz.»

«Amen.»

«Meinst du, Carole versucht, ihre Jugend zurückzuerobern oder so was? Sie ist mehr als zwanzig Jahre älter als Ilse.»

«Nein, wirklich nicht. Sie weiß, daß sie alt genug ist, um Ilses Mutter zu sein. Aber so denkt Carole nicht. Sie reißt keine Witze übers Altwerden und kommt nie darauf zu sprechen. Für mich gehört sie zu den wenigen Menschen, die ich kenne, die die Kraft der Elemente mit Anstand hinnehmen.»

«Manchmal denke ich, das sollte ich auch tun. Ich gehe auf die Vierzig zu.»

«LaVerne, du weißt, ich halte die ganze Altersgeschichte für Unsinn. Du kannst die Jahre nicht aufhalten, und wer will das schon? Was gibt es Langweiligeres als Unerfahrenheit? Die Jahre selbst sind nicht so wichtig wie das, was du aus ihnen gemacht hast. Das ist wie das Gleichnis von den anvertrauten Talenten. ‹Deine Jahre sind dein Gut.›»

«Die Sonntagsschule. Ich mußte jedes einzelne von diesen verdammten Gleichnissen auswendig lernen. Irgendwann habe ich mir nur noch gewünscht, Jesus wäre taubstumm geboren.»

«Die Bibelgeschichte, durch die ich zur Zweiflerin wurde, war die, wo er auf dem Berg die vielen Menschen mit ein paar Fischen und Brotlaiben abfüttert. Selbst mit sieben Jahren wußte ich, daß das eine glatte Lüge war. Wenn ich zu Hause so eine Geschichte erzählt hätte, hätte Momma mir eine geklebt, und da kommt diese Nonne und will mir weismachen, das sei Gottes aufrichtige Wahrheit», sagte Adele kopfschüttelnd.

«Wie sind wir überhaupt auf Jesus gekommen?»

«Weiß ich nicht mehr. Warte, du hast gestöhnt, daß du grau wirst, und ich sagte, alt werden, das ist wie der Typ, der den drei Männern Geld vermacht hat, und der Stumme vergräbt das Geld.»

«Das gefällt mir so an uns, wir gehen nie den direkten Weg. Jetzt erzähl mir mehr über Ilse. Du warst noch nicht fertig.»

«Also, ich glaube, Ilse hat irgendwie mit Caroles Herkunft zu tun. Ilse hatte von Haus aus Geld, wie du weißt. Carole war immer gleichzeitig fasziniert und abgestoßen von Leuten, die es leicht hatten. Hier haben wir diese höhere Tochter aus Boston, die ihre Vergangenheit ablehnt und das Revolution nennt. Für Ms. Hanratty eine geradezu magnetische Verbindung.»

«Du hast auch von Haus aus Geld. Ich spüre bei Carole keine lauernde Feindschaft gegen dich.»

«Weil ich schwarz bin. Das ist ein Stigma, ein Beweis für erlittene Ungerechtigkeit, für Leid. In ihren Augen sind wir gleich, weil mir nicht alles zugefallen ist. Carole verachtet Leute, denen alles in den Schoß fällt und die nichts damit anfangen. Sie respektiert nur Leute, die arbeiten. Ich nehme an, das schließt die Arbeit am Geburtsfehler des ererbten Reichtums mit ein. Sie ist eine seltsame Kombination aus Asketin und Ästhetin.»

«So habe ich sie nie gesehen, aber jetzt, wo du es sagst, verstehe ich, was sie zu jemandem wie Ilse hinzieht. Ilse wurde alles gegeben, und sie gibt alles zurück. Das erfordert eine gewisse Courage.»

«Ja und nein. Weißt du, warum ich nie in die Friedensbewegung eingetreten bin? Weil die meisten dieser Leute das Geld aus moralischen Zwecken zurückgeben wollen, aus Trotz gegen das System. Sie protestieren ebensosehr aus Egoismus wie aus anmaßender Gerechtigkeit. Solchen Leuten kann ich nicht trauen. Außerdem, wer sagt denn, daß sie nicht hingehen und sich das Geld wiederholen können, wenn sie ihre Meinung ändern, wenn die Richtung ihnen nicht mehr paßt? Du kennst doch die alte Bühnenanweisung: Auftritt links. Abgang rechts.»

«Du hast dich nie daran gehalten.»

Adele war verblüfft. «Ich... nein, aber das war etwas anderes. Ich bin nicht gegen die Regierung oder für die Bürgerrechte auf die Straße gegangen. Als Anwalt wollte mein Daddy, daß ich Jura studiere wie er, und ich wollte Kunst studieren. Das muß ich Dad lassen, er hat mir das College bezahlt. Danach hab ich nichts mehr von ihm angenommen. Das Studium an der Uni hab ich mir selbst verdient. Daraufhin hat sich die Stimmung an der Heimatfront auf Jahre hinaus abgekühlt, aber Dad hat mich weder enterbt noch sonst etwas Drastisches getan.»

«Wart's ab. Er wird dir aus Rache wahrscheinlich nur seine juristischen Bücher vermachen.»

«Ha, ha, wie Lester sagen würde. Und wenn schon, ich würde auch so zurechtkommen. Ich hab's so weit aus eigener Kraft geschafft.»

«Und zusammen haben wir's bis hierher geschafft», verkündete LaVerne. «Bist du hungrig nach dem Marsch?»

Sie setzten sich in dem weiß-blau eingerichteten Restaurant an einen Fenstertisch. Als die Kellnerin ihnen die Getränke brachte, prostete Adele LaVerne zu und flüsterte:

«Ich liebe dich.»

Auf der anderen Hofseite buk Lucia in Mutter-Erde-Stimmung frisches Brot. Der Duft durchdrang Ilses kleine Behausung. Vito jagte eine emsige Fliege. Ilse lag gemütlich im Bett und las, was Mao auf der Yenan-Konferenz über Kunst gesagt hatte. Mao überraschte sie immer wieder. Er dachte so praktisch. Caroles Behauptung, die Kunst sei der Morgenstern der Revolution, veranlaßte sie nachzulesen, was andere zu dem Thema zu sagen hatten. Anfangs hatte sie gedacht, Carole würde nur wieder einen heißen Spruch loslassen, doch widerstrebend baute sie etwas von ihrem Mißtrauen gegen das Schöne ab.

Sie hatte sich vor der Schönheit gefürchtet, hatte sich vor allen gefürchtet, denen Kreativität heilig war. Ihre Mutter hatte sie mit den sogenannten schönen Künsten gefüttert, bis sie zu ersticken glaubte. In der Schule wurde von ihr erwartet, daß sie bei Beethoven Herzklopfen bekam oder über Renoir in Verzückung geriet. Sie hatte den ganzen Kram gehaßt. Der Feminismus lehrte sie, daß die Kunst nichts weiter sei als eine große Werbekampagne für die Reichen. Sie feierten ihre Werte oder deren Mangel, ihre kleinliche Moral oder ihre neueste Eroberung. Und so schüttete sie das Kind mit dem Bade aus. Sie vergaß, was sie von Mark Twain gelesen hatte. Sie wußte nichts von den Handwerkern des Mittelalters. Sie hatte nie von Muriel Spark, Bertha Harris, Gwendolyn Brooks, Tillie Olsen, Barbara Deming, Maya Angelou und allen anderen Frauen gehört, die um Anerkennung gekämpft hatten. Sie dachte über Kunst, wie sie über Tennis dachte: etwas für Weiße und Reiche. Schlimmer als Tennis, war Kunst fast ausschließlich eine Männerdomäne.

So wie Ilse nie in ihrem feministischen Glauben wankte, so wankte Carole nie in ihrem Glauben daran, daß die Menschen Schönheit schaffen mußten, weil sie sonst geistig verkümmerten. Carole zwang Ilse, das Thema, das sie für erschöpft gehalten hatte, neu zu überdenken. Sie sah Kunst immer noch nicht so, wie Carole sie sah, aber sie betrachtete sie nun von einem politischen Standpunkt. Kann Kunst nützlich sein? Kann sie etwas lehren? Kann sie die Menschen aktivieren?

Warum fürchte ich mich vor der Schönheit? Mein ganzes Leben wurde mir gesagt, ich sei schön. Ich war wie ein Kunstgegenstand, wurde bewundert, bewertet, gehandelt und später poliert. Dafür hat Mutter gesorgt. Daddy war zu sehr mit Geldverdienen beschäftigt, um sich um meine Erziehung zu kümmern, aber immerhin schaffte er es, mir zu sagen, ich sei hübsch. Er schaffte es auch, sich meine Zeugnisse anzusehen. Ich hasse sie alle beide. Sie betrügen sich selbst, sie sind feige und unflexibel. Sie sind Feinde. Wirklich, meine Eltern sind Feinde. Sogar Mutter. Ich kann verstehen, warum sie alles so und nicht anders gemacht hat, aber ich kann es ihr nicht verzeihen. Auch wenn sie damals keine Wahl hatte, jetzt hat sie eine. Meine Mutter sollte hier an meiner Seite in der Bewegung sein, statt in Brooklyn Cocktails zu trinken. Vielleicht fürchte ich mich deswegen vor Schönheit oder Kunst, oder worum immer es Carole geht. Es könnte mich vom Kurs abbringen, mich in meine adrette Vergangenheit zurückdrängen. Ich will keine Vergangenheit. Ich will ganz von vorne anfangen. Ich will wiedergeboren werden. Wiedergeboren. Deshalb ist es so schwierig für mich, mit Carole über Feminismus zu sprechen. Ich hab mich verändert. Ich bin nicht, was ich war oder wozu ich erzogen wurde. Ich bin eine neue Welt. Ich habe nicht mal eine Sprache für das, was mit mir vorgeht. Die hat keine von uns. So habe ich das noch nie gesehen.

Das Telefon klingelte. Es war Alice Reardon, die Ilse daran erinnerte, daß die Versammlung heute abend nicht bei ihr zu Hause stattfand, sondern bei Harriet an der East 6th Street.

Als Ilse an dem Cooper-Union-Gebäude vorbeilief, bog sie unter dem Baugerüst nach rechts und stieß frontal mit dem Exhibitionisten zusammen, der in dieser Gegend sein Revier hatte. Er schwenkte seinen Schwanz wie ein rosa Taschentuch und keuchte, als müßte er dringend an die Eiserne Lunge. Ilse verlangsamte ihren Schritt, sah ihm ins Gesicht und sagte mit ihrer süßesten Stimme: «Das sieht aus wie ein Penis, bloß kleiner.» Dann überquerte sie rasch die Third Avenue und kam genau rechtzeitig bei Harriet an.

Olive, die mit finsterem Blick auf dem Fußboden saß, blaffte: «Nachdem nun alle da sind, können wir ja anfangen. Wir haben schon genug Zeit verschwendet.»

Ilse hätte beinahe gesagt, sie sei pünktlich gewesen, aber dann dachte sie sich, was soll's.

Olive fuhr fort: «‹Village Rag› ist auf mich zugekommen. Sie wollen einen Artikel über uns bringen. Vielleicht könnte sogar eine von uns ihn schreiben, die Einzelheiten müssen später erarbeitet werden. Ich denke, wir sollten darüber reden.»

Alice erwiderte: «Wir müssen über die Medienpolitik sprechen. Wir waren dermaßen mit Projekten und Versammlungen zur Vorbereitung von Versammlungen beschäftigt, daß wir für solche Angelegenheiten überhaupt keine Richtlinien haben.»

«Wozu brauchen wir eine Politik? Warum können wir in punkto ‹Rag› nicht einfach einen Beschluß fassen? Wenn wir anfangen, über irgendwelche Strategien zu quatschen, sitzen wir die ganze Nacht hier, und ich will im East Village nicht noch spät auf der Straße rumrennen.» Sue zog eine Grimasse.

Suelle Matson war eine von Olives letzten verbliebenen Anhängerinnen. Sie hatte ihren Namen in Sue Betsychild geändert und sich die Haare auf ihrem Kinn zu einem kräftigen Stoppelbart wachsen lassen. Ilse fand das irgendwie widersprüchlich, aber sie hütete sich, Sue darauf aufmerksam zu machen.

Olives zweites verbliebenes Truppenmitglied war Ann Rappaport, die ihren Namen in Annie Amazon geändert hatte. Selbst bei glühender Hitze sah man die 1,55 kleine Annie nie ohne ihre von

Silbernieten funkelnde schwarze Lederjacke. Jetzt sah sie Ilse herausfordernd an. «Genau», sagte sie. «So sehe ich das auch.» Ilse konnte sich nicht vorstellen, daß Annie Amazon Angst hatte, nachts auf die Straße zu gehen. Was heißt hier ‹genau›? dachte sie. ‹Genau›, sie hat Angst, auf die Straße zu gehen, oder ‹genau›, wir brauchen nicht über Medienpolitik zu reden?

«Für die Entwicklung einer Strategie zum Umgang mit den etablierten Medien brauchen wir unter Umständen mehr als eine Sitzung», meinte Ilse, «aber wir sollten es anpacken. Andernfalls nehmen wir uns das Problem stückweise vor und machen uns dabei kaputt. Heute ist es ‹Village Rag›, drei Monate später kommt ‹Esquire›. Wir brauchen Kriterien, um das auszuloten.»

Sue Betsychild maulte: «Sie brauchen bis Donnerstag eine Antwort.»

Ilse hatte die ständigen Reibereien satt. Sie war wütend. «Sie bekommen vielleicht bis Donnerstag keine Antwort. Ich denke, die Richtung dieser Gruppe ist wichtiger, als irgendeinem Redakteur von ‹Rag› einen Gefallen zu tun.»

Olive explodierte. «Halt den Rand, James. Wir brauchen uns von dir nicht sagen zu lassen, was wir zu tun haben.»

Harriet versuchte zu schlichten. «Du darfst bei so einem Thema nicht persönlich werden, Olive. Wir müssen in Sachen Presse eine Politik für die Gruppe entwickeln, sonst laufen wir Gefahr, schwere Fehler zu machen.»

«Was für Fehler?» Annie sog provozierend an ihrem Zigarillo.

Brenda Zellner schaltete ihren ausgeglichenen Verstand in den Streit ein. «Denkt daran, wie falsch die Presse der Öffentlichkeit die Black Panthers präsentiert hat. Und denkt daran, wie heftig die Presse auf die Proteste gegen den Miss-Amerika-Zirkus reagiert hat. Die etablierten Medien haben politische Gruppen, die ihren Interessen gefährlich werden könnten, nie angefeindet, und wir sind so eine Gruppe.»

«Was haben wir mit den Panthers zu tun? Und wie wollen wir ‹Rag› aufrütteln? Das ist ja lächerlich. Wir könnten Presseberichte gebrauchen», schoß Olive zurück.

«Olive, wie wär's, wenn du mal das Impressum von ‹Rag› lesen und dir die Anzeigen genau ansehen würdest?» antwortete Brenda. «Wie viele Frauen findest du unter den Herausgebern oder in der Redaktion? Na? Die Zeitschrift wird von weißen Männern der oberen Mittelschicht gemacht, und die wollen nichts von der Frauenbefreiung hören und erst recht nichts von organisierten Lesben, außer sie können mit uns Geld verdienen. Im Ernst, sie werden uns wie eine Bande von Irren darstellen.»

Alice flüsterte Ilse ins Ohr: «Leider haben wir ein paar Irre. Vielleicht könnten wir ihnen Olive überlassen, und sie könnten sie als Parade-Irre verwenden.»

Ilse mußte ein Lachen unterdrücken. In den politischen Gruppen war Alice ihre beste Freundin. Die Bewegung hatte die auf eine unaufdringliche Art attraktive Alice davor bewahrt, die Frau eines Pfarrers zu werden, aber sie brachte etwas von der eisernen Geduld einer Missionarin in die Gruppe ein. Alice gab sich nicht der Illusion hin, daß Organisieren etwas Großartiges sei. Mit fünfundzwanzig Jahren erkannte sie, daß Arbeit ihren Lohn in sich trägt und niemand die Zukunft im Griff hat. Man kann nichts tun, als sich mächtig ins Zeug legen.

«Wenn sie einen positiven Pressebericht über uns brächten, würden wir mehr Mitglieder bekommen», nörgelte Annie.

«Wir brauchen keine neuen Mitglieder», sagte Ilse.

«Na klar, wenn neue dazukommen, kannst du die Gruppe nicht beherrschen», gab Olive zurück.

«Verpiß dich, Olive. Zahlen sind im Moment nicht wichtig. Für uns ist wichtig, daß wir uns Klarheit verschaffen, und zuallererst, daß wir uns einig werden. Wenn wir dann eine große Organisation aufbauen wollen, können wir es auch. Wenn wir die Türen jetzt öffnen, wird alles zerstört, was wir bisher gemacht haben.»

«Das ist unschwesterlich», fuhr Sue sie an.

Sogar Alice hatte es langsam satt. «Schwachsinn. Wir sind kein

Sportverein. Wir müssen uns über unsere Ziele klarwerden, ehe wir neue Mitglieder aufnehmen.»

«Ich glaube, wir kommen vom Thema ab», stellte Harriet fest. «Das Thema lautet Medienpolitik.»

«Ich meine, wir sollten aus den Widersprüchen Vorteil schlagen und ‹Rag› für unsere Zwecke nutzen.» Olive war wütend und ließ nicht locker.

«Du kannst nicht kontrollieren, was in dem Blatt erscheint. Sie können dich den Artikel redigieren lassen, anschließend drukken, was sie wollen, und dich dann mit irgendeiner faulen Ausrede abspeisen», erklärte Brenda. «Himmel, wie kannst du diesen Leuten trauen?»

«Sie haben Watergate aufgedeckt», sagte Annie.

«Watergate hat nichts mit der Frauenbewegung oder mit Lesben zu tun. Watergate liegt innerhalb ihrer Erfahrungsgrenzen. Es beleidigt ihre bequeme Moral, aber es liegt in ihrem Zuständigkeitsbereich. Wir sind jenseits ihres Begriffsvermögens. Wir sind neue Frauen. Neue Menschen. Sie sind blind uns gegenüber. Es wäre idiotisch von uns, wenn wir uns von denen als Material benutzen lassen würden. Glaubt ihr, denen liegt was daran, uns genau zu analysieren? Von wegen. Wir würden einen phantastischen Stoff für sie abgeben. Der Artikel würde beschreiben, wie sexuell begehrenswert oder nicht begehrenswert wir sind. Ob wir wie Männer aussehen. Wer mit wem schläft. Mögen wir Männer? Hassen wir Männer? Das ist es, was sie wissen wollen. Sie sind unfähig, die Fragen zu hören, die wir stellen.» Ilse hatte eine Stinkwut.

Harriet sprang ihr bei. «Genau. Falls wir die etablierten Medien überhaupt benutzen, dann nur zu unseren Bedingungen. Deswegen brauchen wir eine Medienpolitik. Im Moment ist Öffentlichkeit zu gefährlich. Sie könnte uns schaden. Wir sind noch nicht soweit. Wären wir eine reformistische Gruppe, die versucht, über die Gesetzgebung aufzuklären oder Unterdrückungsbewußtsein zu vermitteln, wäre die Presse unmittelbar nützlich. Aber wir sind keine Reformistinnen. Wir sind Revolutionärinnen. Oder Radikale, ich weiß nicht. Irgendwie passen diese Begriffe alle nicht. Sie sind altmodisch...»

Brenda nickte. «Wir wissen, was du meinst.»

«Ich meine, unser Zweck ist nicht, ein Pflaster auf eine klaffende Wunde zu legen. Unsere Antwort ist ökonomisch – es geht uns nicht nur um Abtreibung oder um Nichtdiskriminierung von Lesben. Wir haben mehr zu bieten als das, und wir müssen unsere Ideen miteinander verknüpfen und ein ausgefeiltes Programm entwickeln. Die Presse ist im Moment unerheblich für uns.»

«Amerika lebt durch die Medien! Wie sollen wir sonst die Massen erreichen?» Olive klang jetzt beinahe hysterisch.

«Ich glaube, es gibt keine Massen.» Alice sprach mit fester Stimme. «Es gibt Millionen Individuen, aber keine Massen. Ich lehne es ab, Menschen zu kategorisieren. Das will uns die männliche Überlegenheit lehren, Menschen in saubere Kategorien zu stecken, die sie vernichten. Es gibt keine Massen, und wir erniedrigen uns und die Menschen, die wir erreichen wollen, wenn wir uns einer Presse bedienen, eines Mediums, das sie als Masse begreift.»

«Das sind Wortklaubereien. Berichterstattung ist Berichterstattung. Wie sollen die Leute von uns und dem, wofür wir einstehen, erfahren, wenn wir Fernsehen und dergleichen nicht nutzen?» Sue war eher perplex als wütend.

«Durch unsere Arbeit», entgegnete Alice. «Durch unser eigenes Kommunikationsnetz. Glaubst du, die Leute trauen dem Fernsehen? Es zeigt ihnen zuerst ein Raucherbein und gleich anschließend Zigarettenwerbung.»

«Quatsch. Die Leute sind dumm. Sie glauben, was im Fernsehen kommt.» Olive grinste, als wollte sie sich über Ilse lustig machen. Ilse stand auf. Die Monate, in denen sie Olive ertragen hatte, hatten ihren Tribut gefordert. Ihre Beherrschung flog zum Fenster hinaus.

«Die Leute sind dumm! Wenn du die Leute für dumm hältst, warum bist du dann in dieser Gruppe? Was kümmert dich die

Bewegung überhaupt? Was macht dich so viel besser als die anderen? Und wer wird auf dich oder irgendeine von uns hören, wenn wir auf die Leute herabsehen, mit denen wir zu reden versuchen? Klemm dir deine Komplexe unter den Arm und verschwinde hier, verdammt noch mal!»

Olive stürmte auf Ilse los und holte aus. Annie und Sue folgten ihr dicht auf den Fersen. Alice, Harriet und Brenda bildeten zwischen ihnen und Ilse eine Mauer.

«Hinsetzen, setzt euch hin und beruhigt euch, Herrgott noch mal!» brüllte Harriet.

Olive sackte zusammen und spulte ihre berühmte Heulmasche ab. Annie bemutterte sie. Ihre Ketten auf Jacke und Hose überrasselten fast Olives Schluchzen. Die anderen Frauen, die zu einer hitzigen Reaktion nicht bereit waren, saßen verdattert da und schwiegen.

Alice war schließlich die erste, die etwas sagte. «Ich glaube, die Bedürfnisse dieser Gruppe und deine Bedürfnisse sind nicht die gleichen, Olive. Ich kann nicht für die anderen sprechen, aber was mich betrifft – ich kann nicht mit dir arbeiten.»

Olive war nie auf die Idee gekommen, daß sie rausgeworfen werden könnte. Falls es sie traf, überspielte sie es mit einem neuerlichen Ausbruch. «Elitäre Snobs. Ihr schleimt euch alle bei Ilse ein. Ihr redet von Ideologie. Das ist doch alles totale Scheiße. Wir sollen einander lieben.»

«Nein», warf Ilse ein. «Wir sollen unseren Teil beitragen. Es ist unrealistisch zu erwarten, daß wir uns alle lieben. Wir können höchstens verlangen, uns gegenseitig zu respektieren und für ein gemeinsames Ziel zu arbeiten. Wenn wir uns lieben, kommt es von der gemeinsamen Arbeit und nicht, weil jemand es schriftlich festgelegt hat.»

«Ich gehe jedenfalls zu ‹Rag› und liefere ihnen einen Artikel, der sich gewaschen hat. Und wer will, kann sich von diesen hochnäsigen Quatschköpfen verabschieden und mit mir kommen.»

Sue Betsychild und Annie Amazon folgten ihr aus der Tür. Annie warf verstohlen einen Blick zurück, um zu sehen, ob noch eine mitkäme, aber keine rührte sich. Sie hörten Annies Ketten den ganzen Weg bis zur Haustür klirren.

«Was müssen diese Leute für ein kaputtes Ego haben. Wie verfaulte Dattelpflaumen.» Brenda schüttelte den Kopf.

«Das ist Poesie, Brendie.» Alice legte den Arm um sie.

«Irgendwann mußte es so kommen. Wenn wir über diese Gruppe und ihre Richtung sprechen, sollten wir untersuchen, warum es sich so lange hingezogen hat. Das ist vielleicht nicht unser vorrangiges Diskussionsthema, aber warum sind Frauen so anfällig für Emotionen? Verdammt.» Harriet setzte sich kopfschüttelnd wieder hin.

«Weil wir die Friedensstifterinnen sind, zuständig für das Glätten zerzauster Federn», sagte Brenda.

«Das mag sein, aber ich glaube, auch deswegen, weil wir uns über uns selbst unsicher sind.» Die Frauen starrten Ilse an. «Wir versuchen, eine Ideologie aufzubauen; uns ist schon eine Menge eingefallen, aber teils schwanken wir noch. Wir stecken noch nicht lange im politischen Kampf. Wir werden nicht ernst genommen, und das hilft uns kein bißchen weiter. Und seht uns an. Seht, wie jung wir sind – wir versuchen alle noch, uns in unserem eigenen Leben zurechtzufinden. Es ist leicht, uns Streß zu machen, vor allem mit Tränen. Wenn es was gibt, worauf Frauen reagieren, dann sind es Tränen.»

«Ilse, du willst doch nicht etwa sagen, wir sollen gefühllos und pseudo-rational sein und die Emotionen ausschalten, wie es die Männer tun?» fragte Harriet in gelassenem Ton.

«Ich weiß nicht, Harriet. Weißt du noch, wie wir diese Gruppe gegründet haben und alle darüber redeten, sie müßten einen Zugang zu ihren Emotionen finden? Wir dachten, wenn wir zu einem emotionalen Kern vorstoßen könnten, würde die Revolution wie durch Zauber folgen. Ich sage nicht, wir sollten unsere Gefühle einfach ausschalten, aber ich ziehe harte intellektuelle Arbeit mehr und mehr vor. Wir hatten genug Zeit, uns zu überlegen, was richtig und was falsch gelaufen ist. Irgendwie glaube ich langsam nicht mehr so richtig an Emotionen. Wir sind alle in einem System

aufgewachsen, das unseren Bedürfnissen feindlich gegenüber-
steht, einem System, das in uns Funktionen statt Menschen sieht.
Wie können wir ganz auf unsere Reaktionen vertrauen? Soweit
wir wissen, könnte Mitgefühl eine konditionierte Reaktion sein,
eine, die uns weiterhin unterdrückt hält, indem sie die Probleme
anderer über unsere eigenen stellt. Ist es nicht das, was brave
Frauen immer tun, sich opfern? Wir könnten aus Unterdrückung
eine Tugend machen.»

«Das ist zwar immer noch keine Medienpolitik, aber es ist faszi-
nierend», bemerkte Brenda.

Alice schloß sich an: «Ich habe die gleichen Fragen, Ilse, Fragen,
die mir noch vor drei Monaten gefährlich erschienen wären. Aber
eins scheint mir nach wie vor gefährlich, nämlich der Rückzug auf
harte intellektuelle Arbeit. Ich finde, gerade dieser Weg würde
uns von anderen absondern. Wir müssen uns gleichzeitig organisieren und versuchen, unsere Schlüsse zu ziehen.»

«Ja und nein», sagte Ilse. «Wir können die nächsten fünf Jahre
Tanzereien für die schwule Gemeinde veranstalten, aber ich
glaube nicht, daß wir dadurch noch was lernen können. Wir haben es als Lernprozeß erschöpft. Andere Leute, die noch nicht so
lange in der Bewegung sind wie wir, könnten es übernehmen und
daraus genau so lernen wie wir. Es muß so etwas wie eine organisierte Erfahrungskette geben. Wir haben etwas gelernt. Wenn
wir uns jetzt hinsetzen und es aufschreiben, gut. Frauen in Wis-
consin können es lesen und davon lernen. Frauen in New York
könnten auch lernen, indem sie die Aufgabe erfüllen, mit der wir
angefangen haben, und dann weitermachen, wenn sie durch Erfahrung gelernt haben. Es ist unglaublich, wie unfähig wir waren, unser Wissen zu vermitteln – und ein Grund dafür ist, daß
wir keine großen Organisationen haben, um den Leuten gemein-
same Wege zum Lernen anzubieten. Ein Positionspapier ist
nicht genug. Es wird Zeit, zu erkennen, daß einige von uns dank
ihrer Jahre in der Bewegung mehr wissen und andere dank
besonderer Talente.»

«Hört sich gräßlich an.» Brenda grinste. «Aber ich weiß, daß es stimmt. Wir stellen immer die Feinheiten der Theorie über die Realität der Praxis. Es wird Zeit, daß wir die Füße wieder auf die Erde kriegen.»

«Ich bin nicht sicher, ob wir schon Entscheidungen treffen können. Haben wir genug Beweise?» Judy Avery, die den ganzen Abend geschwiegen hatte, meldete sich zu Wort.

Ilse drehte sich zu ihr um. «Allen getroffenen Entscheidungen liegen unzureichende Beweise zugrunde.»

«Ja, aber haben wir das Recht, Entscheidungen für andere Leute zu treffen?» wollte Alice wissen.

«Alice, was für andere Leute? Es ist eine Frage der Verantwortung. Eltern müssen Entscheidungen für ihre Kinder treffen. Du kannst ein Kind nicht ziellos herumtappen lassen. Du triffst Entscheidungen, wann das Kind gefüttert, gewaschen, erzogen wird. Das ist Verantwortung – und wenn alles klappt, bringst du dem Kind bei, für sich selbst verantwortlich zu sein. Kleine Mädchen, die jetzt ein Jahr alt sind, werden davon betroffen sein, ob wir Entscheidungen fällen oder nicht. Und was ist mit den Erwachsenen? Sieh dir die vielen Frauen an, die die Frauengruppen auf der Suche nach einem Ausweg aus dem Irrgarten überschwemmen. Weißt du, was wir mit ihnen gemacht haben? Wir haben sie direkt in unsere Mitte geschubst, mitten in das Programm, an dem wir gerade arbeiteten, oder in den politischen Kampf, den wir gerade kämpften. So was Hirnrissiges. Das ist, als würdest du jemanden, der nicht schwimmen kann, in einen Fluß mit einer starken Strömung werfen. Kein Wunder, daß die Verlustquote so hoch war. Wir müssen Verantwortung für die Leute übernehmen, die zu uns kommen. Woher kommen sie? Wissen sie überhaupt, was sie wollen? Können wir ihnen helfen? Können sie uns helfen? Wir müssen eine Organisation aufbauen, an der die verschiedensten Leute teilhaben können, entsprechend ihren unterschiedlichen Bedürfnissen, Fähigkeiten, Wünschen. Wir können nicht alle über einen Kamm scheren. Aber das haben wir unter dem Deckmantel der Schwesternschaft getan. Wirklich, glaubt mir. Wir haben unter der Voraussetzung gehandelt, daß jede von Grund auf ein politischer Mensch, eine Organisatorin, eine Theoretikerin sein muß. Das ist Quatsch. Wir haben Frauen das gleiche angetan, was Männer uns angetan haben. Wir haben ihnen ihre Identität genommen, indem wir erwarteten, daß alle die gleichen Aufgaben erfüllten.»

Harriet seufzte. «Gib mir Zeit, darüber nachzudenken. Es war eine anstrengende Versammlung. Ich glaube, es ist besser, wir machen weiter, wenn wir ausgeruht sind. Nachdem jetzt die Blokkade abgebaut ist, können wir alle mit mehr Vertrauen nach Lösungen suchen.»

«Wartet, bevor wir für heute abend Schluß machen, möchte ich euch drei Kriterien aus einem Pamphlet vorlesen, das ich neulich abend gelesen habe», rief Alice. «Vielleicht wollt ihr sie euch aufschreiben, dann können wir sie auf der nächsten Versammlung durchsprechen, oder auch nach und nach. Es geht um die Bewertung von Programmen oder Aktionen. Okay? Erstens: Entsprechen sie dem Material und/oder den Bedürfnissen? Zweitens: Bringen sie Frauen zusammen? Lehren sie uns siegen? Drittens: Schwächen sie die gegenwärtige Machtstruktur? Das wär's.»

*A*lice *und Ilse nahmen den Bus* auf der East Ninth Street und fuhren zusammen zur Hudson Street.

«Ilse, ist es nicht komisch, daß wir uns gegenseitig Kritik an den Kopf werfen können – und das ist ein Fortschritt –, es uns aber immer noch schwerfällt, uns gegenseitig zu loben?»

«Darüber hab ich nie nachgedacht.»

«Ich möchte dir ins Gesicht sagen, daß du einen scharfen Verstand hast. Wer weiß, ob wir alle Antworten finden, aber du stellst die tiefsinnigen Fragen, die hinter vielen unserer unüberlegten Handlungen oder Anschauungen stehen. Ich bin wirklich froh, daß wir zusammen sind. Immer, wenn ich mich über Frauen wie

Olive ärgere, erinnere ich mich, daß ich ohne die Bewegung nie Menschen wie dir begegnet wäre.»

Ilse nahm ihre Hand. «Danke. Ich – ich bin auch froh, daß du dabei bist.»

«Vielleicht liegt es daran, daß ich vorigen Monat fünfundzwanzig geworden bin, ein Vierteljahrhundert. Hört sich so alt an. So lange lebe ich schon? Aber mir ist klar geworden, diese Bewegung ist ein Lebenswerk. Ich werde diesen Kampf kämpfen, so lange ich lebe. Das war mir vorher nicht klar gewesen. Ich sehe die Dinge ein bißchen ernsthafter, und ich hab gemerkt, daß mein Leben absehbar ist. Ich weiß nicht, ob das einleuchtend klingt, aber in der High-School und auch noch auf dem College hatte ich die unbestimmte Vorstellung, mein Leben sei endlos. Ich dachte, ich könnte malen und reisen, singen und lesen, einfach alles. Dieses Gefühl hab ich nicht mehr. Mein Leben ist jetzt fest umrissen und begrenzt. Jetzt weiß ich, was ich tun werde, und plötzlich ist das ganze Chaos beseitigt. Es herrscht Frieden. Das ist ein Widerspruch: Ich habe beschlossen, mein Leben im Kampf zu verbringen, und das hat mir Frieden geschenkt.»

«Nein, es hört sich richtig an. Ich verstehe, was du sagst. Ich glaube nicht, daß ich schon so eine klare Vorstellung von meiner Arbeit habe wie du von deiner. Ich weiß, daß ich auch für den Rest meines Lebens in der Bewegung bleiben werde, aber du bist so begabt. Du könntest alles organisieren, vom Bau eines Schlachtschiffes bis zu einer Tee-Party auf dem Rasen des Weißen Hauses – für Lesben. Ich bin immer wieder erstaunt, wie du es fertigbringst, daß Menschen und Material harmonieren. Organisieren kann ich auch, aber nicht so gut wie du.»

«Weil du Dummköpfe nicht gelassen erträgst.»

«Wenn du Olive meinst, nein.»

«Nein. Olive ist boshaft. Ich meine, du erwartest von allen, daß sie so intelligent sind wie du. Du hast keine Geduld. Wenn du mit Leuten arbeitest, mußt du ihre Grenzen genauso akzeptieren wie ihre Begabungen.»

«Jetzt krieg ich ein schlechtes Gewissen.»

«Das brauchst du nicht. Hast du nicht heute abend gesagt, wir dürfen nicht alle Menschen über einen Kamm scheren, wir müssen unsere Begabungen einsetzen, wo sie am meisten nützen? Du kannst einigermaßen organisieren, andere können das vielleicht besser. Aber du hast die Courage, gezielte Fragen zu stellen. Denk daran. Außerdem mußt du ja nicht auf der Stelle eine Entscheidung treffen.»

«Zum Glück. Wir sind da. Ich begleite dich nach Hause.»

«Danke. Sag mal, triffst du dich noch mit Carole?»

«Ja, ich sollte eigentlich heute abend zu ihr kommen, aber die Versammlung hat so lange gedauert. Ich hab glatt vergessen, sie anzurufen.»

«Willst du sie aus meiner Wohnung anrufen?»

«Nein danke. Ich wohne ja nur zwei Minuten von dir weg. Ich ruf sie an, wenn ich nach Hause komme, und berichte ihr alles haarklein.»

«Hast du nicht mal gesagt, sie interessiert sich nicht für Politik?»

«Nicht so wie wir. Wie du gesagt hast, ich habe sie nach meinen Maßstäben beurteilt, aber verglichen mit anderen, die auch nicht in der Bewegung sind, ist sie gut informiert.»

«Sie ist umwerfend. Wenn sie hinginge und Reden hielte, würden die Leute in die Bewegung eintreten, bloß um sie kennenzulernen.» Alice lachte.

«Das muß ich ihr sagen.»

«Hört sich an, als liefe es gut mit euch.»

«Sieht so aus. Manchmal bringt sie mich zur Weißglut. Ich meine, ich hätte sie wohl gerne in der Bewegung. Ihre Art, wie sie über allem steht, ärgert mich, aber sie unterstützt mich emotional. Das Alter macht einen Unterschied. Dinge, über die ich mich aufrege, bringen sie nicht aus der Ruhe. Immer ausgeglichen, verstehst du? Sie hat eine andere Perspektive. Sie hat mehr gesehen, zumindest von der Alltagswelt.»

«Das brauchen wir. Viele ältere Frauen sind Reformistinnen, und das nützt uns verdammt wenig.»

«Ja, ich weiß. Zu schade, daß die älteren Lesben sich noch immer im Schrank verstecken.»

«Man sollte meinen, sie müßten inzwischen an den Kleiderbügeln erstickt sein.» Alice lachte.

«Was dagegen, wenn ich mir den Spruch ausleihe?»

«Quatsch, was mein ist, ist auch dein. Danke, daß du mich nach Hause begleitet hast.»

Ilse ging die zwei Häuserblocks nach Hause. Von der Versammlung ausgelaugt, ging sie langsamer als sonst, obwohl sie Carole anrufen wollte.

Das Rauschgift namens Medien, es macht die Menschen unempfindlich für Gewalt. Warum habe ich das nicht auf der Versammlung gesagt? Wir sind umringt von Verbrechen, Gewalt und nostalgischer Sehnsucht. Aus einem unerfindlichen Grund fiel ihr ein Gespräch ein, das sie mit Adele geführt hatte, als sie das letzte Mal zu viert zusammengesessen hatten. Sie wollte wissen, warum Adele ein so grausames Volk wie die Azteken erforschte. Adele erklärte, nicht die Azteken seien ihr Forschungsgebiet, sondern das klassische Zeitalter der Mayas, aber sie habe auch oberflächliche Kenntnisse über die Azteken.

«Wieso findest du, daß sie grausam waren?» fragte Adele zurück.

«Weil sie Menschenopfer darbrachten. Nicht nur eins im Jahr, sondern jede Menge.»

Adele erwiderte: «Und du meinst, wir tun das nicht?»

Adeles Erklärung, warum sie solche Riten hatten, ging ihr nicht aus dem Kopf. Nicht, daß die aztekischen Götter besonders grausam gewesen wären. Sie waren gierig. Alles Leben ist gierig. Die Zerstörung lebender Dinge ist der Trommelwirbel des Lebens. Der Tod speist das Leben. Ohne ständigen Tod wäre das Leben der Götter erschlafft, und wie kann eine Kultur bestehen, wenn ihre Götter sterben? Sie speisten ihre Götter, und dann saßen sie zusammen, um etwas von der Kraft der Götter in sich aufzunehmen.

Vitos hungriges Miauen löschte die Azteken aus ihren Gedanken. Sie fütterte die Katze und rief Carole an.

«Hallo.»

«Hallo, tut mir leid, daß ich nicht früher angerufen habe.»

«Ilse, wo bist du?»

«Zu Hause. Die Versammlung hat so lange gedauert, ich bin fix und fertig. Endlich ist es zum großen Knall mit Olive gekommen. Sie wollte, daß ‹Village Rag› einen Artikel über uns bringt. Kannst du dir das vorstellen?»

«Klar», sagte Carole. «Sie könnten ihn ‹Waisenkinder der Bürgerlichkeit› nennen.»

«Verdammt, Carole, nach dem heutigen Abend finde ich das nicht komisch. Sie hat mich angeschrien, ich sei elitär, und wozu wir eine Medienpolitik brauchten? Alice und ich meinten, wir brauchten mehr als eine Medienpolitik…» Ilses Stimme schwankte etwas. Sie hatte sich heute abend verausgabt. Sie konnte nicht mehr zusammenhängend denken. Sie wollte Mitgefühl von Carole, Anerkennung, weil sie für die gute Sache gekämpft hatte. Caroles Witz war weit davon entfernt, ihr die Bestätigung zu geben, nach der sie sich sehnte. Jetzt war sie wütend, völlig ermattet und plapperte drauflos.

«Ilse, erspar mir deinen Bewußtseinsstrom und komm zur Sache. Kommst du her oder bleibst du zu Hause?»

«Alles ist ein Bewußtseinsstrom, das Postamt eingeschlossen!» Ilse legte auf.

Am nächsten Tag rief Carole Ilse aus dem Büro an und entschuldigte sich. Ilse entschuldigte sich gleichfalls.

***D**onnerstagmorgen um Viertel nach acht* paradierte Dutton wie gewöhnlich draußen mit seinem Hund. Carole, die hinter dem Paar ging, bemerkte, daß dem Hund ein Stück Schnur aus dem Hintern hing. Als sie gleichauf mit dem Frauenfeind war, schenkte sie ihm ihr strahlendstes Lächeln.

«Mr. Dutton, aus dem After Ihres Hundes ragt ein unbekanntes Objekt.»

Duttons Augen traten aus den Höhlen, dann schwenkten sie zum Hinterteil seines Hundes, aus dem tatsächlich eine fettige Schnur baumelte. Carole verließ ihn, als er sich zu seinem alternden Gefährten hinunterbeugte und liebevoll versuchte, die Schnur herauszuziehen. Jedesmal, wenn er zog, jaulte der Hund und drehte sich im Kreis. Carole lachte den ganzen Weg bis zur 57th Street, wo sie an allen Tagen, wenn sie Vorlesung hatte, in den Bus stieg. Heute wird ein guter Tag, dachte sie.

Gutgelaunt wie immer, ruckte und rüttelte Riley sie zum siebten Stock hinauf. Als die Tür aufging, bemerkte sie, daß Fred nicht hinter seinem Schreibtisch hervorspähte. Sie zog die vielen Postwurfsendungen und ihre Telefonnotizen aus ihrem Briefkasten. *BonBon hat angerufen. Wichtig,* stand da gekritzelt. *Adele hat angerufen. Sofort zurückrufen. Ilse hat angerufen. Dringend.*

«Adele, was gibt's?»

«Hast du ‹Village Rag› gelesen?»

«Natürlich nicht. Ich lehne es ab, diesen Schund zu lesen.»

«Es steht ein gemeiner Artikel drin, für den Olive Holloway zeichnet. Er zieht in erster Linie Ilse von einem Ende Manhattans zum anderen durch den Dreck.»

«Was? Arme Ilse, ich muß sie sofort anrufen.»

«Warte, Carole. Das ist noch nicht alles. Diese Olive nennt dich nicht beim Nachnamen, aber sie läßt durchblicken, daß Ilse – ich zitiere – ‹von einer gutbetuchten Kunsthistorikerin namens Carole, die an einer der renommiertesten Universitäten der Stadt lehrt›, ausgehalten wird. Wie viele Kunsthistorikerinnen namens Carole gibt es an den beiden New Yorker Unis? Wenn ich dieses Gör jemals erwische, schlag ich sie windelweich. Wie fühlst du dich? Soll ich meine Vorlesung ausfallen lassen und rüberkommen? Sollte es einen Kampf um deinen Job geben, möchte ich dabei sein.»

«Nein. Adele, nein. Das würde Fowler nicht wagen. Ich bin fest angestellt. Das möchte ich sehen, daß er sich bei mir auf eine Moralklausel beruft. Ich habe Ilse nie mehr bezahlt als ein Abendessen und ein Taxi. Herrgott, was für eine Irre ist diese Olive?» Carole war beunruhigter, als sie sich anhörte.

«Klarer Fall von sauren Trauben, scheint mir. Wer bestraft gehört, das sind die Leute von Rag, weil sie so was Unverantwortliches gedruckt haben.»

«Hör zu, Adele. Ich möchte heute abend zu dir rüberkommen, oder vielleicht kommen Ilse und ich beide, wenn du meinst, daß LaVerne nichts dagegen hat. Ich möchte Ilse jetzt gleich anrufen. Sie ist bestimmt völlig fertig.»

«Natürlich. Du gehörst zur Familie, frag nicht erst um Erlaubnis. Und ruf mich an, wenn irgendwas schiefgeht, hörst du?»

«Danke, Adele. Dell – ich liebe dich.»

«Ich liebe dich auch.»

Carole legte den Hörer hin, faßte sich und wählte Ilses Nummer.

«Liebes?»

«O Carole, Carole, es tut mir so leid. Hoffentlich denkst du nicht, ich hätte irgendwas damit zu tun. Ich meine, ich habe dich ein paarmal erwähnt, aber nie dieser Frau gegenüber. Sie hat es aufgeschnappt. O bitte, hoffentlich denkst du nicht, es ist meine Schuld. Ich meine, ich will mich nach außen hin bekennen, aber doch nicht so.»

«Ilse, laß gut sein. Es gehört mehr dazu als eine abfällige Bemerkung in einem Schundblatt, um mich hier ernsthaft in Schwierigkeiten zu bringen. Adele sagte mir, der Artikel ist überwiegend eine Breitseite gegen dich.» Carole hoffte es mehr, als daß sie daran glaubte.

«Ja, ja, ich weiß. Wir haben bei der Bürgerrechtsvereinigung angerufen, um zu hören, ob wir einen rechtlichen Anspruch haben.

Ich spreche heute nachmittag mit der Frau in der Abteilung für Frauenrechte. Olive Holloway wird restlos fertiggemacht.»

«Darf ich dir einen kleinen Rat geben?»

«Jetzt hörst du dich an wie meine Mutter.»

«Dagegen ist nichts einzuwenden. Mütter behalten meistens recht, bloß kommst du erst dahinter, wenn du so alt bist wie deine Mutter war, als sie dir den Rat erteilte.»

«Okay, du bist im Augenblick vermutlich ohnehin vernünftiger als ich.»

«Vergiß die Sache. Mach keine Anzeige.»

«Kampflos aufgeben? Niemals.»

«Laß mich ausreden. Die Welt ist voll von Frauen wie Olive. Du wirst dich aufreiben, wenn du auf sie eingehst. Und wenn du mit ihr quitt sein willst, dann denk daran, Rache ist ein Gericht, das am besten kalt serviert wird. Also warte. Vielleicht kommst du während des Wartens zu der Erkenntnis, daß sie soviel Aufwand gar nicht wert ist. Außerdem, die größte Rache ist dein Erfolg. Du solltest Olive einfach ignorieren und deine Arbeit weitermachen. Das gilt für eure ganze Gruppe.»

«Nicht für die Gruppe. Das mindeste, was wir tun können, ist einen kurzen, geharnischten Brief an die Redaktion schreiben. Und vielleicht ein paar Journalisten auf unsere Seite ziehen, damit sie dort anrufen.»

«Vielleicht. Das mußt du mit deiner Gruppe entscheiden, aber was dich persönlich betrifft, hör auf mich.»

«Ja, Mama.»

«Adele macht sich auch Sorgen um dich. Magst du heute abend mit zu ihr gehen? Dann können wir zusammen essen.»

«Das würde ich gerne. Du weißt, ich mag Adele und LaVerne, aber die Gruppe muß sich heute abend treffen, um zu beschließen, was wir tun sollen. Wenn ich vor zwei Uhr morgens rauskomme, ruf ich an, um zu sehen, ob du wieder zu Hause bist, und komme vielleicht noch vorbei. Okay?»

«Okay.»

Als sie auflegte, hörte sie die Fahrstuhltür knallen und Freddie

Fowler pfeifen. Er kam durch den Flur zu ihrem Büro, steckte den Kopf herein und zirpte: «Darf ich reinkommen?»

«Sicher.»

Als er sich ihr gegenüber setzte, sah Carole, daß er ein Exemplar des *Village Rag* unter den Arm geklemmt hatte.

«Gestatten Sie mir, die Tür zu schließen, Carole.» Er senkte die Stimme.

«Fred, ich hatte Sie für raffinierter gehalten.»

Freds Lippen zuckten. Carole brachte ihn aus der Fassung, egal was er sagte oder tat. «Carole, ich habe heute im ‹Village Rag› einen äußerst beunruhigenden Artikel gelesen und bin direkt zu Ihnen gekommen. Sie sollen wissen, daß Sie sich mir mit Ihrem, hm, Problem anvertrauen können. Schließlich befassen wir uns mit Kunst und sind an so etwas gewöhnt.»

«An was, Fred?»

Er wand sich. «Haben Sie den Artikel gelesen?» Gott bewahre, daß das *Wort* seinen Lippen entschlüpfte.

«Sagen wir, ich wurde darauf aufmerksam gemacht.»

«Sie sollen wissen, daß wir uns einigen können, auch wenn diese boshafte Beschuldigung wahr ist. Wir schätzen Sie hier.»

«Sie schätzen mich? Mein Ruf erhellt eine trübe Fakultät. Sprechen Sie's offen aus, Chef.»

«Bitte, es besteht kein Anlaß zu Feindseligkeiten. Ich sehe ein, daß Sie unter Anspannung stehen müssen.»

«Weswegen? Habe ich das Alter erreicht, in dem Mitbewohnerinnen Verdacht erregen?»

«Hören Sie, Carole, ich vermute schon seit geraumer Zeit, daß Sie vielleicht einen anderen Lebensstil haben als die meisten Leute.»

«Wirklich, ich habe keine Ahnung, wie die meisten Leute leben. Das ist ein zu weites Feld für mich.»

«Kommen Sie, wir kennen uns seit Jahren. Mir können Sie Ihr Geheimnis anvertrauen. Ich habe Ihnen gesagt, es wird meine Hochachtung vor Ihnen nicht beeinträchtigen – ob Sie dieses Mädchen aushalten oder nicht.»

«Das Wissen um ein Geheimnis ist keine Garantie für seine Wahrheit», fauchte Carole.

«Ich wollte nicht andeuten, daß ich an Ihrem Wort zweifle.»

«Fred, ich halte kein ‹Mädchen› aus, wie Sie es nennen. Versuchen Sie's nächstes Mal mit Frau.»

Fred, verwirrt, lief rot an. Er war sich nicht ganz sicher, warum das Wort beleidigend war, aber er meinte ja auch, über solchen semantischen Banalitäten zu stehen. «Es tut mir schrecklich leid. Ich hätte es besser wissen müssen.»

«Mich fasziniert, daß Sie das Wort nicht aussprechen.»

«Welches Wort?»

«Lesbierin.»

Diesmal zuckte Freds ganzer Körper. «Nun, es ist so ein anstößiges Wort. Und wie Sie bemerkten, ich habe keinen triftigen Grund, so etwas auch nur zu denken. Carole, es tut mir schrecklich leid.»

«Das soll es auch. Weil Sie geglaubt haben, ich würde eine Frau aushalten, ohne jeden Beweis, abgesehen von einem verleumderischen Artikel in einer miesen Illustrierten.»

«Ich hoffe, dieses kleine Mißverständnis wird Ihre Achtung meiner Person nicht beeinträchtigen. Wir hatten immer so ein gutes Arbeitsverhältnis.»

«Was bringt Sie auf die Idee, ich hätte Achtung vor Ihnen, Sie aufgeblasener Esel? Sie scheuchen die Fakultät herum, halten herrschsüchtig alle Fäden in der Hand. Sie sitzen in Ihrem Büro wie eine Fliege, die jedesmal, wenn die Fahrstuhltür aufgeht und eine Frau herauskommt, die Vorderbeine aneinanderreibt. Sie haben so oft versucht, mich anzumachen; wenn ich dafür jedesmal ein Fünfcentstück bekommen hätte, wäre ich jetzt reich. Und außerdem, Fred Fowler, Sie sind so banal, daß es weh tut. Jede mit Ihnen verbrachte Minute ist langweilig, absolut öde.»

Gelähmt von dem Wortschwall, hockte Fred auf seinem Stuhl und hatte offensichtlich Angst, auch nur die Augäpfel zu bewegen.

«Hat es Ihnen die Sprache verschlagen, Freddie?»

«Sie, Sie sind eine Männerhasserin. Ich hab's gewußt. Ich hab's immer gewußt. Sie haben keinen Funken Wärme. Verdammte Lesbe.» Er hatte Schaum vor dem Mund.

«Mein Lieber, ich habe nicht die Kraft, Männer zu hassen. Ich bin neutral. Sie sind nur ein geringfügiges Ärgernis. Lassen Sie sich nicht von Ihrem dämlichen Ego zu mehr aufblasen, als Sie sind, eine Abart eines lästigen geflügelten Insekts, eine Fliege.»

«Kastratorin.»

«Um Männer zu kastrieren, muß man bereit sein, ihnen nahe zu kommen. Darauf kann ich mich nicht einlassen.»

«Ich könnte Sie feuern lassen. Soweit sind wir noch nicht, daß Homosexualität auf dieser Universität offiziell geduldet wird.»

«Beweisen Sie es, Fred. Beweisen Sie, daß ich homosexuell bin.»

Daraufhin schwankte er. «Sie sind es aber.»

«Stimmt. Ich liebe Frauen. Ich habe Frauen immer geliebt und werde sie immer lieben, und das hat so gut wie nichts mit Schwächlingen wie Ihnen zu tun.»

«Sie haben es gesagt. Sie haben es gesagt. Jetzt hab ich Sie am Wickel.»

«Versuchen Sie's. Wenn Sie mich verlieren, verlieren Sie die einzige Professorin von internationalem Rang, die Sie haben. Und mehr noch, Fred, was sagt Ihnen der Name Sheila Dzuby? Oder Nan Schonenfeld? Priss Berenson? Oh, ich könnte die Liste endlos fortsetzen. Sie haben einen untrüglichen Instinkt für junge Frauen, deren Notendurchschnitt eine Aufbesserung benötigt, Sie unersättlicher Geier. Sie befinden sich im Niemandsland. Nan kam im letzten Semester in Tränen aufgelöst zu mir, Ihretwegen. Sheila wollte Sie dem Rektor melden. Wenn Sie den Bogen überspannen, werden Sie sehen, was passiert, wenn diese lieben jungen Dinger, die Sie verführt haben, auspacken.»

Mit aschfahlem Gesicht stand Fred auf. Seine Hände zitterten, und eine kleine Schweißperle glänzte auf seiner Oberlippe. «Wollen wir diesen ganzen unseligen Vorfall nicht einfach vergessen?»

«Von mir aus gern. Aber eine Kleinigkeit noch: Wenn ich jemals

123

höre, daß Sie wieder eine Studentin unter Druck setzen, verpasse ich Ihnen einen Tritt, daß Sie Ihre Eier als Ohrringe tragen können.»

Er schluckte und verdrückte sich zur Tür hinaus. Die Auseinandersetzung hatte Carole ebenfalls erschüttert, aber das merkte sie erst, als Fred das Zimmer verlassen hatte.

Auch wenn ich den schmierigen Widerling in die Schranken gewiesen habe, bedeutet das nicht, daß diese Angelegenheit erledigt ist. Wer weiß, wie viele andere Leute in der Fakultät es gelesen haben? Wegen Roger muß ich mir keine Sorgen machen, er und Bob Kenin sind schwul. Bleiben noch vier. Ich kann ebensogut allen die Stirn bieten und die ganze verdammte Geschichte hinter mich bringen. Sie ging in die kleine Büroküche, nahm eine Cola aus dem Kühlschrank, klopfte dann an Marcia Gahagans Tür. Neben Roger und Bob war Marcia die einzige Person unter den Professoren der Fakultät, aus der sie sich etwas machte.

«Herein.»

«Marcia...»

«Setz dich, Carole. Ich habe alles gehört. Du hast vergessen, daß unsere Büros nebeneinander liegen. Ich bin froh, daß du das Schwein endlich zur Rede gestellt hast.»

Tränen traten in Caroles Augen. Sie wollte nicht weinen, aber Marcias herzliches Entgegenkommen war so erwünscht und kam so unerwartet. Marcia stand auf und reichte Carole ein Papiertaschentuch.

«Danke. Meine Güte, ich staune über mich selbst. Wenn mir jemand gesagt hätte, ich würde mit Fred so umspringen, wie ich es getan habe, und dann hierherkommen und heulen, ich hätte ihn für verrückt erklärt. Ich weiß nicht. Irgendwas ist ausgerastet.»

«Carole, um es klarzustellen, ich weiß schon lange, daß du lesbisch bist. Das ist deine Sache. Manchmal, wenn ich dich zu einer Party eingeladen habe, wollte ich sagen: ‹Bring deine Freundin mit›, aber ich hab's nicht gesagt, und das tut mir leid. Es ist albern, wenn wir uns als Erwachsene in diesen Dingen so unbeholfen anstellen. Bitte verzeih mir, daß ich dir lange Zeit keine Freundin war.»

«Danke.» Carole reichte ihr verdattert die Hand, und Marcia nahm sie und schloß Carole dann in die Arme.

«Fred wird es nicht wagen, etwas zu unternehmen. Ich glaube, für dich besteht keine Gefahr.»

Carole lachte, während sie ihre Tränen trocknete. «Ich weiß. Ich kann den Klatsch nicht ertragen, den dieser verdammte Artikel lostreten wird, deshalb dachte ich, ich gehe zu den anderen Mitgliedern der Fakultät, die es nicht wissen, und dann ist der Fall ein für allemal erledigt.»

«Professor Stowa ist so alt, er wird denken, du redest von einer Sappho-Übersetzung, ihn kannst du also streichen. Ich bezweifle, daß die anderen den Artikel lesen, und wenn, werden sie es dir gegenüber andeuten, und dann kannst du sagen, was du zu sagen hast.»

«Kluger Rat. Geht die Uhr auf deinem Schreibtisch richtig?»

«Müßte sie eigentlich.»

«Ich komme fünf Minuten zu spät zu meiner Vorlesung. Nochmals danke, Marcia.»

Carole rannte zum Fahrstuhl und bemerkte, daß Fred seine Tür geschlossen hatte. Die ersten Früchte des Sieges, dachte sie.

«*Erstaunlich*», *wunderte sich LaVerne,* als Carole ihre Geschichte beendete.

«Ich komme nicht über Marcia hinweg», pflichtete Adele ihr bei. «Vertraulichkeit erzeugt Einigkeit.»

«Vergeben wir heute abend Punkte?» fragte LaVerne.

«Die Liebe nimmt das Gute mit dem Schlechten.» Carole hob die Hände zum Himmel.

«Das war ein Pluspunkt. Los, lobt mich ein bißchen.»

«Komisch, mir ist, als wäre mir eine Last von den Schultern genommen. Das muß ich Ilse hoch anrechnen. Sie hatte recht, man
soll sich zu seinen Neigungen bekennen.»

«Im Idealfall sollte das eine individuelle Entscheidung sein. Du
hattest ein bißchen Hilfe», stellte LaVerne fest.

«Du hättest jede Art von Hilfe gehabt, wenn du gewollt hättest.
BonBon plante, aufgetakelt wie zu einem Banküberfall, so daß sie
den ganzen Verkehr aufgehalten hätte, zur Uni zu gehen und Fred
an den Kopf zu werfen, er halte sich weiße Sklavinnen», kicherte
Adele.

Auf das Stichwort «weiß» kreischte Lester: «Bwana, weißer Teufel.»

«Wem sagst du das. Ich habe heute am Telefon zwanzig Minuten
gebraucht, um sie zu beruhigen. Sie hat sich mehr aufgeregt als
ich.»

«Zu schade, daß Ilse nicht hier sein kann. Wir könnten deinen
großen Tag alle zusammen feiern», seufzte LaVerne.

«Wir können am neunundzwanzigsten feiern, wenn wir sie von
der Arbeit abholen.»

«Adele, du könntest mir wenigstens einen kleinen Tip geben.»

«Komm schon, mach ihr Appetit.»

«Okay. Der neunundzwanzigste September ist Cervantes' Geburtstag. Er wurde 1547 geboren. Das ist ein großer Tip. Mehr
sag ich nicht.»

Auf der kleinen Veranda vor dem Haus kauerte Ilse, die Knie
unters Kinn gezogen.

«Was machst du hier draußen?»

«Ich warte auf dich. Außerdem, der Abend ist so schön, da dachte
ich, ich setze mich draußen hin und versuche mich zu erinnern,
wie die Sterne aussehen.»

«Wie war die Versammlung?»

«Großartig. Wir haben beschlossen, was getan werden muß, und
das war's. Danach sind wir zu größeren Themen übergegan-
gen.»

«Und was habt ihr beschlossen?»

«Das ist unser Geheimnis.»

Das Öffnen der Wohnungstür befreite Louisa May, die die Treppe hinuntertappte und dann wieder hinaufstürmte.

«Werdet ihr gerichtlich vorgehen?»

«Unsere Anwältin hat heute mit ihnen gesprochen. Sie sind ein bißchen nervös. Ich bin ganz sicher, daß sie sich auf eine Entschuldigung oder eine Gegendarstellung einlassen. Aber als dieser Punkt abgehakt war, wurde es regelrecht aufregend. Nachdem Olive weg ist, reden die Leute richtig miteinander. Wir haben angefangen mit dem Versuch, die Gruppe zu definieren, und uns dann darauf geeinigt, daß wir uns vielleicht besser zuerst selber definieren, verstehst du?»

«Nicht ganz.»

«Also, Frauen waren immer ohne Identität, ohne Ich. Wir waren nur Funktionen, Dienstleistungen – Mutter, Ehefrau oder Sekretärin. Dieser ganze Scheiß. Wenn die Bewegung schnell etwas erreichen will, müssen wir den Frauen helfen, zu werden, was sie sind, klar?»

«Ich habe immer gewußt, wer ich bin. Ich glaube, ihr bringt heterosexuelle Frauen mit Frauen durcheinander, die wissen, daß sie ihren Lebensunterhalt verdienen müssen und ihren gesellschaftlichen Status nicht dadurch erreichen werden, daß sie Mrs. Soundso sind.»

«Wie?»

«Ihr könnt nicht einfach alle in einen Topf werfen.»

«Na gut, aber du mußt zugeben, die Suche nach Identität ist sehr real und schmerzhaft.»

«Schwachsinn. Alles Erfindung.»

Ilse war aufgebracht. «Was soll das heißen, Schwachsinn? Die Menschen müssen herausfinden, wer sie sind. Was glaubst du, weshalb es so viel Elend in diesem Land gibt?»

«Das Elend in diesem Land kommt daher, daß die meisten Amerikaner sich nicht der Unausweichlichkeit der Kausalität gebeugt haben.»

«Was?» rief Ilse ungläubig.

«Die Leute sind wie die Kinder. Sie begreifen nicht, daß ihre Aktionen Reaktionen haben.»

«Das hat nichts mit Identität zu tun!»

«O doch.»

«Ich sehe da überhaupt keinen Zusammenhang.»

«Laß mich kurz überlegen, ob ich es besser erklären kann.»

Ilse stand auf und ging in die Küche. «Möchtest du was?»

«Eine Cola mit Eis. Weißt du, es war einmal in einer übermütigen Laune, da dachte ich, Eis sei das Imperfekt von Wasser. Der Gedanke gefällt mir.»

Falls Humor darin lag, erkannte Ilse ihn nicht. «Aha.»

«Um wieder auf die Identität zurückzukommen, laß es mich mal so versuchen: Die Amerikaner glauben, du kannst wieder ganz von vorne anfangen. Das ist alles, was hinter der nach oben durchlässigen Gesellschaft steht, oder der nach unten durchlässigen, was für deine Generation eher zutrifft. Die Leute wollen glauben, sie können ihre Vergangenheit ausradieren. Erfahrungen werden nicht geteilt, sondern an der Wurzel gekappt. Es ist Wahnsinn zu denken, daß deine Vergangenheit deine Gegenwart nicht berührt. Das heißt, du akzeptierst die Konsequenzen deiner Handlungen nicht, auch wenn diese, etwa wo und wann du geboren bist, nicht von dir gesteuert wurden. Leuchtet dir das ein?»

«Ja, aber wir Frauen müssen die Vergangenheit vergessen. Wir müssen wiedergeboren werden und all die alten Wertvorstellungen, die uns unterwürfig gemacht haben, verwerfen.»

«Damit befürwortest du eine ahistorische Bewegung, und das bedeutet, du bist dazu verurteilt, die Fehler der Vergangenheit zu wiederholen. Ilse, sei vernünftig. Du kannst von den Menschen verlangen, sich zu ändern, aber du kannst nicht von ihnen verlangen, daß sie verwerfen, was sie waren, ohne ihren Selbsthaß zu verstärken.»

«Nein. Die Frauen müssen sich erneuern.»

«Na gut, ich sehe es eben anders.»

«Wie könntest du, wo du noch im Mittelalter steckst? Verdammt, was hat das Mittelalter mit der heutigen Zeit zu tun?»

«Eine Menge, meine Liebe, eine Menge. Vor allem für Frauen.»

«Laß hören.»

«Die Idee von der ritterlichen Minne gab den Frauen eine geistige Macht, die sie bis dahin nicht gekannt hatten. Die Männer glaubten, die unwiderstehliche Macht der Zärtlichkeit und Schönheit, die Frau, könne selbst die wildesten Tiere zähmen. Deswegen ist der letzte der Einhorngobelins so üppig geraten. Das Einhorn galt als grausame Bestie – ich glaube, es war ein Symbol für männliche Brutalität, auch wenn sie es damals noch nicht wußten –, und hier ist das Einhorn im Schoß der Dame dargestellt. Sie hat es gezähmt. Und dann war da das kleine Problem der Kreuzzüge. Die Männer waren jahrelang fort, sofern sie überhaupt zurückkamen, und deshalb wurden die Frauen oft Schloßherrinnen und erfüllten viele ursprünglich männliche Pflichten. Der Kaufmannsstand gewann an Bedeutung, und die Frauen arbeiteten ebenso schwer wie die Männer, um das Geschäft aufzubauen. Wer konnte es sich in jenen Tagen leisten, zu Hause zu bleiben? Die Kirche blieb entschieden gegen die Frauen eingestellt und ist es bis heute, doch das weltliche Leben veränderte sich. Es mag dir unbedeutend vorkommen, aber du bist das direkte Resultat davon, so weit entfernt das auch scheinen mag.»

«Also, das ist interessant. Aber es ist nicht zwingend. Ich möchte noch mal auf die Sache mit der Wiedergeburt zurückkommen. Warum soll ich mir meine Vergangenheit aneignen? Warum soll ich mich mit meiner Mutter oder meinem Vater identifizieren? Ich lehne alles an ihnen ab. Ich bin ein neuer Mensch.»

«Tatsächlich? Ist die Starrheit, mit der du deine Eltern verleugnest, nicht die gleiche Starrheit, die sie dir und deinen Ideen entgegenbringen? Du bist die Kehrseite derselben Medaille, und du solltest dich lieber damit abfinden, sonst zerstörst du das, woran dir am meisten liegt, eure Bewegung.»

Jetzt war Ilse beunruhigt. Sie fürchtete, ein finsterer Drache würde aus der Höhle ihres Unterbewußtseins hervorbrechen.

«Du mußt dich präziser ausdrücken.»

«Ilse, du kannst nicht sein, was du nicht bist. Du bist keine arme Frau. Du bist nicht in Armut aufgewachsen. Du kannst nicht hingehen und so tun als ob. Ich sage nicht, du sollst zurück zu deiner Mutter laufen und schnell eine Runde im Langwood-Cricket-Club spielen; ich sage nur, du nützt der Bewegung mehr, wenn du deine Herkunft annimmst, statt sie abzulehnen, glaub mir. Ich habe fast zehn Jahre damit verbracht vorzugeben, ich sei eine Aristokratin. Wenn du zu anderen Frauen sagst: ‹Seht, da komme ich her, und seht, wie ich mich verändert habe›, dann werden die Frauen, die aus derselben Gesellschaftsschicht stammen wie du, auf dich hören. Und andere Frauen hören vielleicht auch auf dich, weil du ehrlich bist, statt die Mittellose zu spielen. Wenn du wiedergeboren bist, was nützt uns das, wenn wir nicht wissen, was du vorher warst? Schau, du leugnest gerade die Kraft, die eure Bewegung ausmacht. Du kappst deine Wurzeln und übergehst die Eucharistie.»

«Carole, ich verstehe nicht viel von religiösen Begriffen.»

«Du vermittelst den Leuten nicht, was dich verändert hat. Du kommunizierst nicht, teilst über deine Entwicklung nichts mit. Ohne diesen Entwicklungsprozeß wirkst du ausgesprochen einseitig und unglaubwürdig.»

«Ich muß darüber nachdenken. Ich kann dir nicht trauen... ich meine, ich fürchte immer, daß du versuchst, meine Arbeit herabzusetzen, weil du nicht in der Bewegung bist, um das durchzuboxen und zu organisieren. Es fällt mir schwer, dir zu trauen.»

«Du kannst wohl keiner trauen, die nicht genau so ist wie du?»

«Ich... Carole, du treibst mich immer in die Enge. Ich weiß nicht, vielleicht stimmt es, vielleicht ist es so, auch wenn ich das Gegenteil behaupte. Aber es ist schwer, Frauen zu trauen, die sich nicht aktiv an der Bewegung beteiligen.»

«Ich beteilige mich, aber auf meine Art.»

«Ja, und darauf kommen wir immer wieder zurück. Du kannst dich nicht in deinen Individualismusorgien ergehen und sagen, ich mache die Revolution auf meine Art. Um Himmels willen, Carole, damit behalten die Chauvischweine ja alles in der Hand!»

«Zugegeben, aber im Moment gibt es einfach keine Organisationen oder Projekte, die mich ansprechen. Vielleicht liegt es an meinem Alter oder auch daran, daß ich seit mehr als fünfundzwanzig Jahren für mich selbst aufkomme. Wenn mich etwas berührt, werde ich in Aktion treten. Schau, wegen des verdammten Artikels habe ich heute bei der Arbeit mein Coming out gefeiert!»

«Wirklich?»

«Ja, ich hab Fred Fowler gezeigt, wo der Lappen hängt.»

«Den Ausdruck hab ich noch nie gehört.»

Carole lachte. «Besser gesagt, ich hab mich an den Umgangston meiner Jugend erinnert und ihm die Pistole auf die Brust gesetzt.»

«Wirst du deinen Job verlieren?»

«Nein, ich gehöre zu den Glücklichen, auf die es ankommt.»

«Carole, ich bin wirklich beeindruckt.»

«Ich auch. Die Leute hören auf das, was du sagst, Ilse, aber es braucht seine Zeit, und du kannst mir nicht meine Individualität nehmen, indem du sagst, ‹wenn du es nicht auf diese Weise machst, gehörst du nicht zu uns!›»

«Carole, ich kann das nicht akzeptieren. Ich mißtraue allem Individuellen so sehr. Der Individualismus hat uns voneinander ferngehalten. Jeder unterdrückten Gruppe wird eingebleut, mit den Männern um ihre kleinen Leckerbissen zu feilschen. Man sagt uns, wir seien Individuen, wir würden es allein schaffen. Wir müssen uns zusammentun, sonst sind wir schwach.»

«Das ist mir klar, aber du kannst die Leute nicht zusammenbringen, indem du ihnen sagst, sie sollen alle das gleiche tun. Das mußt du wissen. Die Idee und eine bestimmte Einigung über Projekte und dergleichen, das ist es, was allen gemeinsam sein muß. Dann werden die Leute ihrer Persönlichkeit entsprechend danach handeln.»

«Verdammt, genau das ist der springende Punkt. Die Frauen haben keine Persönlichkeit, sie wissen nicht, wer sie sind. Wir sind die einzige unterdrückte Gruppe, die ihren Mitgliedern eine Identität geben muß. Wir haben nicht in Ghettos gelebt, wir wurden im Haus des Unterdrückers gehalten. Wir müssen die Bindungen untereinander aufbauen. Unsere Gemeinschaft ist vor zehntausend Jahren zerstört worden.»

«Und ich bleibe bei der Behauptung, du verwischst die Grenze zwischen heterosexuellen und lesbischen Frauen.»

«Es gibt eine Menge Lesben in der Bewegung, die nicht wissen, wer sie sind, verdammt noch mal.»

«Sie sind jung. Laß sie hingehen und ihren Lebensunterhalt verdienen, dann finden sie es sehr schnell heraus.»

«So einfach ist das nicht. Wir müssen eine Identität nach den Wertvorstellungen der Frauen, nicht der Männer, aufbauen.»

«Himmel noch mal, Ilse, du kannst die Erlösung nicht auf eine Genbank stützen. Sieh doch nur, welchen Ärger das den Juden gebracht hat.»

«Zugegeben. Aber geh nicht in die kongenitale Falle und sag, wir sind anders geboren, was tatsächlich besser heißt, stimmt's?»

«Stimmt.»

«Wenn du die Männer ausschließt und ihnen keine Hoffnung gibst, weil sie nichts daran ändern können, werden sie dich töten – ebensosehr aus Angst wie aus Haß.»

«Das glaube ich gern.»

«Du mußt das Gemüt ansprechen, das Herz. Beurteile die Menschen nicht nach ihren Körpern. Du mußt an die Männer appellieren, sich mit den Frauen solidarisch zu erklären, den Wert der Frauen zu erkennen und anzunehmen. Wie gesagt, im Mittelalter hat sich in der Richtung was getan. Du kannst die Männer nicht für irrelevant erklären. Ich bestreite ja nicht, daß die meisten komplette Arschlöcher sind, aber du mußt ihnen eine Chance geben. Das ist zehnmal mehr, als sie uns je gegeben haben.»

«Ich arbeite ja nicht mit ihnen.»

«Kann ich dir nicht verdenken. Aber in zwanzig, dreißig Jahren sind vielleicht genug von ihnen soweit, daß es eine Solidarität mit uns geben kann.»

«Du hast einen scharfen Verstand, Carole. Zu schade, daß du nicht in der Bewegung aktiv bist.»

«Ilse, ich hab dir schon hundertmal gesagt, ich hasse Politik. Auf meinem Gebiet will ich tun, was ich kann. Und vielleicht kann ich dich eines Tages wählen.»

«Großartig, das hat mir gerade noch gefehlt, daß mein revolutionäres Feuer sich in einer Wahlillusion verliert.»

«Ich verstehe diese ganzen Mechanismen nicht, den Unterschied zwischen Revolution und Wahl. Vielleicht liegen sie gar nicht so weit auseinander, wie du denkst. Jedenfalls, ich wollte nur sagen, wenn wir Frauen eines Tages aufgerufen sind, übereinstimmend zu handeln, werde ich mitmachen, aber ich werde es nicht organisieren oder Artikel schreiben oder was auch immer.»

«Aber ich.»

«Gut. Ich respektiere das.»

«Und ich sehe keinen anderen Weg, um den Frauen eine neue Identität zu geben.»

«Vielleicht verfehlen wir uns absichtlich.»

«Es macht mich wahnsinnig, daß du Identität mit der Handbewegung einer *grande dame* vom Tisch wischst. Vielleicht ist es für dich kein Problem, weil du vierundvierzig bist, aber für die meisten Frauen, die ich kenne, ist es bestimmt eins.»

«Ilse, weder du noch sonst jemand kann sich auf die Suche nach sich selbst machen. Du kannst keine psychologische Kathedrale bauen. Wenn du das tust, dann zerstörst du alles, was du bist. Wenn du dir deine Identität bewußt machst, löst du dich von dir. Du wirst zur Zuschauerin deines eigenen Lebens. Das ist Irrsinn. Du verfängst dich in Worten. Wenn du herumsitzt und über dich nachdenkst, dann tust du nichts anderes, als Selbstgespräche zu führen, und die Sprache selbst wird dich verändern. Ich verstehe das nicht. Ich verstehe nicht, wie das alles so schnell gehen konnte. Als ich klein war, hat sich niemand Gedanken darüber gemacht, wer er ist. Wir machten uns Gedanken, was wir werden wollten – Ärztin, Anwältin, Indianerhäuptling und so weiter –, aber Himmel noch mal, wir haben niemals an uns gezweifelt. Und wir haben nicht soviel darauf gehört, was die Leute sagten. Wir haben beobachtet, was sie taten. Das Leben war direkter. Wir mußten bei der Arbeit nicht alles durch einen verborgenen Sinn filtern. Ich verstehe nicht, was heute in die Menschen gefahren ist. Wie kann jemand nur glauben, seine Identität ergründen zu können? Ich schwöre, Selbstbewußtsein ist eine Erbsünde.»

«Wie gesagt, ich muß über all das erst mal nachdenken.»

«Ich auch. Mir ist, als wären wir über die ganze Landkarte gewandert. Ilse, ich will nicht mit dir streiten. Ich hab dich gern. Ich möchte einfach die Zeit genießen, die wir zusammen sind. Laß dich los. Du mußt nicht zu jeder Minute des Tages die gesamte Frauenbewegung mit dir herumschleppen.»

«Ich weiß nicht. Ich fühle mich verantwortlich. Ich spüre, daß ich etwas ändern und uns auf den richtigen Weg bringen kann. Am liebsten würde ich nicht mal mehr schlafen. Ich möchte jede Sekunde dranbleiben.»

«Du mußt dich ausruhen, sonst bist du wie eine Ader, die sich auf Kapillargefäße reduziert. Du wirst langsam verschwinden. Außerdem braucht der Mensch Anregungen von außen, Entspannung; das bereichert unsere Arbeit.»

«Ich weiß nicht.»

«Du wirst es erst wissen, wenn du aufhörst, aus einem Schuldgefühl heraus zu arbeiten.»

«Schuldgefühl! Weswegen sollte ich mich schuldig fühlen?»

«Es tut mir leid, daß ich das gesagt habe. Können wir nicht einfach ins Bett fallen und uns lieben, ohne in eine tiefschürfende Diskussion abzuschweifen?»

«Ich falle nirgends hin, bevor du mir nicht erklärt hast, was du mit Schuldgefühl meinst.»

«Okay. Ich weiß, du glaubst an diese Sache. Und ein großer Teil von dir arbeitet aus guten Gründen, doch ein kleiner, unzufriedener Teil fühlt sich schuldig, und deswegen läßt du nicht los. Hör auf mit deinen verzweifelten Versuchen, den Punktestand auszugleichen. Du hattest von Haus aus Geld. Dafür kannst du nichts. Mach es dir zunutze, statt es abzuleugnen. Alle, die dir wegen deiner Geburt Vorhaltungen machen, sind nicht ganz richtig im Kopf – egal, ob sie selber reich sind oder nicht. Wichtig ist, was du aus deinem Leben machst, nicht das, wofür du nichts kannst – Geschlecht oder Hautfarbe oder Geld. Du verdienst Respekt für das, was du tust, und keine Nörgeleien, weil du mit einem Haufen Privilegien geboren bist. Sieh dir die vielen Reichen an, die nichts aus ihrem Leben machen. Also, sei stolz auf dich.»

«Ich glaube, ich muß noch viel lernen, Carole. Und es tut mir leid, daß ich offenbar lerne, indem ich mit dir streite. Ich weiß nicht, warum ich das tue, und ich will damit aufhören, aber ich weiß, es wird wieder passieren.»

«Ich war genauso. Ich habe fortwährend mit meinen Eltern gestritten und in der Schule auf meinen Freundinnen herumgehackt. So sind wir alle. Es ist leichter, andere Menschen für Idioten zu erklären, als unsere eigenen Fehler zu erkennen. Aber du solltest auch nicht alles so ernst nehmen. Komm, laß uns ins Bett gehen.»

Carole legte die Hände auf Ilses Gesicht und küßte sie. Eine ganze Zeit lang blieben sie eng umschlungen sitzen. Dann duschten sie und gingen still ins Bett. Sie liebten sich wie Träumende in einem Fluß, mehr von der Strömung getragen als von schlichter Begierde.

*L*aVerne *stand vor dem Vogelkäfig* und bestach Lester mit getrockneten Aprikosenstückchen.

«Lester, nun komm schon. Pisse, Kacke. Los, sag's.»

Er entfaltete seinen Schopf, watschelte schnalzend auf seinem Zweig hin und her und verrenkte sich fast den Kopf, um zu sehen, ob die anderen Vögel etwas merkten. Der Hirtenstar, seinerseits sehr interessiert an den Leckerbissen, sagte: «Das ist das einzig Wahre», und daraufhin legte Lester los, aus Angst, in den Schatten gestellt zu werden. LaVerne gab dem Hirtenstar ein Stückchen von dem Obst, und Lester wurde auf der Stelle gefügig.

«Komm, Lester, tu's für Tante LaVerne. Pisse, Kacke…»

Lester plusterte seine weiße Brust auf. «Pisse, Kacke, Korruption und Rotz. Vierundzwanzig Popel hängen an 'nem Klotz. Affenarsch, Scheiße, Fickeldumdei, legt euch, Mädels, zur Bumserei!»

«LaVerne, bist du wieder mit dem Vogel zugange?»

«Wir führen ein bedeutsames Gespräch.»

«Seit wann ist ‹Affenarsch, Scheiße› bedeutsam?»

Just in diesem Moment äußerte Lester ganz deutlich: «Jeder gegen alle.»

«Was ist das, verdammt noch mal?» fragte Adele aufgebracht.

«Das ist das zwölfte Gebot, mein Schatz.»

Adele hob theatralisch die Hände zum Himmel und flehte: «Warum ich, mein Gott, warum ich?»

LaVerne antwortete mit tiefer Stimme: «Weil du mir auf den Zeiger gehst.»

«Der Witz ist so alt, daß er graue Haare hat. Du verschwendest zuviel Energie damit, Lester schmutzige Sprüche beizubringen. Wir werden nie imstande sein, eine Party zu geben. Und der Hirtenstar schnappt es auch noch auf.»

«Diese Vögel lernen schneller als die meisten meiner Mitschülerinnen im dritten Schuljahr», bemerkte LaVerne.

«Hinlänglicher Beweis, daß wir Menschen reichlich überschätzt werden.»

«Brauchst du Hilfe?»

«Nein, ich hab fast alles im Griff. Die blöde Autovermietung erlaubt nicht, daß BonBon uns chauffiert. Jetzt weiß ich nicht, ob ich einen privaten Rolls-Royce mieten oder auf BonBon als Fahrerin verzichten soll.»

«Ist sie sauer, wenn sie nicht fährt?»

«Glaub ich nicht. Wenn sie nur bei dem Spaß dabei ist; in welcher Funktion, ist ihr egal.»

«Gut. Weißt du schon, was du anziehst?»

«Diese hautenge Nummer, die du mir geschenkt hast. Es ist wirklich absolut der Stil der dreißiger Jahre. Und was ziehst du an?»

«Gib mir fünf Minuten, dann zeig ich's dir. Komm mir nicht nach. Laß dich überraschen – wenn's dir nicht gefällt, kann ich mich immer noch umziehen.»

LaVerne stürmte ins Schlafzimmer und schloß die Tür. Lester kletterte daraufhin schnabelschwenkend an der Käfigseite hoch. Aprikosen wirkten anregend auf seine sportliche Natur. Lester liebte Adele, und sie schäkerte mit ihm, während sie auf LaVerne wartete. Es machte ihm Spaß, ihr die Zunge herauszustrecken, und sie tat so, als würde sie sie packen. Dann sagte er jedesmal: «Hübsches Kerlchen» und nickte mit dem Kopf. LaVerne öffnete die Schlafzimmertür und erschien in einem blaßgelben Chiffonkleid und einem breitkrempigen Hut. Es sah aus, als sei sie direkt aus den zwanziger Jahren eingeschwebt.

«Schatz, wo kommst du her?»

«Aus dem Cotton Club.»

«Hinreißend. Umwerfend. Einfach großartig. Du siehst aus wie eine Debütantin auf dem Weg zum entscheidenden Ball. Und das Gelb, es läßt deine Haut schimmern. Verdammt, jetzt weiß ich nicht, was ich anziehen soll.»

«Adele, wolltest du nicht die Bluse anziehen, die ich dir geschenkt habe?»

«Schon, aber jetzt hast du mich übertroffen. Ich muß mir was Besseres einfallen lassen.»

«Gehen wir den Kleiderschrank durch und lassen unsere Phantasie spielen.»

Nach anderthalb Stunden des Kombinierens entschied sich Adele für einen blutroten Overall mit weiten Beinen und einem breiten schwarzen Bindegürtel. Sie beschloß außerdem, den Rolls-Royce nicht privat, sondern doch beim Autoverleih zu mieten.

Ein glänzender, hochvornehmer Rolls-Royce holte Adele und LaVerne um Punkt sieben Uhr abends ab. Auf dem Weg zu Carole probierten sie im Fond die zahllosen technischen Finessen aus, dann sahen sie majestätisch aus dem Fenster und genossen es, die Leute zu beobachten, die die Hälse reckten, um zu sehen, wer in dem Auto saß. Als sie vor Caroles Haus hielten, ließ Adele den

Chauffeur hupen. Gibt es etwas Vollkommeneres, dachte sie, als mit der Hupe zum Rendezvous gerufen zu werden? Sie bedauerte, daß sie nicht daran gedacht hatte, Pelzwürfel zu kaufen und an den Rückspiegel zu hängen. Die Tür ging auf, und Carole blieb wie angewurzelt auf der Treppe stehen. Adele kurbelte das Fenster herunter und brüllte: «Beweg deinen Arsch her, Caroline, wir fahrn jetzt mit der Limousine!»

Carole sah umwerfend aus in ihrem bodenlangen, schlicht geschnittenen, eng anliegenden Kleid mit rundem Ausschnitt und schmalen langen Ärmeln. Auf dem satten Mitternachtsblau glänzte eine purpurrote Sonnenhälfte, die auf der rechten Seite am Kragen durchbrach; ein sich nach unten verjüngender Strahl verlief am rechten Ärmel entlang, die anderen Strahlen ergossen sich über das dunkelblaue Vorderteil. Carole hatte keine Handtasche bei sich, und als sie sich elegant bückte, um einzusteigen, sagte Adele: «Siehst du, LaVerne, eine Königin hat nie Geld bei sich.»

«Ich hab's im Schuh, zusammen mit meinem Führerschein, den ich seit meinem sechzehnten Lebensjahr vertrauensvoll erneuern lasse.»

«Carole, das ist das schönste Kleid, das ich je gesehen habe. Es steht dir phantastisch. Wo hast du es gekauft?» LaVerne befühlte den Stoff.

«Irgendwann hab ich mir mal alte Kostümbücher angesehen. Ich finde, die Mode des zwölften und dreizehnten Jahrhunderts war einfach prachtvoll, und da kam ich auf die Idee, dieses Kleid zu entwerfen. Da du und Adele mir in den Ohren gelegen habt, ich soll mich aufdonnern, bin ich damit zu einer Modedesignerin gegangen, die ich kenne, und sie hat es mir genäht. Sie arbeitet hervorragend.»

«Chauffeur, zu McDonald's, 70th Street Ecke Second Avenue», bestimmte Adele.

«Adele?» LaVerne traute ihren Ohren nicht.

«Wir beladen uns mit Plastikfraß und essen auf dem Weg zum Theater. Wetten, ihr habt noch nie auf dem Rücksitz eines Rolls-Royce einen Big Mac gegessen?»

Der Fahrer parkte in zweiter Reihe zwischen 70th und 69th Street direkt vor McDonald's, und nachdem Adele die Bestellungen entgegengenommen hatte, eilte sie hinein. Leute kamen aus dem Lokal, um das Auto zu bestaunen. Ebenso viele blieben drinnen, um Adele zu bestaunen. Sie kam heraus, stieg in den Wagen und erteilte Befehle wie die Bedienung eines Drive-in-Restaurants. «Moment noch. Wartet, bevor ihr auspackt. LaVerne, gib mir die Handtücher, die da hinten liegen. So, und jetzt deckt euch mit den Handtüchern zu, ich will nicht, daß ihr euch von oben bis unten bekleckert. Okay, auf zum Theater.»

Als sie vor einem Off-Broadway-Theater vorfuhren, das früher einmal eine Tingeltangel-Kaschemme gewesen sein mußte, schärfte Adele dem Chauffeur ein, ihren McDonald's-Abfall unter keinen Umständen wegzuwerfen.

Der Mann von la Mancha, Mitte der sechziger Jahre ein großer Erfolg, wurde wieder auf die Bühne gebracht. Sogar der Rückgriff auf die unmittelbare Vergangenheit des Theaters erschien weniger riskant als die Gegenwart. Die meisten Produzenten hatte der Mut verlassen. Das Stück war den Revivals aus der Zeit um 1916, die am Broadway liefen, allemal vorzuziehen. Da heute Cervantes' Geburtstag war, betrachtete Adele die Wiederaufnahme des Stückes als vielversprechenden Zufall.

Nach der Vorstellung wies Adele den Chauffeur an, zum Plaza zu fahren.

«Was hast du jetzt vor? Das Stück war genug», rief Carole aus.

Das grandiose Hotel kam in Sicht, ein kostspieliges Relikt aus alter Zeit, das am südöstlichen Ende des Central Parks hofhielt. Als das glänzende Auto um den weißen Springbrunnen herumfuhr, trat der Türsteher erwartungsvoll vor. Wahrscheinlich rechnete er mit Gepäck oder zumindest mit dem Aussteigen der Insassen, die sodann in einem der überteuerten Speiselokale verschwinden würden. Ein Rolls-Royce besaß offenbar eine geradezu magische Anziehungskraft: Wieder warteten Leute auf beiden Seiten des roten Teppichs, um zu sehen, welche Berühmtheit zum Vorschein kommen und einen fatalen Makel enthüllen würde, etwa einen Hängebusen oder ein unverkennbares Toupet.

Mit der Miene dessen, der den ständigen Umgang mit Millionären gewöhnt ist, öffnete der Türsteher in seiner nachgemachten preußischen Uniform den Wagenschlag.

Adele steckte den Kopf raus und sagte: «Hallo, zusammen. Wir sind bloß mal auf einen Sprung vorbeigekommen», und warf ihm sämtliche Big-Mac-Verpackungen von McDonald's, die Pommes frites-Tüten, Milchshakebecher und schmutzigen Servietten vor die Füße. Der Portier ließ den Wagenschlag entsetzt fahren – die Szene war mindestens so grauenhaft wie der Mord in Sarajewo –, und Adele streckte zwanglos einen blutroten Arm heraus und schloß die Tür. Der Chauffeur gab Gas, und sie rasten über die Fifth Avenue. Die drei Frauen brüllten vor Lachen über das Spektakel.

«Adele, was ist bloß in dich gefahren?»

Adele wischte sich die Lachtränen aus den Augen. «Ich bin zu dem Schluß gekommen, daß die meisten Menschen ihre Träume aufgeben, indem sie sie Phantasien nennen. Alles, was von ihrem Leben bleibt, ist ein Eintrag in alten, verstaubten Telefonbüchern. Hin und wieder, in größeren Abständen, müssen wir mal richtig aus uns herausgehen, sonst verkümmern wir. Und deshalb verbringe ich ab und zu einen Abend so, wie ich es will.»

«Du hast ja so recht, mein Herz. Wenn die Menschen ihre Träume aufgegeben haben, geraten sie in die Tretmühle und versuchen, mit Hinz und Kunz Schritt zu halten. Und die können nicht mal mit sich selber Schritt halten.»

«Ah, heute ist eine Nacht des Schicksals», sagte Carole lachend.

«Hoffen wir, daß uns unser Schicksal nicht auf der Straße ereilt. Chauffeur, fahren Sie hier langsamer», befahl Adele.

«Wohin fahren wir jetzt?» frage LaVerne.

«Abwarten. Das Unvorhergesehene bewahrt uns vor Stagnation.»

«Hört sie euch an, mit ihren Lebensweisheiten.» LaVerne drückte Adeles Arm.

140

Als sie über das holprige Pflaster der Manhattan Bridge rumpelten, schien es den Insassen, als könne der Wagen sie vor der Trostlosigkeit der Lower East Side bewahren. Sie überquerten die Brücke, und der Chauffeur nahm eine Nebenstraße nach Brooklyn Heights. Er setzte sie so nahe wie möglich an der Promenade ab. Von hier konnten sie ganz Manhattan sehen, eine dunkle Honigwabe, durchsetzt mit Lichtpunkten.

«Die Häuser sehen aus wie die Dominosteine eines Riesenkindes», bemerkte Carole.

«Ich kann diese Stadt nie ohne Ehrfurcht betrachten. Sie ist die beste und die schlimmste», setzte LaVerne hinzu.

«Für mich ist sie immer der Altar der unternehmerischen Vision... die Stadt, die vom Geld gebaut wurde. Wenn eine alte Mayafrau sie sehen könnte, was würde sie wohl denken?»

«Besonders, wenn sie aufs Klo müßte. Ist euch schon mal aufgefallen, daß die Amerikaner Städte ohne die geringste Rücksicht auf unsere Körperfunktionen gebaut haben?» fragte LaVerne.

«Das kommt daher, weil wir inmitten von Überresten der architektonischen Phantasie leben, Vern. Dies ist die Stadt der posthumanen Bezüge.»

«Mag sein, aber ich glaube, LaVerne will uns sagen, daß sie sich erleichtern muß», bemerkte Adele.

«Du meinst, der Rolls-Royce hat keine eingebaute Toilette?»

«Dies scheint mir der richtige Zeitpunkt, um auf unsere nächste Station zuzusteuern, wo solchen Bedürfnissen Rechnung getragen werden kann.»

Die nächste Station war die Schwulenbar Queen's Drawers am Sheridan Square. Wie üblich blieben die Leute stehen, um zu sehen, wer dem Wagen entstieg. Adele führte die Prozession an wie ein – allerdings sehr weltlicher – Kardinal. Sie mochte die Bar nicht besonders, aber wo konnten sie sonst hingehen? Für einen superteuren Laden reichte ihr Geld denn doch nicht. Hier hatte sie den Geschäftsführer bestechen müssen, um die Musikbox mit ein paar außergewöhnlichen Platten zu bestücken. «An der schönen blauen Donau» war in solchen Lokalen nicht oft zu hören. BonBon und Creampuff hielten einen Tisch nahe der Tanzfläche frei. Sie applaudierten, als das Trio wie die Farbskala des Regenbogens erschien.

«Wo ist der Papst?» johlte BonBon bei Adeles Anblick.

«Er stanzt Löcher in Pariser, damit es mehr Katholiken gibt», antwortete Adele.

Sie setzten sich, bestellten Getränke und informierten sich gegenseitig, wer was, wann und mit wem tat.

«Wo ist Maryann?» fragte LaVerne Bon.

«Zuletzt wurde sie gesehen, als sie auf einem Dreirad mit einem Platten in den Westen zog.»

«Sie ist zum Vorsprechen nach Chicago gefahren», sagte Creampuff, «aber sie kommt nächstes Wochenende zurück. Sie schickt beste Grüße zu Quichotes Geburtstag. Den feiert ihr doch, oder?»

«So ähnlich», bestätigte Carole.

«Himmel, hört euch die Musik an: wie auf einer Beerdigung in Palm Beach. Nach diesem Tanz müssen sie eine Leichenzählung vornehmen», brummte BonBon.

««Ritual Fire Dance› haben sie nicht auf Lager. Hältst du das aus?» flachste Adele.

«Immer noch besser als ‹Camptown Races›.»

Creampuff beendete die Unterhaltung mit der Frage: «Habt ihr gehört, daß Pat Smiths Freundin heute gestorben ist? Sie ist an einem Hühnerknochen erstickt.»

«Von wegen», warf BonBon ein, «die alte Lesbe hat eine Schamhaarkugel verschluckt.»

LaVerne tadelte sie empört: «Wie kannst du so etwas sagen?»

«Ist doch wahr. Das alte Weibsstück hat so oft Mösentauchen gespielt, wir hätten ihr ein Atemgerät kaufen sollen. Ich konnte sie nicht ausstehen.»

«Warum denn nur?» fragte Carole. «Ist ihr bei dir der Sauerstoff ausgegangen?»

«Nein, sie hat uns gefälschte Gemälde aus der Pionierzeit angedreht. Wenn sie uns um das Geld gebeten hätte, wir hätten es ihr gegeben, aber sie hat uns für dumm verkauft, verdammt noch mal.»

«Kriegen wir den Rolls-Royce zu sehen?» Creampuff wechselte das Thema, das sie selbst zur Sprache gebracht hatte.

«Klar, wenn wir gehen», versprach Adele.

«Dell, als nächstes kaufst du bestimmt Grundbesitz am Hudson River, du entwickelst so einen teuren Geschmack – wie der Landadel.» Bon rümpfte die Nase.

«Ich gründe meine eigene Zurück-zur-Natur-Bewegung», erwiderte Adele, «und kaufe Friedhofsparzellen.»

Carole lachte. «Gut so. Meine Mutter hat immer gesagt, ‹kauf Land; wenn es Krieg gibt, kannst du die Schlaglöcher füllen›.»

BonBon, die sich etwas übergangen fühlte, kam auf die Fehltritte der Verblichenen zurück. «Sie hat auf Stühlen masturbiert. Gott weiß, wie sie das gemacht hat. Vielleicht bin ich blöd, oder ich hab was verpaßt. Jedenfalls, als ich das erste Mal bei ihr war, mußte ich mich mächtig am Riemen reißen, damit ich nicht auf sämtlichen Stühlen wackelte, um zu probieren, ob es funktioniert. Außerdem trug sie Schuhe wie eine Gefängnisaufseherin. Ich konnte nie auf ihre Füße gucken, ohne daran zu denken, wie Creampuff und ich einmal wegen Erregung öffentlichen Ärgernisses im Knast gelandet sind.»

Adele flüsterte Carole zu: «Ich weiß nicht, wieso, aber wenn ich Bon so lästern höre, muß ich an die Männer denken, die verhaftet wurden, weil sie sich nackt im Schlangenkäfig des Bronx-Zoos zur Schau gestellt hatten. Erinnerst du dich, wie die Zeitungen die Geschichte gebracht haben?»

«War dein Big Mac mit Opium gewürzt?»

Creampuff schmückte Bons Gefängnisgeschichte aus: «Selbst im geparkten Zustand sei sie ein Verkehrsdelikt, das haben die Schweine gesagt, diese Scheißkerle.»

«Laßt uns tanzen.» Carole gab allen ein Zeichen, aufzustehen und den Mund zu halten.

Bewegung führte jedoch bei BonBon zu erhöhtem Adrenalinausstoß. Ihr Mundwerk stand überhaupt nicht mehr still. «Hab ich euch je erzählt, wie wir aus dem Geschäft ausgestiegen sind?» Und ohne eine Antwort abzuwarten, legte sie los: «Creampuff und ich arbeiteten im King of Clubs in Washington D.C. Das war damals eine heiße Stadt für Stripperinnen – natürlich alles unter Aufsicht der Bullen. Die ganzen Regierungstypen sind gekommen und haben sich einen runtergeholt, sobald sie den ersten Trommelwirbel hörten. Creampuffs Spezialität war der Zeitlupenstrip.» Creampuff gab eine kurze Kostprobe unter dem Beifall des Publikums. BonBon fuhr fort: «Das hat die hohen Herren total verrückt gemacht. Meine große Nummer war eine Imitation von Sally Rand und ihren Fans. Kam ganz groß raus, und das Kostüm...»

Creampuff unterbrach: «Ihr hättet sie sehen sollen. Sie hatte 'ne lange schwarze Perücke, zu 'nem Knoten geschlungen. Unheimlich elegant. Ihr Kostüm war smaragdgrün, um die Augen zu betonen, und mit ihren Pfennigabsätzen war sie so groß wie Carole Hanratty.»

BonBon gewann das Terrain zurück, indem sie ihre Lautstärke aufdrehte. «Das ist jetzt ganz wichtig. Erinnert ihr euch an die Pfennigabsätze 1956? Ein, zwei Jahre waren hohe Absätze aus Stahl modern, weil sie sich angeblich nicht so schnell abliefen wie der Pappmist, der sich Schuhe schimpfte. Ich hab meine Nummer zu ‹Ritual Fire Dance› abgezogen. Das hat sie verrückt gemacht, sie haben getobt wie die Wilden. Also, im King of Clubs lag ein Haufen Sicherungen auf dem Bühnenboden rum. Das ist auf vielen alten Bühnen so. Es war zwölf Uhr, Mitternacht. Creampuff schlitterte von den Brettern, und ich wartete zitternd in den Kulissen auf meinen Einsatz. Die Musik legt los, ihr habt den Anfang alle gehört.»

Für alle Fälle summte Creampuff die Melodie und ließ den Trommelwirbel folgen. Adele kämpfte tapfer, um ein explosionsartiges Gelächter zu ersticken, als die Stimme zittrig die hohen Töne auf und ab stieg und Creampuff einem kleinen Hüftschwung zum Trommelwirbel nicht widerstehen konnte. Carole konnte Adele nicht ansehen, sie hätten sonst gequiekt wie Schulmädchen über einer Abbildung der Geschlechtsteile.

«Wunderbar, Liebes», sagte BonBon mit fester Stimme.

Creampuff fügte ihrem Trommelwirbel mehr und mehr Worte hinzu.

Mit etwas schneidender Stimme wiederholte BonBon: «Wunderbar, Liebes. Ich bin sicher, wir erinnern uns jetzt alle an das Lied. Die Rampenlichter schwenken nach oben, und der Scheinwerfer erfaßt mich, als ich mein Bein durch den Vorhang hebe. Da sind die Kerls echt drauf abgefahren. Beine waren damals wichtig. Heute wollen sie bloß Titten sehen. Titten und Zähne. Ich war vielleicht gut drauf an dem Abend. Konnte nichts schiefgehen. Ja, ich war die Jane Russell des Striptease. Und dann, ihr Süßen, mitten in meiner Nummer trete ich in eine Sicherung und krieg so einen Schlag, daß meine Perücke ins Publikum fliegt und ich mich nicht rühren kann! Ihr wißt doch, elektrischer Strom nagelt einen am Boden fest. Da hing ich an der Sicherung, mein Absatz steckte drin, und ich vibrierte wie vom Veitstanz gepackt. Die Jungs haben getobt. Die Arschlöcher dachten, das gehörte zum Programm. Sie pfiffen und schmissen mit Geld und kreischten ‹Hot Mama› und wer weiß was noch. Ich hatte solche Angst, daß ich nicht wußte, soll ich scheißen, wegrennen oder erblinden. Es wäre aus mit mir gewesen, wenn Creampuff nicht zur Schalttafel gerannt wäre und alle Schalter ausgeknipst hätte.»

«Ich sah, daß mein Baby da draußen auf dem elektrischen Stuhl stand», unterbrach Creampuff, «und ich kann euch sagen, ich bin losgesaust wie eine Kanone. Ich hab den Inspizienten über den Haufen gerannt, ein schmieriges altes Arschloch von mindestens zwei Zentnern, bin zu den Schaltern hinter dem Vorhang gestürmt und hab alle auf einmal gedrückt. Das Haus wurde schlagartig dunkel, und die Jungs müssen in ihren Suspensorien geschwommen haben, weil sie dachten, jetzt ist sie splitterfasernackt. Ich bin auf die Bühne gerannt und hab mein paillettenbesetztes Seidencape über BonBon geworfen, die nicht sprechen konnte, du lieber Himmel, sie war halb gebraten. Wir waren damals ungefähr vier Jahre zusammen, und ich dachte, ich verliere den einzigen Menschen auf der Welt, der das Leben lebenswert macht. Ich hab geheult und geschluchzt, ich hab ihre Stirn gestreichelt und ihr gesagt, ich liebe sie und sie würde durchkommen. Ich hab Jesus meinen Tanga und der Jungfrau Maria meine Tittentroddeln versprochen. Die Geschäftsführung hat das Licht natürlich ausgelassen. Nicht auszudenken, wenn die geilen Säcke dahintergekommen wären, daß die meisten von uns leichten Mädchen lesbisch waren. Ich weiß nicht, wann der Rettungsdienst gekommen ist, aber ich hab dem Sanitäter eins übergebraten, als er mich nicht mitfahren lassen wollte, und bin hinten eingestiegen, in voller Montur, stellt euch das mal vor, lauter Glitter im Haar, von den Federn gar nicht zu reden, und ich hab auf dem ganzen Weg Bons Hand gehalten. War mir egal, wer es mitkriegte.» Creampuff war außer Atem von der Gewalt ihrer vergegenwärtigten Gefühle. «Und das war's», nahm Bon den Faden auf. «Ich dachte, Gott der Herr wollte mir etwas mitteilen, deshalb hängte ich den Beruf an den Nagel und eröffnete meinen Antiquitätenladen Ecke 62nd Street und Second Avenue. Unsere Geschäfte gehen gut, und wir haben eine schöne Wohnung und das Haus auf Pines.»

Was BonBon nicht erzählte, war, daß sie sogar im Krankenhaus nach dem Schrecken die Nägel lang behielt, ihre Haare toupierte und pünktlich zur Mittagszeit volle Kriegsbemalung auflegte. Sie begann Schatten im Spiegel zu sehen, wenn sie ihre wasserfeste Revlon-Wimperntusche auftrug. BonBon gelangte zu der Überzeugung, daß Geister im Zimmer seien. Keine feindseligen Gespenster, sondern Geister, die ihr zu sagen versuchten, was sie mit ihrem Leben anfangen sollte. Seitdem entwickelte sie sich heimlich zur Mystikerin. Nur Creampuff wußte, wie stark sie sich von Astrologie und Okkultismus beeinflussen ließ. Ihre Freundinnen bekamen einen leisen Hauch davon zu spüren, als sie sie nach Sternzeichen, Aszendent und so weiter fragte. Carole sagte ihr, sie sei Waage mit Aszendent sechzig Kilo, doch BonBon umschmeichelte sie, bis sie Zeit und Ort ihrer Geburt verriet, und entdeckte, daß Carole Waage mit Aszendent Schütze war. Adele war Widder mit Aszendent Waage. Bon führte ihre jährlichen Sternkarten und nickte still vor sich hin, wenn sie ihre Berechnungen durch ein bedeutendes Ereignis bestätigten, wie den Erwerb eines Gemäldes oder eine Grippe. Doch ihr eigenes Leben blieb ihr ein Rätsel, und Bon war sich nie ganz sicher, warum sie auf der Erde war. Sie entschied, es sei ihre Mission, ihren Freundinnen Freude zu bringen und still über ihr Schicksal zu wachen wie ein alter Azteke, der die Sterne erforscht.

Bon plapperte weiter, unterbrochen von Creampuffs Gelächter. Sie bekamen sich nie über. Die anderen Gäste in der Bar waren, wenn auch nicht gerade blutjung, so doch erheblich jünger als die tanzende Truppe, und die fünf standen im Mittelpunkt der Aufmerksamkeit. Ihr Auftreten und ihre elegante Kleidung vermittelten den Eindruck, sie wollten sich in einer Kneipe unter ihrem Niveau amüsieren. Frauen wie sie kamen selten ins Queen's Drawer, wo New Jersey unbeschadet auf die Bronx trifft und die Toiletten jeden Abend um Mitternacht verstopft sind und wo Marijane Kerr, eine allen Lesben bekannte alte Nachtschwärmerin, den Gummisauger eigenhändig in dschungelrotem Nagellack mit dem Wort *Damen* beschriftet hatte.

Eigentlich absurd, daß sie nach einem solchen Abend hier waren. Aber Adele glaubte an die Souveränität des Widersinns. Nach einem Blick auf ihre unter ihrem Ärmel verborgene Uhr flüsterte sie Carole zu, es sei Zeit, Ilse bei Mutter Courage abzuholen.

Als sie vor dem Restaurant vorfuhren, stand Ilse in der Tür und schrie einen aufdringlichen Kerl an. Sie kurbelten die Fenster herunter, und der Dunst von billigem Fusel schlug ihnen ins Gesicht.

Der Mann konnte nicht mehr gerade gehen. Er stand taumelnd in der Tür, während Jill Ward in einem lila Unterhemd, das gut entwickelte Arme entblößte, still hingen, um Ilse beizustehen. Zwei wütende Gesichter waren zuviel für ihn, aber er brachte es fertig, im Wegtorkeln mit voller Lautstärke zu lallen: «Was wollt ihr Weiber überhaupt?»

«Colorado», schnaubte Ilse. Sie hatte das Kennzeichen des Wagens bemerkt, auf den der Mann zutorkelte.

Adele rief: «Gruß, Salut und alle anderen Formen der Begrüßung. Steigt ein, wir bringen euch beide nach Hause.»

Jill antwortete lachend, die Hände in die Hüften gestemmt: «Nein danke. Ich warte auf Dolores, sie holt mich ab.»

Ilse ging erstaunt zum Wagen und sah Carole an.

«Was ist denn das?»

«Adeles Überraschung. Überrascht? Wir haben mit Windmühlen gekämpft. Komm, steig ein.»

«Ich kann mich in dieser Karre nicht sehen lassen.»

«Dann leg dich auf den Boden», riet Adele ihr trocken.

Zögernd stieg Ilse ein und hockte sich auf den Boden. Auf der Heimfahrt wurde nicht viel gesprochen. Carole umarmte Adele und LaVerne, als sie und Ilse vor dem gepflegten braunen Sandsteinhaus ausstiegen.

«Danke für das Unvorhergesehene.»

«War mir ein Vergnügen.» Adele küßte sie.

Als sie losfuhren, sagte LaVerne: «Sieht nach Streit aus.»

«Und wie.»

*A*dele zog ihren Lieblingsohrensessel* vor die Fenstertür zum Garten. Sie liebte es, in der kostbaren Stille der Nacht lange aufzusitzen und zu lesen, zu schreiben oder nachzudenken. LaVerne wachte jeden Morgen um sieben auf, egal, ob sie zur Arbeit mußte oder nicht. Über die Jahre paßten sich ihre inneren Uhren einander ein wenig an. Adele wachte irgendwann zwischen zehn und elf auf, und wenn es ein Samstag oder Sonntag war, wurde sie, sobald sie aus dem Badezimmer tappte, von La-Verne mit einer Tasse heißem Tee begrüßt.

Adele dachte, die Kleinigkeiten sind es, die uns zusammenhalten. Das hat meine Mutter mir jedesmal gesagt, wenn ich sie fragte, wie sie mit Daddy auskäme. Ich habe nicht auf Mutter gehört. Ich war ja immer eine Klugschwätzerin. Wie hieß mein Wahlspruch auf der High-School? ‹Revolution in den Rohrverschlüssen. Sprengt die Kloschüsseln. Keine Macht den Klempnern!› Klugschwätzerin. Hätte auf Mom hören sollen – das hätte mir den Kummer meiner Scheidung erspart. Komisches Wort, aber mit oder ohne Papiere, Scheidung bleibt Scheidung. LaVerne hat mir die kleinen Nettigkeiten des Alltagslebens beigebracht, die auf die Dauer einen grandiosen Akt von Großzügigkeit übertreffen. Der Morgentee, darauf achten, wie ich mich anziehe, das Getue um mich, wenn ich ein Pfund zulege. Manchmal denke ich, ich tue nicht soviel für Verne wie sie für mich. Ich vergesse es manchmal. Aber ich lade sie mindestens einmal die Woche irgendwohin zum Essen ein und ins Kino, wenn es einen Film gibt, den wir sehen wollen. Ich massiere ihre Füße, wenn sie einen schweren Tag hatte. Wie hab ich bloß vor LaVerne gelebt? Ich kann mich gar nicht mehr erinnern. Kommt mir vor wie ein trüber Nebel. Von ihr habe ich gelernt, daß jeder Tag der einzige ist. Ich muß Schönheit im Tag finden, einen Irrtum richtigstellen, wenn ich kann, meinen Verpflichtungen gegenüber meinen Freundinnen, meinem Volk, ja auch meinem Vaterland nachkommen. Ich darf einen Tag nie als billig ansehen oder erwarten, daß wieder einer folgt. LaVerne nennt mich «das Superhirn», dabei ist sie diejenige, die mir das Wichtigste beigebracht hat, was man wissen muß. Carole hat dieses Wissen auch, aber sie vermittelt es nicht. Nein, das ist nicht fair. Ich habe nie mit ihr zusammengelebt; vielleicht hätte ich es dann auch von ihr aufgeschnappt? La-Vernes Herkunft unterscheidet sich nicht sehr von Caroles, ein bißchen mehr Geld. Vielleicht ist diese Begabung, etwas, das alle armen oder beinahe armen Leute haben: die Fähigkeit, den Augenblick zu genießen und manchmal laut zu lachen.

Mom hat mir gute Ratschläge erteilt, aber ich konnte lange Zeit nicht zuhören. Der Kampf meiner Leute um Gleichheit mit den Weißen, um Anerkennung, ist beinahe heroisch, wäre er nicht so traurig. Vielleicht konnte ich deswegen nicht zuhören. Sie sitzen in St. Louis in ihrer gottverdammten Villa an dieser Privatstraße. Dad kauft unweigerlich alle zwei Jahre einen Cadillac. Bis zum heutigen Tag kann ich keinen Cadillac sehen, ohne peinlich berührt zu sein. Wie vulgär. Könnte er nicht etwas kaufen, das nicht so gigantisch, nicht so mittelwestlich ist? Und alle zwei Jahre kauft er Mutter «ein kleines Stadtauto für meine Süße», meistens ein kleineres Buick-Modell. Selbst das Stadtauto ist nicht für eine dreistellige Summe zu haben. Da sitzen sie, mit Farbfernsehern auf allen Etagen, einem kleinen schwarz-weißen im Badezimmer, mit elektrischen Büchsenöffnern, elektrischen Tranchiermessern, elektrischen Gesichtsdampfbädern, Brennscheren, Mixern, automatischen Eiszerkleinerern. Alles was neu ist und einen Bedienungsknopf hat, kaufen sie. Und Daddys teure Golf-Clubs. Mom ist eine Golfwitwe. Sie hat sich gerächt, indem sie mit Tennis anfing. Und was mich erstaunt, was mich völlig umhaut, ist, daß sie glücklich sind. Oder vielleicht meinen sie nur glücklich zu sein. Wissen sie nicht, daß sie sich eigentlich elend fühlen müßten? Ich komme mir zwischen all den Apparaten und Maschinen überflüssig vor. Bis heute sind mir keine zwei Menschen begegnet, die auf perversere Art zufrieden sind. Sie haben es geschafft. Sie sitzen inmitten all der Dinge, die beweisen, daß sie gesiegt haben. Ich glaube nicht, daß sie gesiegt haben, aber sie glauben es. Die Krönung ist, daß sie Republikaner sind. Es fehlt nicht viel, und sie geben ein Bankett für zweihundert Personen: Zelte und Musik zu Ehren von Sammy Davis jr. Aber ich schätze, der Snob bin ich. Sie haben mir nicht beigebracht, was ich lernen wollte, aber sie haben mir eine Chance gegeben. Ich wäre nicht, wo ich jetzt bin, wenn sie nicht gewollt hätten, daß ich etwas aus mir mache, es weiter bringe als sie. Sie beten das Geld an, und ich wandte mich den

Schönheiten längst vergangener Zeiten zu. Verne hat recht, ich zolle ihnen nicht genug Anerkennung. Ihnen habe ich meine sogenannte kultivierte Sensibilität zu verdanken, wenn auch nur als Gegenreaktion. Verdammt, wer bin ich überhaupt, daß ich über meine Eltern herziehe? Dad kauft einen Cadillac, und ich miete einen Rolls-Royce. Wie bin ich auf diese verrückte Tour gekommen?

Ist es das, was mich an den Mayas fasziniert? Wir sehen ihre erlesenen Tempel, aber was haben sie für ihre Eltern empfunden? Hat eine Frau ihrer Freundin einen Morgentrunk gebracht? Ich habe nie gespürt, wie drückend die Gegenwart der Toten war, bis ich zweitausendsiebenhundert Meter hochgestiegen bin und Machu Picchu gesehen habe. Da saß die Festungsstadt in Wolken gehüllt, behütet von den Anden, die da standen wie Wächter. Was für ein Anblick! Bis dahin war meine Arbeit die übliche Mischung aus Neugierde und steifer Pedanterie. Doch danach fühlte ich mich bescheiden gegenüber unseren Vorfahren. Sie sind alle unsere Vorfahren. Und die Mayas waren die Vorfahren der Inkas und haben Machu Picchu geschaffen. Ich weiß, es ist ein Klischee, aber ich kann nicht anders, ich muß darauf zurückkommen: Wir sind eine Menschenkette. Die Toten gaben den Lebenden, und die Lebenden müssen einander geben, und wir müssen die Zukunft der Ungeborenen sichern. Ein tröstlicher Gedanke. Wenn ich jetzt, in meiner Gegenwart, zerrissen bin oder verwirrt, dann weiß ich wenigstens, daß ich einen Platz in der Zeit habe. Ich bin Teil dieser Kette. Wir besitzen ein paar Gedankenschnipsel von den Mayas. Ich finde, der schönste davon ist: ‹Das Leben ist ein Gespräch zwischen allem Lebendigen.› Ich möchte das ergänzen und diejenigen einschließen, die vor mir gingen und die nach mir kommen. Vielleicht hat mich dieses Volk so fasziniert, weil ich genau das lernen mußte. Ich bin nicht sicher, daß ich es hätte lernen können, wenn ich auf mein eigenes Jahrhundert beschränkt geblieben wäre. Ich habe unglaubliches Glück gehabt.

Mit Tränen in den Augen stand sie auf und schlich auf Zehenspitzen ins Schlafzimmer, um LaVerne nicht aufzuwecken.

E **in Rolls-Royce!»**

«Ilse,ich hatte nichts damit zu tun, aber wenn ich dabei mitgemacht hätte, dann hätte ich mich nicht geschämt.»

«Um Himmels willen, ein Rolls-Royce ist das Symbol der Klassenunterdrückung. Ich kann nicht glauben, daß du so etwas übersiehst.»

«Ein Symbol ist nicht gleichzusetzen mit Unterdrückung. Daß ich in einem Rolls-Royce gefahren bin, macht mich nicht zu einem Mitglied der Haute Volée.»

«Daß du nicht dazugehörst, bedeutet nicht, daß du dich nicht mit ihnen identifizierst. Weißt du nicht, daß dies das Geheimnis der amerikanischen Herrschaft ist? Die Reichen bringen die Nicht-Reichen dazu, sich mit ihnen zu identifizieren.»

«Du machst aus einer Mücke einen Elefanten.»

«O nein. Die Symbole der Reichen haben keinen Platz in meinem Leben. Ich identifiziere mich nicht mit reichen Leuten, und ich will nicht, daß andere sich mit ihnen identifizieren oder mich mit ihnen in einen Topf werfen. Gucci, Rolls-Royce oder was auch immer, für mich ist es alles dasselbe: abstoßend. Wie kann ich in so einem Auto herumfahren oder Tiffany-Ohrringe tragen? Ich kann nicht glauben, daß du das nicht siehst.»

«Es juckt mich nicht, was andere Leute denken.»

«Ja, ich weiß. Du stehst über allem. Über dem Kampf und neben der Sache.»

«Ach komm. Das steht doch alles in keinem Verhältnis zu dem, was passiert ist. Ich fahre einen Abend in einem Luxuswagen, und du tust, als gehörte mir ganz Südamerika.»

«Es ist nicht belanglos. Gib dich nicht so wahnsinnig vernünftig. Das macht mich fast so sauer wie deine Fahrt in dem verdammten Wagen. Es ist überheblich. Ich versuche, dir begreiflich zu machen, daß du diese Dinge nicht als selbstverständlich hinnehmen darfst. Wir leben in einer neuen Zeit. Leute, die in großen Wagen herumfahren, sind heutzutage Zielscheiben des Hasses, wie sie es nie zuvor gewesen sind. Schön, ich weiß nichts über die Wirtschaftskrise, ich meine, wie sich die Menschen damals gefühlt haben. Aber nach dem, was ich sehen kann, sind Gegenstände wie Autos und Krokoschuhe keine neutralen Dinge mehr. Was du tust, berührt andere Menschen auf eine Weise, die du anscheinend nicht verstehst.»

«Ein Abend in diesem lächerlichen Auto dürfte kaum jemanden berühren, dich ausgenommen.»

«Aber ich bin wichtig. Und du versuchst schon wieder alles herunterzuspielen. Außer mir haben dich viele Leute in dem Wagen gesehen.»

«Ilse...»

«Laß mich ausreden. Was hat Jill Ward gedacht? Ich sehe diese blöde Geschichte schon in der ganzen Bewegung kursieren.»

«Wenn deine Anwesenheit in diesem Wagen tatsächlich ein Thema ist, macht die Bewegung auf mich eher den Eindruck eines Kaffeekränzchens unter Klatschbasen.»

Ilse seufzte. «Leider neigt sie manchmal dazu. Ich tröste mich damit, daß Klatsch das Getriebe jeder politischen Gruppe zu schmieren scheint, egal, ob die Leute im Capitol sitzen oder bei uns. Ich wünsche mir eben, daß die Leute handeln, wie sie sollten, und nicht, wie sie es tun.»

Carole stellte die Stereoanlage an, und Bobby Short sang *So Near Yet So Far*.

«Hör zu, ich hab dir schon tausendmal gesagt, es juckt mich überhaupt nicht, was die Leute denken. Ich will mein Leben leben, wie's mir paßt.»

«Und ich sage dir immer wieder, du verwechselst Individualismus mit Unabhängigkeit.»

«Immer, wenn du dich mit meinen Angelegenheiten befaßt, habe ich den Eindruck, daß du uns alle uniformieren willst. Herrgott, allmählich glaube ich, Individualität ist seit der Französischen Revolution aus der Mode gekommen.»

«Himmel noch mal, was ist los mit dir, kämpfst du um den Titel Reaktionärin des Jahres?»

«Ich weiß nicht. Ich will aus dem Schatten der Guillotine heraus.»

«Sehr schlau. Und ich behaupte nicht, wir müssen alle Uniform tragen, obwohl es bestimmt aufregend wäre zu sehen, wie die Seventh Avenue sich darüber mokiert. Ich sage nur, wir brauchen Gemeinsamkeit. Und Disziplin. Damit ist nicht gesagt, daß wir alle gleich aussehen, gleich handeln, gleich denken müssen. Ohne Solidarität und Disziplin bleiben wir wirkungslose Fragmente oder, schlimmer noch, wir werden ausgelöscht.»

«Ich bin nicht politisch. Ich will nur in Ruhe gelassen werden, um meine Arbeit zu machen.»

«Verdammt, du solltest aber lieber politisch werden. Die Zustände sind so schlimm, daß sich niemand leisten kann, abseits zu stehen.»

«Ilse, ich hab's allmählich satt. Das ist jetzt mein letztes Wort zu diesem Thema. Zuerst einmal, es gibt keine Organisationen, die meine Interessen vertreten. Die wollen alle keine Schwulen in ihren Reihen. Weder schwarze noch weiße noch reiche noch arme; weder Männer noch Frauen. Wir sind Ausgestoßene. Du hast Lesben organisiert. Schön und gut, nur sind sie alle unter dreißig. Zumindest alle, die ich gesehen habe, sind jung. Wenn sie nicht unter dreißig sind, dann bewegen sie sich abwärts, wie die Nachkriegsgeneration sich aufwärts bewegt hat. Ich werde meinen Doktortitel nicht gegen ein Arbeitshemd und Batikhosen eintauschen. Ich bin vierundvierzig Jahre alt. Meine Interessen liegen woanders. Ihr mögt also alle etwas Sinnvolles tun. Ich meine, ich weiß, ihr tut etwas Sinnvolles, aber daran kann ich mich nicht beteiligen. Und selbst wenn es eine Gruppe gäbe, die meine Interessen annähernd verträtt, würde ich vielleicht Geld geben, aber ich weiß nicht, ob ich meine Zeit opfern würde. Ich bin keine Vereinsmeierin. Ich unterwerfe mich nicht gern Beschränkungen durch Menschen, aber genau das tust du, wenn du dich in eine Gruppe einbringst. Du bewegst dich im Tempo der Langsamsten statt der Schnellsten. Ich habe nur dieses eine zerbrechliche Leben, und ich muß gegen genug Dinge kämpfen, ohne mich die nächsten drei Jahre damit zu befassen, Leuten, die es nicht verstehen können oder wollen, die Politik zu erklären.»

«Unsere ganze Gesellschaft bricht auseinander. Ich kann nicht verstehen, daß dir das total egal ist.»

«Die Gesellschaft bricht nicht auseinander. Sie war nie zusammen.»

«Du bist unmöglich!» Ilse stürmte hinaus und knallte die Tür zu.

Louisa May raste zur Tür, aber sie kam zu spät. Carole hob die Katze auf und küßte sie auf die Stirn. Der Summer ertönte.

«Ich bin's. Hab meine Tasche vergessen.»

Ilse rannte die Treppe hinauf, und Carole reichte ihr die Gasmaskentasche. Sie sagte «danke» und sah aus, als wollte sie noch mehr sagen, ließ es dann aber bleiben. Carole schloß leise die Tür, als Ilse die teppichbelegte Treppe wieder hinunterging. Sie widerstand dem Drang, die Fenster zur Straße zu öffnen und Ilse nachzusehen, während sie Richtung Park Avenue verschwand.

Das mußte kommen, dachte sie. Wir waren zwei richtige Menschen, die sich zur falschen Zeit begegnet sind, das ist alles. Oder vielleicht waren wir zwei richtige Menschen, die zu falschen Zeiten geboren sind. Es ist ja nicht so, daß ich gegen ihre Sache wäre. Ich kann nicht die gleiche Wahl treffen wie sie. Ich weiß nicht. Sie läßt keine Kompromisse zu. Dabei gibt es so etwas wie einen ehrlichen Gedankenkompromiß. Vielleicht liegt es an ihrem Alter. Die Jugend ist berüchtigt für Intoleranz, obwohl sie den Alten vorgehalten wird. Sie scheint nicht zu verstehen, daß ein Unterschied zwischen Ideologie und Wahrheit besteht, oder es ist ihr egal. Aber ihre Logik ist zwingend, auch wenn sie nicht immer auf Realität gründet. Nein, das ist nicht fair. Ich bin kein bißchen fair. Vieles, was sie sagt, ist wahr. Aber sie springt von schlichter Diskriminierung in ein ineinandergreifendes System aus Sexismus, Rassismus, Kapitalismus und Gott weiß was noch. Vielleicht hängt das alles zusammen, aber im Augenblick finde ich viele ihrer Gedanken ungemein verschwommen. Vielleicht liegt es an mir, aber ich kann ihre Behauptungen nicht einfach so glauben. Wenn alle diese Dinge zusammenhängen, dann muß ich die Zusammenhänge sehen. Das ist nicht zuviel verlangt. Jeder denkende Mensch, der nicht übertrieben politisch ist, würde danach fragen. Bloß weil eine Frau etwas sagt, bin ich noch lange nicht verpflichtet, ihr zu glauben. Ich will Beweise. Ich bin ein Vernunftmensch. Kopf kommt vor Herz. Gott sei Dank. Wenn ich etwas verachte, dann ist es Unvernunft. Das ist es nämlich, was zwischen Ilse und mir nicht stimmt. Sie sagt immer wieder das gleiche und denkt, Wiederholung ersetzt den Beweis. Verdammt noch mal, ich glaube nichts unbesehen. Und ich weiß, die Frauenbewegung ist jung, und Ilse ist jung, aber sie sollten beide lieber erst mal ihre intellektuellen Hausaufgaben machen.

Bestärkt durch diese vermeintlich kristallklare Logik, machte Carole sich daran, ihren Schreibtisch in Ordnung zu bringen. Sie ignorierte das Gefühl der Einsamkeit, das sich in ihr ausbreitete. Auf Bobby Shorts Platten folgte Cris Williamson. Die Frauenstimme im Hintergrund verstärkte ihre Einsamkeit, auch wenn es ihr nicht bewußt war.

Sie ging resolut in ihr Schlafzimmer, gefolgt von den zwei dicken Katzen. Als sie die Überdecke zurückschlug, entdeckte sie auf dem weißen Bettuch ein blaßgelbes Schamhaar, eine Erinnerung an eine von Liebesspielen erfüllte Vergangenheit. Mein Gott, wie kann ein Mensch wegen eines Schamhaares sentimental werden? Sie klaubte es auf, ging ins Bad und warf es in den Abfalleimer. Sie wusch Gesicht und Hände, trocknete sich ab und blickte in ihren kleinen dreiteiligen Spiegel, während sie Nachtcreme auftrug. Sie hielt inne, für einen flüchtigen Moment gebannt von ihrem Spiegelbild.

Na großartig. Soll ich hier sitzen bleiben und mein vierundvierzig Jahre altes Gesicht angaffen, mich in einer Orgie des Kummers über mein Älterwerden ergehen? Banal, banal und fade, die Konfrontation von Frau und Spiegel. Wie viele Filme habe ich gesehen, in denen die einstmals große Schönheit einen Nervenzusammenbruch erleidet, wenn sie in den Spiegel sieht? Irgendwie entspricht eine Frau, die ihr Gesicht betrachtet, dem Mann, der vor Wut schäumt über den Zustand des Universums und seiner eigenen Seele. Ich glaube, das hat nicht mal Katherine Hepburn in «Der Löwe im Winter» überzeugend gebracht.

Doch trotz ihres Sarkasmus harrte sie bei ihrem Spiegelbild aus. Es war nicht Eitelkeit, was sie dort hielt. Furcht erfaßte sie. Sie hatte Angst, sich selbst in die Augen zu sehen, aber von einer inneren Stimme getrieben, hob sie langsam den Kopf, hob die Augen und begegnete ihrem eigenen Blick. Schweigen. Die Pupille weitete sich, als hätte jemand einen Stein mitten in die Schwärze geworfen. Die Wellen entglitten ins Unsichtbare. Das Ich zog sich unter dem prüfenden Blick zurück. Aber wie war ein Rückzug möglich in einem dreiteiligen Spiegel, der das Ich in unendlicher Rückläufigkeit enthüllte? Sie konnte das Ende ihres Spiegelbildes nicht sehen. In diesem Moment wußte sie nicht mehr, was sie glaubte. Und wenn sie es nicht mehr wußte, wem gehörte dann das Gesicht im Spiegel?

Ein Sack voll Knochen. Ja, ein Sack voll Knochen. Sie gratulierte sich zu ihrem Humor beim Verlust ihres Ich. Oder war sie so ich-erfüllt, daß es kein Ich gab? Hatte sie ihre Umgrenzungslinie wieder und wieder umrundet, bis sie auf Null reduziert war? Der Humor hielt nicht lange vor, und dem Spiegelbild kamen die Tränen. Wenn sie auch nicht mehr wußte, was sie glaubte oder ob sie überhaupt ein Ich hatte, so konnte sie immer noch fühlen. Der Nachhall eines Herzschlags drohte ihre gesamte fragile Struktur zu zerbrechen. Ihre Augen ließen die überflutende Pupille los und verfolgten eine Träne, die in ihrem Mundwinkel verlief.

Jetzt ist es soweit, ich verliere mich in Selbstzweifeln. Ich gestatte mir selten zu weinen. Ich frage mich dann jedesmal, ergehe ich mich in einer Art exotischer Melancholie, oder ist es Schwäche? Ich habe Tränen immer verachtet. Ich hätte Mutter am liebsten erwürgt, wenn sie in dieses wilde, titanische Schluchzen ausbrach, das das ganze Haus erschütterte. Tränen sind Verräter. Sie rauben mir meine Kraft. Wenn ich sie unterdrücke, kann ich durchhalten. Und jetzt heule ich. Ich kann den Schmerz nicht ertragen. Ich ertrage es einfach nicht, meinen Schmerz zu sehen. Könnte ich nur dahin zurück, woher ich gekommen bin. Dann könnte ich loslegen und Luke oder Margaret verdreschen, eins von ihren Fahrrädern klauen und strampeln, bis ich nicht mehr kann. Die Erschöpfung hat mich immer von jedem Schmerz, von allen Haßgefühlen gereinigt. Das ist vorbei. Ich habe es irgendwo zwischen dem achten und neunten Schuljahr verloren, zwischen Grundschule und High-School. Die Welt war knallrot und pechschwarz. Du wußtest, wo du standest. Du konntest dich wehren oder lügen und es dann wieder tun. Himmel, wie weit habe ich mich von meinen Wurzeln entfernt, daß ich mich so kleinkriegen lassen konnte? Wie vieles habe ich verdrängt, geschluckt, geglättet, um zu siegen? Und dabei habe ich gar nicht gesiegt. Ich sollte mich nicht mit Ilse in Wortklaubereien verlieren. Bei allen geringfügigen Unstimmigkeiten, der wahre Grund, weshalb ich mit Ilse gestritten habe, ist der, daß ich den Abstand zwischen dem achten Schuljahr und heute nicht sehen will. Ich will mich wiederhaben. Ich will jemanden, den ich nicht leiden kann, nach Strich und Faden vermöbeln. Ich will in der Dämmerung mit Blechdosen Fußball spielen. Ich hab's so satt. Ich hab die Leute um mich so satt, Adele ausgenommen. Ich will niemandem irgendwas erklären. Ich brauche keinen Grund. Ich brauchte keinen Grund, als ich ein Kind war. Schokoladeneis hat gut geschmeckt. Wen kümmerten die Kalorien? Damals haben wir uns alle gekannt. Wenn ich in den Spiegel sah, dann nur, um mein Gesicht zu waschen.

Sie löste sich mit einem Ruck von dem Spiegel über dem Waschbecken. Und dann sank sie langsam darunter zusammen und weinte ausgiebig.

*D*er kalte, phantasielose Reichtum der Park Avenue auf der Höhe der siebziger und sechziger Straßen brachte Ilse fast so sehr in Rage wie der Rolls-Royce. Sie ging schneller als sonst, mit finsterem Gesicht.

Ich habe meine Lektion gelernt. Ich mache immer wieder denselben Fehler. Es funktioniert nicht mit Frauen, die noch keine Feministinnen sind. Ich hoffe dauernd, daß es geht, aber die Veränderung ist zu groß und die Herausforderung zuviel für sie. Ihre einzige Möglichkeit, ihr Ego zu verteidigen, dieses Stück, das ihnen eingebaut wurde, um den ganzen Scheiß zu überleben, ist ihr Widerspruch gegen mich. Das passiert jedesmal. Ich denke immer, eine Frau unter ihnen wird den Übergang ohne Krach schaffen. Irgendwann werden sie Feministinnen, aber zuerst müssen sie dir Widerstand leisten. Das ist aufreibend. Ich will das nie wieder durchmachen. Carole wird es in den Griff kriegen, das weiß ich. Ohne mich. Ist es das, was woanders geschieht? Du kannst lesen, was du willst, aber die Bücher sagen dir nicht, wie aus einem chinesischen Bauern ein Soldat wurde. Was ist intern passiert? Wir sind inzwischen Hunderttausende, und wir können uns gegenseitig erzählen, was passiert ist, aber Leuten, die noch nicht zu uns gehören, können wir es offenbar nicht sagen. Wir versuchen es, oder zumindest ich versuche es, und alles, was ich bewirke, ist Ablehnung. Ich bin nicht geduldig. Ich rede einfach drauflos. Ich habe kein Geschick dafür. Ich habe gesehen, wie Alice mit dem gleichen Widerstand zu kämpfen hat, aber sie ist ruhig. Sie hält ihnen praktisch die Hand, während sie sich an ihren veralteten Glauben klammern. Ich habe dieses Eins-zu-eins-Talent nicht. Ich bin auch nicht besonders aufmerksam. Ich mag mich nur mit Leuten abgeben, wenn ich Lust habe, selbst wenn ich sie liebe. Wenn ich Liebende zusammen beobachte, habe ich immer das Gefühl, daß jede für die andere Gastgeberin spielt. Ich könnte keine Frau mit solcher Zuwendung ersticken. Carole hat sie nie verlangt. Wenn ich mich recht besinne, hat sie überhaupt nie viel verlangt. Sie ist merkwürdig reserviert. Anfangs dachte ich, sie ist eine Art Aristokratin. Aber jetzt glaube ich, das mag ich an ihr. Ich könnte selber ein bißchen von dieser Distanziertheit gebrauchen. Ich habe wirklich ein paar wertvolle Dinge von ihr gelernt. Vielleicht können wir mit der Zeit Freundinnen werden. Für eine Liebesgeschichte gibt es zu viele Reibungen, aber wer weiß? Ich habe von ihr gelernt. Was sagte sie immer, wenn ich mich in Fahrt geredet habe? Ach ja, «Worte sind der Ölteppich auf dem Wasser. Integrität hält die Wahrheit für komplizierter als die Sprache.» Sie ist wirklich eine hochintelligente Frau. Vielleicht haben die Buddhisten recht. Wenn du bereit bist, kommt dein Lehrer. Ich glaube, sie hat auch von mir gelernt. Sie weiß es nur noch nicht.

Ich hasse diese Häuser. Widerlich. Hier wohnen moralisch Aussätzige. Wie kann jemand die Fäulnis hier nicht bemerken? Die wenigen, die von den vielen leben. Ich hasse diese Leute. Ich hasse alles, wofür sie stehen, ich hasse ihre Mercedes und Rolls-Royce. Ich hasse ihre sonnengebräunten Kadaver und das ekelhafte Lächeln in ihren Gesichtern. Und die Frauen, die hier leben. Sie sind schlimmer als die Schufte, die sie geheiratet haben. Vielleicht, weil ich mehr von ihnen erwarte. Diamanten. Sie tragen tatsächlich Diamanten an den Fingern, in den Ohren und an der Brust. Wenn wir sämtliche Diamanten hätten, die auf der Park Avenue zwischen der 79th und der 60th Street gehortet werden, könnten wir in jeder größeren Stadt des Landes Krisenzentren für vergewaltigte Frauen einrichten und hätten vermutlich noch Geld übrig. Was nützen Bürgerrechte, wenn diese Leute alles in der Hand haben? Sie sind der Feind. Hier und auf der Fifth Avenue, in Grosse Pointe und Brooklyn, Bel Air und Beverly Hills und wo immer sie sich versammeln mit ihren dicken Wagen, die wie glänzende Küchenschaben in den Einfahrten herumstehen.

*D*ie wenigen Frauen, die auf den Straßen unterwegs waren, als Ilse am Sheridan Square aus der U-Bahn kam, verschwammen zu Ebenbildern von Carole. Alle Stimmen wurden ihre Stimme. Ilse dachte, Carole würde vielleicht vorbeikommen, um sich zu entschuldigen. Sie überquerte die Grove Street, öffnete die äußere Tür, die ins Queen's Drawers führte, und wäre fast zerquetscht worden, als eine Gesellschaft von fünf Personen sich aus der zweiten Innentür wälzte. Als Ilse in das Lokal trat, drehten alle an der Bar die Köpfe nach ihr um, dann nahmen sie ihre Gespräche wieder auf. Die Garderobenfrau, begierig auf den kleinen Betrag, den jeder abgegebene Mantel dem Haus einbrachte, griff nach Ilses leichter Jacke.

«Nein, ich möchte meine Jacke nicht abgeben. Ich suche jemanden.»

«Das sagen sie alle, aber ist okay.»

Die Tanzfläche war gut besetzt, aber nicht überfüllt. Nach zehnminütiger Suche ging Ilse wieder nach draußen auf den Sheridan Square.

Das war eine dumme Idee. Wenn sie mich sucht, würde sie nicht in die Bar gehen, sondern zu mir nach Hause. Als sie über die West 4th Street zur 12th Street lief, sah sie vor sich eine große Frau. Ilse verlangsamte ihren Schritt und überholte die Frau gemächlich. Ein flüchtiger Blick machte sie nur noch unglücklicher. Es war nicht Carole.

Verlegen murmelte sie «Verzeihung» und ging den Rest des Weges zu Fuß nach Hause. Niemand schlich vor dem Haus herum. Niemand war im Flur, und der Hof war ebenfalls verlassen. Lucias *Nicht-Stören*-Flagge hing auf dem Balkon. Als Ilse die Tür zu ihrem Häuschen öffnete, zeigte sich, daß niemand durchs Fenster geklettert war. Sie schloß die Tür hinter dem letzten Rest von romantischer Illusion und schauderte. Was zitiert Alice immer, oder habe ich es gelesen? Wenn du einen Faschisten ankratzt, legst du einen Romantiker bloß. Ob das wahr ist?

Die Dusche munterte sie ein wenig auf, aber ihr Magen war ein fester Knoten. Dumpfe Wut zerrte an ihr. Sie war wütend, weil

Carole ihr nicht nachlief, und sie war noch wütender auf sich selbst, weil sie sich insgeheim wünschte, sie würde ihr nachlaufen. Langsam löste ein Gefühl der Erleichterung den Knoten. Sie fühlte sich elend, aber befreit – nicht von Carole, sondern von dem verbliebenen Rest Romantik, der die Wahrheit verdunkelt und die harten Kanten der Realität aufweicht, die uns zum Handeln veranlassen sollen. Über der Frage, ob sie trotz allem langsam erwachsen würde, schlief Ilse ein.

Die Tür flog auf, und Martin Twanger, ein dicker, traurig aussehender Kerl, sprang unter seinen Schreibtisch, um sich vor den drei furienhaften Feministinnen zu retten, die auf ihn losgingen. Twanger, der boshafte Kolumnist von *Village Rag*, brüstete sich damit, das Publikum zu schockieren. Seine bislang berühmteste Enthüllung war ein Artikel, der «bewies», daß über 75 Prozent der Beschäftigten in der Stadt New York Marihuana geraucht hatten und daß von diesen sich wiederum 20 Prozent zu Oralverkehr bekannten. Twanger hielt sich für ungeheuer interessant. Jetzt wirkte er allerdings eher überrascht als überraschend.

«Los, Twanger, mach, daß du deinen fetten Arsch unter dem Schreibtisch rauskriegst», schnauzte Ilse ihn an.

Die weißen Wände, bedeckt mit Stecknadeln, Satzvorlagen und Fingerabdrücken, schienen ebenso zu zittern wie New Yorks furchtlosester Reporter.

«Was habt ihr vor?» winselte er in schrillem Falsett.

«Dir die Eier abschneiden», fauchte Alice Reardon.

«Ihr seid ja krank», stieß Martin hervor.

«Klar – von dir, du falsches Gewächs. Und jetzt krieg deinen Arsch unter dem Schreibtisch raus.» Ilse landete einen wütenden Tritt mitten auf seinem Hintern.

«Ich werde euch verklagen.» Die Stimme kletterte in Sopranhöhen.

Ilse lachte. «Was bringt dich auf die Idee, daß du so lange leben wirst?»

Sie hatten in Erfahrung gebracht, daß sich das Redaktionsbüro des *Village Rag* donnerstags um vier Uhr leerte. Die Leute waren erschöpft von Manuskriptabgabeterminen, in letzter Minute eintrudelnden Layouts und dem üblichen Chaos des wöchentlichen großen Tages, wenn *Rag* in Druck ging. Martin Twanger blieb meistens länger, und die Frauen hatten darauf gesetzt, daß er, mit einem Stift hinterm Ohr als Zeichen seiner unendlichen Wichtigkeit, einsam die Stellung hielt.

Womit sie nicht gerechnet hatten, war das Geräusch hinter einer geschlossenen Tür, die sich einen Spaltbreit öffnete und dann wieder schließen wollte. Harriet packte sie spaßeshalber und riß sie auf. Am Türknauf hing niemand anders als Olive Holloway, zusammen mit einem pfeiferauchenden Mann im mittleren Alter.

«Nur hereinspaziert.» Ilse winkte sie herein.

«Olive, welch unerwartetes Mißvergnügen», gurrte Alice.

Betroffen schlich Olive heraus, gefolgt von der paffenden Pfeife. Als Harriet die Tür schloß, bemerkte sie auf einem unordentlichen Schreibtisch an exponierter Stelle eine Emmy-Statue. Ach, der ist das, dachte sie, Joshua Tschernakow, der das Script für die Fernsehsendung über Nostalgie als Lebensgefühl unserer Zeit geschrieben hat: ‹Wo ist die Linke?› war das Motto. Soviel zum Thema politischer Journalismus.

Als die Farbe in Olives Gesicht zurückkehrte, regte sich auch ihre Zunge. «Was habt ihr hier zu suchen?»

«Wir jagen Ratten», antwortete Harriet.

Joshua ergriff das Wort: «Schauen Sie, meine Damen, ich weiß nicht, worum es hier geht, aber können Sie sich nicht etwas dezenter aufführen? Sie werden doch Martin nicht wirklich zusammenschlagen, oder?»

«Nicht mit eigenen Händen, ich will sie mir nicht schmutzig machen.» Ilse funkelte die Pfeife böse an.

Immer noch unter seinen Schreibtisch gequetscht, murmelte Martin etwas Unverständliches.

«Martin, komm da raus», kommandierte Joshua.

«Um mich von diesen Furien in Stücke reißen zu lassen? Von wegen.»

«Kommen Sie nicht raus, Martin. Ich kenne diese Weiber. Die sind zu allem fähig», warnte Olive.

«Wirklich, Olive, das ist lächerlich.» Joshua senkte die Stimme auf eine herrischere Tonlage.

«Ihr beide haltet den Mund und setzt euch», befahl Ilse.

«Junge Dame, ich lasse mir von der Regierung der Vereinigten Staaten keine Befehle erteilen, und ich lasse mir von Ihnen keine Befehle erteilen. Ich stand auf Nixons Abschußliste, müssen Sie wissen.»

Ilse ging hin und verpaßte ihm mit der geballten Faust eins vor die Brust. Tschernakow plumpste auf den Stuhl, mit einemmal Hochachtung im Blick.

«Und jetzt stehen Sie auf meiner Abschußliste, Mister.»

«Siehst du, ich hab dir gesagt, sie sind gewalttätig», stöhnte Martin. Der Hohlraum unter dem Schreibtisch verlieh seinen Worten ein geheimnisvolles Echo.

«Komm da raus, Twanger», rief Alice zuckersüß.

«Nein, nein. Ihr könnt mich nicht zwingen.»

«Wetten?» Alice packte ein rundliches Bein. Martins Socken blitzten wie eine weiße Fahne. «Himmel, dieses Schwein ist wirklich ein Schwein. Helft mir mal.»

Harriet packte das andere rundliche Bein, und sie zogen kräftig.

Martin hielt sich an den Schreibtischbeinen fest. Tränen strömten ihm über die Wangen. Er war jetzt der Hysterie nahe. «Ich bin zu jung zum Sterben, ich bin zu jung zum Sterben», stammelte er verzweifelt.

Ilse hatte genug von der melodramatischen Szene und trat ihm kräftig auf die linke Hand. Als er losließ, zogen Alice und Harriet so fest sie konnten; er rutschte heraus und schleifte dabei ziemlich viel Schmutz vom Fußboden mit.

«Tut mir nicht weh, tut mir nicht weh», lamentierte Martin.

Weder Joshua noch Olive rührten sich, um dem Opfer zu Hilfe zu kommen, entweder aus Feigheit oder aus kaum verhüllter Verachtung für einen Kerl, der sie beide von sich abhängig gemacht hatte.

«Hinsetzen und Maul halten.» Alice schubste ihn in einen Sessel.

«Wir setzen uns jetzt alle hin und führen ein höfliches Gespräch. Da Mr. Twanger etwas Zeit braucht, um sich zu sammeln, fangen wir bei dir an, Olive. Bist du hier, um das Honorar für die miese Geschichte zu kassieren, die mit deiner Hilfe über unsere Gruppe geschrieben worden ist?»

«Ich brauch dir nicht zu antworten.»

«Ich würde es dir aber raten.» Ilses kalte Wut war beängstigend, aber Olive glaubte vielleicht, ihre weiblichen Hormone würden sie retten; Ilses Absicht entging ihr völlig.

«Versuch nicht, mich rumzuschubsen, Lenin. Ich besorg mir einen Anwalt, sobald ich hier rauskomme.»

«Nur zu.» Ilse versetzte ihr mit dem Handrücken eine so kräftige Ohrfeige, daß Joshuas linkes Auge unkontrollierbar zu zucken begann. «Also, was tust du hier?»

Mit Tränen in den Augen flüsterte Olive leise: «Joshua und ich haben die Bedingungen für eine monatliche Kolumne über die Frauenbewegung ausgearbeitet, die ich schreiben werde.»

«Ganz schön gerissen, Olive, was?» Alice starrte sie an. «Du hast gelernt, dich nicht mit Geld, sondern mit gleicher Münze bezahlen zu lassen. Ich bin wirklich beeindruckt. Und du, Harriet?»

«Ja, auch ich bin wirklich beeindruckt.» Harriet rückte näher an Alice heran. Olive griff nach Joshuas Arm. Angewidert pflückte er ihre Hand von seinem Ärmel, als sei sie eine Küchenschabe.

Ilse grinste. «Sind Sie sich jetzt zu gut für sie, Mr. Großkotz?»

«Ich hab nichts mit Ihren internen Auseinandersetzungen zu tun.»

«Das stimmt nicht ganz», stellte Alice fest.

Da Martin Twanger nicht im Mittelpunkt der Aufmerksamkeit

stand, steuerte er auf die Tür zu. Mit zwei anmutigen Schritten war Ilse hinter ihm und setzte den rechten Fuß blitzschnell vor seinen Knöchel. Er ging zu Boden.

«Tut mir nicht weh, bitte tut mir nichts!»

«Halt den Rand, Miststück.»

Wie auf Eierschalen ging er wieder zu seinem Sessel.

«Martin, hier rüber, neben deine Kollegen.» Alice zog einen Stuhl neben Olive, damit diese sich an Martins überwältigendem Geruch erfreuen konnte.

«Sie stehen also über alledem, Mr. Tschernakow?»

«Das habe ich nicht gesagt. Ich sagte nur, ich habe nichts mit Ihren inneren Flügelkämpfen zu tun. Sie sind wütend auf Olive, weil sie bei dem unseligen Artikel mit Martin zusammengearbeitet hat. Damit habe ich wirklich nichts zu tun.»

«Unselig! Das war einer meiner besten Artikel», jammerte Twanger.

Joshuas linkes Auge zuckte wieder.

«Hören Sie, Mr. Tschernakow, ich sehe das ganz anders als Sie», fauchte Ilse. «Sie haben Karriere gemacht, indem Sie die männliche Linke und die Schwarzenbewegung ausgesaugt haben, und jetzt wollen Sie Blut aus uns saugen. Sie lehnen sich einfach auf Ihrem Stuhl zurück, während andere sämtliche Risiken tragen, und dann urteilen Sie darüber. Ich habe mich über Sie erkundigt. Einfach phänomenal finde ich, daß Sie auf Cocktailpartys gehen und als intellektuelles Aushängeschild der radikalen Linken herumstolzieren. Wetten, die Frauen in Valentino-Klamotten fahren darauf ab?»

Tschernakow stotterte etwas, mit fleckigem Gesicht, doch Ilse, unfähig oder nicht willens, ihre Verachtung zu zügeln, schlug ihn mitten auf den Hals; er stöhnte, seine Augen quollen hervor. «Das ist eine kleine Vergeltung für alle, die Sie betrogen haben. Verdammt, ich wünschte, ich könnte Sie umbringen und ungestraft davonkommen.»

Alice nahm Ilses linken Arm und zog sie sachte zurück. «Immer mit der Ruhe, Ilse, wir haben hier noch was zu erledigen.»

Alice ergriff das Wort. «Das muß ich Ihnen lassen, Tschernakow, Sie lassen einen Kriecher wie Twanger die schmierige Story schreiben, Sie engagieren sogenannte Reporter, um über alle möglichen Bewegungen zu schreiben, vorzugsweise über den gesamten ekelhaften Klatsch, der über sie im Umlauf ist, und dann schreiben Sie einen Riesenartikel mit Bildern darüber, was faul ist an Amerika und an den Bewegungen, und Ihre Prosa rauscht nur so aufs Papier. Muß anstrengend sein, alle zwei Wochen einen Artikel zu produzieren. Aber Sie bekommen bestimmt ein hübsches Honorar dafür, oder? Bloß um zu zeigen, daß Sie das Herz auf dem rechten Fleck haben: Möchten Sie nicht zweitausend Dollar für das Krisenzentrum für vergewaltigte Frauen spenden? Ihr Name könnte auf die Liste der Schirmherren kommen. Das würde sich vor den Leuten auf Cocktailpartys doch gut machen, nicht? Zeigen Sie der Welt, was für ein Wahnsinnsmacker Sie sind, Joshua. Sie werden die Frauenthemen ernst nehmen, besonders dieses eine.»

Joshuas Augen zuckten heftig. Seine Stirn war schweißüberströmt. Er hatte Angst, und nicht nur vor körperlicher Gewalt. «Ja, ja, ich mache alles, was Sie wollen!» Was nach Ilses Hieb von seiner Stimme übrig war, schnappte bei jedem Wort über.

«Bloß um sicherzugehen, daß Sie es sich nicht anders überlegen, werden wir nächsten Sonntag im Zentrum nachforschen, ob Ihre großzügige Spende eingetroffen ist», setzte Ilse hinzu.

Er nickte gequält, sah jedoch nicht auf.

Twanger kreischte ungläubig: «Josh, was ist in dich gefahren? Wenn sie uns zusammenschlagen, bringen wir sie vor Gericht.»

Mit gesenktem Kopf sagte Tschernakow langsam, aber deutlich: «Nein, ich glaube, es ist schon genug Schaden angerichtet worden. Vielleicht haben sie recht. Ich habe nie etwas riskiert.»

«Na hör mal!» Twanger ging in die Luft. «Was kümmert's dich, was die denken? Du bist der Boss vom ‹Rag›, Mann. Du wirst spielend mit ihnen fertig. Wir sind hier in Amerika. Wir sind die freie Presse.»

«Richtig, wir sind in Amerika, und leider ist niemand frei von deiner Art von Pressefreiheit.» Ilse sah ihn an.

Als er merkte, daß er seine Grenzen in doppelter Hinsicht über-
schritten hatte, verkroch sich Twanger vollkommen perplex in
seinem Sessel. Er war verwirrt und verängstigter denn je.
«Ich verdiene viel weniger als Josh. Ihr werdet mich doch nicht
um Geld anhauen?»
«Ach, ich weiß nicht, Martin Twanger. Ich finde, du könntest
einen kleinen Beitrag für das Frauenpressekollektiv spenden.»
Er verzog das Gesicht. «Wieviel?»
«Für fünfhundert Dollar lassen wir dich laufen.» Alice buk keine
kleinen Brötchen.
«Fünfhundert Dollar?»
«Komm, sei sportlich, Twanger, soviel gibst du doch spielend für
Gras aus.»
«Ja, wie alle in dieser Stadt.»
«Hab ich etwa moralische Kritik geäußert? Aber wie würdest du
dich fühlen, wenn dein Dealer an die Öffentlichkeit gehen würde,
vielleicht, weil jemand ihn unter Druck setzt? New York hat heut-
zutage merkwürdige Drogengesetze, und der arme Teufel könnte
für Jahre eingebuchtet werden. Ich wette, der wäre ganz schön
sauer auf dich, Martin.»
«Mensch, ihr seid ja wie die Mafia.»
«Nicht ganz, Martin, nicht ganz. Die Mafia hat Geld und politische Macht. Wir sind im Moment etwas knapp an beidem, aber
wir lernen, wir lernen wirklich», klärte Harriet ihn auf.
«Nun zu deinem Beitrag. Möchtest du ihn in deinem Namen
spenden oder lieber anonym?» Ilse setzte ihm zu.
«Hm, anonym.»
«Und noch eine Kleinigkeit mußt du für uns tun, Martin. Du
wirst einen Widerruf der Verleumdungen von letzter Woche in
allen Punkten drucken, vor allem, was meine reiche ‹Gönnerin›
angeht», verlangte Ilse ruhig.
Twangers Gesicht verfärbte sich blaurot. Das war tausendmal
schlimmer als das Geld. Aber nach einem Blick auf Joshua, der
den Kopf jetzt in die Hände stützte, verzichtete er auf Protest.
«Mach ich.»

Olive, die letzte auf der Liste, sah ihre Feindinnen gespannt an. Harriet blieb am Ball: «Olive, da du nicht schreiben kannst und in Zukunft keinen Zugang zur Frauenbewegung mehr haben wirst, kannst du diese Kolumne eigentlich vergessen?»

«Ich tu, was mir paßt, ihr könnt mir nichts anhängen.»

Ilse wollte auf sie los, doch Alice hielt sie zurück. «Olive, kein Mensch wird mit dir sprechen, und ich bezweifle, daß Mr. Tschernakow es sich leisten kann, jeden Monat deine geheimen Gedanken zu drucken», sagte Harriet geduldig.

«Was soll das heißen, kein Mensch wird mit mir sprechen?»

«Genau das», entgegnete Harriet.

«Du bist nicht die Chefin der Bewegung, du kannst ihnen nicht den Mund verbieten.»

Ilse hatte es allmählich satt. «Leute wie du sind es, die uns mit Hilfe der Twangers und Tschernakows dieser Welt gegeneinander aufbringen. Kein Mensch wird mit dir reden, Olive. Es hat sich herumgesprochen. Keine verantwortungsbewußte, organisierte Feministin wird dir Informationen geben oder dich in ihre Gruppe lassen. Klar, du kannst mit anderen quatschen, die genauso verrückt sind wie du, aber das bringt nichts Neues, es sei denn, du willst es in ‹Psychologie Heute› abdrucken.»

«Das wirst du mir büßen, Ilse – ihr werdet es alle büßen.»

«Was willst du tun? Einen langen Artikel schreiben, wie ich als Schülerin zur CIA-Agentin ausgebildet wurde? Das wäre so etwa dein Niveau.»

«Vielleicht mach ich das.»

«Schön, Olive. Hiß die Flagge und sieh zu, wer salutiert. Das erspart uns allen in dieser Bewegung viel Kopfzerbrechen über die Frage, wer übergeschnappt ist und wer nicht.» Alice seufzte angeekelt. «Ich glaube, wir lassen diese Leute jetzt ihre Suppe auslöffeln – schließlich ist Essenszeit.»

«Völlig richtig», bestätigte Harriet.

Als die Frauen das Büro verließen, schoß Olive von ihrem Stuhl und ging zum Telefon. Twanger und Tschernakow machten betretene Gesichter.

*H*abt ihr Hunger?» fragte Harriet die beiden.

«Wollen wir nicht ins Mutter Courage gehen? Da sich die Geschichte schnell rumsprechen wird, sollten wir dort sein, wo die Leute uns finden können, ganz cool.» Alice dachte laut.

«Oh, Alice, heute ist mein freier Abend. Ich bin ständig in diesem Ladene.»

«Disziplin, Ilse. Komm, wir kaufen dir eine Pizza, und du kannst sie verschämt in einer Ecke essen und beten, daß Dolores nichts wittert. Wir sollten wirklich festen Boden unter die Füße kriegen, und zwar öffentlich.»

Ilse seufzte. «Du hast recht, Alice. Du hast immer recht.»

«Du bist umwerfend, wenn du wütend bist. Ich dachte, du würdest sie alle drei umbringen.» Harriet lachte.

Die Wut hatte Ilse ausgelaugt, und sie spürte im Moment nichts als Erschöpfung. «Ich hätte sie umgebracht, wenn ich gekonnt hätte.»

«Sag das lieber nicht öffentlich, falls jemand von denen je tot aufgefunden werden sollte», warnte Alice.

«Twanger und Olive, ein nettes Pärchen, was? Die zwei passen zusammen», sagte Harriet kopfschüttelnd.

«Ja, wie Gin und Schlaftabletten.»

«Alice, du hast eine spitze Zunge. Darauf wäre ich nie gekommen.»

«Na ja, meistens denk ich so was nur und sag's nicht. Aber Carole spricht's aus, und deswegen mag ich sie.»

Ilse zuckte zusammen.

«Tut mir leid.»

«Mir auch. Ich war ein Arschloch. Ich glaube, meine halbe Wut da drin beim ‹Village Rag› war wegen Carole und allem, was dranhängt. Wegen der ganzen verdammten Welt!»

«Vielleicht findet ihr wieder zusammen», sagte Harriet hoffnungsvoll.

«Nee, glaub ich nicht. Vielleicht in zehn Jahren.»

«Wo wir alle wohl in zehn Jahren sind?» fragte Alice.

Ilse zuckte die Achseln. «Komisch, persönlich interessiert mich das nicht besonders. Ich habe eine Vorstellung, wo ich den Feminismus in zehn Jahren sehen will, aber für mich selbst sehe ich da nicht so klar.»

Harriet nickte. «Mir geht's genauso.»

«Jedenfalls hoffe ich, daß wir dann weiter sind als heute abend», meinte Ilse halb lachend.

«Stellt euch nur mal vor, alle Olives dieser Welt würden ihre ganze zerstörerische Energie gegen Exxon richten statt gegen andere Frauen», sagte Alice nachdenklich.

«Vielleicht müssen wir uns eins klarmachen, daß nämlich nicht alle Schwestern Schwestern sind.» Harriet kickte mit dem Fuß einen Stein über die 11th Street.

«Etwas hab ich von Olive gelernt, und dafür bin ich dankbar», sagte Alice.

«Was?» fragte Ilse.

«Daß du manchmal hart rangehen mußt. Wir können uns nicht weiter wie Damen benehmen und damit rechnen, daß wir siegen, versteht ihr?»

«Ich fange an zu verstehen.» Ilse beugte sich zu Harriet herüber, die auf Alices anderer Seite ging.

«Guck mich nicht an, Ilse James.»

«Hast du nicht gesagt, oder von irgendeinem Uralt-Poster zitiert, ‹wir müssen die Liebe zur Macht durch die Macht der Liebe ersetzen›?»

«Das ist unfair! Ich glaube daran. Ich lerne gerade, wie weit die Liebe geht beziehungsweise nicht geht.»

«Manche Leute lernen durch die Liebe, und manche mußt du mit der Nase drauf stoßen.» Jetzt trat Alice nach dem Stein, den Harriet die Straße hinunterbefördert hatte.

«Erzähl das unseren lieben Schwestern.»

«Sarkasmus, Sarkasmus und Zynismus von Ilse James, der jugendlichen Quelle des feministischen Denkens!» konterte Harriet.

«Lach du nur, aber ich frage mich, wie lange wird es dauern, bis die Strauße endlich die Köpfe aus dem Sand kriegen? Alle glauben, dieser Kampf wird leicht sein, ihr müßtet nichts weiter tun als gute, reine Gedanken denken, euch dreimal täglich die Zähne putzen und im Beisein der Großen Mutter *om* singen. Herrgott, Frauen werden trotzdem in Bolivien und den Appalachen brutal behandelt, und wenn der Präsident einen nicht erklärten Krieg in Kambodscha will, können wir ihn haben. Was brauchen wir denn noch, damit die Frauen aufwachen, damit sie erwachsen werden und aufhören, sich wie Damen zu benehmen!»

«Geduld?» schlug Alice vor.

«Geduld, und wie lange arbeite ich schon für Geduld und Spucke? Wie lange können wir noch umsonst arbeiten? Scheiße, wenn wir schon kein Geld kriegen, könnten wir wenigstens ein bißchen Respekt erringen. Da wir gerade vom Lernen sprechen, von Carole habe ich gelernt, daß diese Bewegung sich für einen Club der guten Feen hält und wir unsere Frauen aus den unteren Schichten vertreiben, die nicht mithalten können, weil sie keine Zeit oder kein Geld oder keine Babysitter haben.»

«Ich finde es bedauerlich, daß Carole nie mit unserer Gruppe geredet hat», murmelte Harriet.

«Ich auch. Sie ist länger auf der Welt als wir. Wenn sie uns sonst nichts geben wollte, hätte sie uns zumindest ein paar neue Perspektiven vermitteln können.» Alice bekam allmählich Hunger und ging etwas schneller.

«Wenn sie uns jetzt hören könnte. Sie würde mir einen vernichtenden Blick zuwerfen und sagen: ‹Das hat man alles schon gehört. Liest du keine Geschichte?› Carole sieht Jahrhunderte, nicht Tage.» Ilse klang beinahe wehmütig.

«Nein, nein, es ist nicht alles schon gesagt worden. Wir fügen dem Bewußtsein etwas Neues hinzu. Ich lese Geschichte. Ich weiß, was diese Bewegung von 1789 übernommen hat und was von uns ist. Was mich wirklich nervös macht, ist, daß wir uns auf Gerede beschränken. Ist euch klar, daß wir heute abend zum erstenmal nicht ein kleines Bulletin herausgebracht, daß wir keine feministische Version einer Handwerksmesse veranstaltet haben, deren Erlöse in unser Lieblingsprojekt fließen, als milde Gabe?

Wißt ihr, was wir getan haben? Wir sind losgezogen und haben gekämpft, mit roher Gewalt. Anders hätte es bei diesen Leuten nicht funktioniert, aber wichtig ist, daß wir etwas erreicht haben. Das Krisenzentrum für vergewaltigte Frauen kann drei Monate weitermachen, und das Pressekollektiv kann wieder eine Sendung Post rausgehen lassen. Wir haben wirklich was getan und denen ein bißchen Angst gemacht. Anscheinend mußt du in Amerika beweisen, daß du jemanden verletzen kannst, bevor du ernst genommen wirst. Und wollt ihr noch was wissen?» Alice hielt einen Moment inne. «Es hat mir Spaß gemacht. Ich will siegen. Es ist mir egal, wie es sich anhört. Ich will wirkliche Macht. Ich will sagen: USA raus aus Bolivien, raus aus Kambodscha, raus mit euren gottverdammten Abhörapparaten aus den Schlafzimmern der Leute. Ich will sagen: Los, Leute von der Stahlindustrie, bezahlt euren gerechten Steueranteil; ihr in Detroit, baut Eisenbahnen statt Autos. Ich will das alles sagen, und ich will, daß es ankommt.»

«Ich auch», antworteten beide.

«Das bedeutet ja wohl, daß wir nicht rein bleiben wie frisch gefallener Schnee», hauchte Harriet.

«Wahrscheinlich. Ich denke, diese Botschaft ‹seid vollkommen›, die uns andauernd eingetrichtert wird, ist in Wirklichkeit ein subtiler Aufruf zum Versagen.» Ilse mußte fast rennen, um mit Alice Schritt zu halten.

Bei Mutter Courage bestellte Alice eine Karaffe Weißwein – ein Luxus für Alice, die nicht viel Geld hatte.

«Prost, Schwestern. Auf das Erwachsenwerden und die Erkenntnis, daß die Welt kein Rosengarten ist, wir aber trotzdem in ihr leben müssen.»

Sie stießen an, dann fing Ilse an zu lachen. «Das muß ich dir lassen, Reardon, du findest immer den richtigen Stachel zur richtigen Zeit.»

Johlend prosteten sie sich wieder zu.

Mit ihrer charakteristischen Gründlichkeit recherchierte Alice Joshua Tschernakows Vergangenheit. Er hatte 1947 an der Northwestern University in Chicago Examen gemacht. Eine ehemalige Geliebte von Alice arbeitete dort in der Verwaltung und ackerte die Akten durch, ebenso aus Neugierde wie Alice zu Gefallen. Sie fand in Joshuas Akten etwas Merkwürdiges. Er war aufgrund eines nicht näher bezeichneten Vorwurfs zum Dekan befohlen worden und gezwungen gewesen, sich Hilfe von außerhalb zu holen. Der Arzt war in den Akten nicht namentlich genannt, wohl aber der Dekan. Dieser, ein alter Mann, hatte sich in Princeton, New Jersey, zur Ruhe gesetzt. Er lebte inmitten anderer Pensionäre im Westen der Stadt. Alice fuhr mit dem New Jersey- Transit-Bus nach Princeton und suchte den alten Mann auf. Er erinnerte sich vage an den Fall, wollte aber keine Einzelheiten nennen. Alice versuchte es – natürlich auf anständige Weise – mit jeder erdenklichen Form von Bestechung. An seinen Wänden bemerkte sie mit wunderbaren Malereien verzierte Manuskripte. Verzweifelt, aber entschlossen eilte sie zu Carole Hanratty an der New Yorker Uni, klärte sie hastig über ihr Dilemma auf und über Ilses Absicht, ihnen die Köpfe einzuschlagen, wenn sie kein belastendes Material über irgendeinen der Rag-Leute fanden. Vom Teufel geritten wie in ihrer Kinderzeit, fegte Carole in Freds Büro, als er nicht da war, und klaute schamlos ein bebildertes Manuskript, das der Fakultät gehörte, von der Wand. Bevor Carole die Beute übergab, ließ sie Alice schwören, niemandem ein Wort zu sagen, Ilse eingeschlossen. Alice schwor es feierlich, stürmte aus der Uni zurück zum Busbahnhof Port Authority und fuhr wieder nach Princeton, wo sie pünktlich zum Tee eintraf. Durch Alices Beutestück schwach geworden, packte der alte Knabe aus: Joshua Tschernakow war ein vielversprechender Student gewesen. Seine Professoren waren heilfroh, daß er entweder zu jung war, um zur Armee eingezogen zu werden, oder für untauglich befunden worden war – was von beidem, war nicht klar ersichtlich. Joshua stand eine glänzende journalistische Karriere bevor. Als Mann von gesellschaftlichem Ehrgeiz freundete sich Joshua mit der kühlen Erbin eines Chicagoer Fleischwarenherstellers an. An einem Wochenende, auf einer besonders rüpelhaften College-Party, konnte Joshua seine Glut nicht mehr zügeln. Er schob der jungen Schönheit einen mit einem Betäubungsmittel versetzten Drink unter, und als sie hinüber war, trug er sie galant in ein Nebenzimmer, wo er, wie man früher zu sagen pflegte, sich an ihr verging. Während die Erbin nach Hause gefahren wurde, kam sie, die bis kurz vorher noch Jungfrau war, langsam zu sich und spürte Schmerzen. Sie bemerkte auch einen verräterischen Spermastrom, der ihr Bein hinabrann. Da sie eine für damalige Verhältnisse recht unerschrockene Person war, erzählte sie es ihren Eltern. Entsetzt riefen sie den Rektor der Uni an, berichteten ihm unter dem Siegel der Verschwiegenheit von dem Skandal, und er erzählte es dem Dekan, dessen Aufgabe es ist, sich mit Studenten zu befassen, die in Schwierigkeiten stecken. Joshua Tschernakow steckte in großen Schwierigkeiten. Weil er so gute Noten hatte und so intelligent war, verwendete sich der Dekan für ihn. So kam zwischen dem fleischverarbeitenden Midas und dem Dekan ein Handel zustande: Joshua konnte zu Ende studieren, doch nach dem Examen mußte er die Gegend verlassen und durfte niemals für eines der großen Zeitungsimperien irgendwo in den USA arbeiten, da Midas mit sämtlichen Pressezaren freundschaftlich verkehrte. So zog Joshua Tschernakow nach New York City und war zufällig zur Stelle, als *Village Rag* aus der Idee eines neuen Journalismus geboren wurde. Er war tüchtig, jung und umgänglich und konnte gut formulieren. Das war der Beginn seiner Karriere. Niemand wußte über seine Vergangenheit Bescheid. Natürlich bewahrten auch die Eltern der jungen Dame absolutes Stillschweigen. Das Wort Vergewaltigung kommt in der feinen Gesellschaft nicht vor.

Der Literaturkalender auf der linken Ecke von Caroles Schreibtisch zeigte, daß heute der 4. Oktober war. Im umrandeten Feld stand vermerkt: *Franz von Assisi 1226 gest.* In ihrer katholischen Kindheit war der heilige Franz Caroles Lieblingsheiliger gewesen, und obwohl sie aus der Kirche ausgetreten war, hatte sie sich nie ganz von diesem sanften Mann abgewandt, der praktiziert hatte, was er predigte. Neben den Namen des Heiligen schrieb sie *Klarissen*, den weiblichen Orden der Franziskaner. Sie malte das K dunkler rot, indem sie es geistesabwesend nachzog. Fünf Tage waren vergangen, und weder hatte Ilse sie, noch hatte sie Ilse angerufen. Sie griff zum Telefon, als wollte sie ihre Nummer wählen, aber sie rief Adele an.

«Was machst du gerade?»

«Ich versuche, Lester Tennysons Krimkrieg-Ballade beizubringen.»

«Wie geht's voran?»

«Bis ‹Ins Tal des Todes ritten die Rakrakrak› ist er Spitze.»

«Würde es seinen Unterricht stören, wenn ich zum Tee käme?»

«Nein, es könnte ihm guttun. Das viele Blut und Gedärm strengen das Kerlchen sehr an. Ich mache eine Kanne Twinings English Breakfast, oder magst du lieber Russian Caravan?»

«Ah, Russian Caravan, das richtige Aroma für den späten Vormittag, findest du nicht?»

«Beeil dich, bis du hier bist, ist er fertig.»

Die Spätsonne wärmte die Bürgersteige, als Carole rasch zu Adele ging. Die Blumenkästen warteten mit dem letzten Aufgebot des Jahres auf, spätblühenden Rosen, Ringelblumen und robusten Zinnien. Sie spürte ein schmerzliches Bedauern über den scheidenden Sommer, obwohl der Herbst die aufregendste Jahreszeit war. Der Semesterbeginn brachte ihr neue Studenten und neue Ideen. Freundinnen kamen aus dem Ausland oder sonstwoher zurück, und der Pulsschlag der Stadt beschleunigte sich. Das einzig Ärgerliche am Herbst war die Gewißheit, daß der Winter folgte. Die Düfte einer Bäckerei verlockten Carole, Croissants und frische Butter zu kaufen.

Als Carole läutete und Adele zur Haustür lief, um zu öffnen, vergaß sie den Vogelkäfig zu schließen, den sie gerade saubermachte. Lester entfaltete seinen Schopf und reckte den Hals, um festzustellen, ob es Traum oder Wirklichkeit war.

«Der Tee ist fertig.» Adele umarmte Carole ungestüm, als sie zur Tür hereinkam. «Was hast du da drin?»

«Was zum Naschen. Wieso fliegt Lester im Wohnzimmer herum, Adele?»

«Lester!»

Im Vollbewußtsein seiner jugendlichen Kraft und übermütig, weil er im Mittelpunkt der Aufmerksamkeit stand, kreischte Lester: «Bwana, weißer Teufel, Bwana. Ach, ach.»

Die anderen Vögel schrien und schnalzten mit den Zungen. Adele raste zum Käfig und schloß ihn, bevor die übrigen Tiere auf dumme Gedanken kamen.

Carole lachte. «Hört sich an wie in einem Dolores Del Rio-Film.»

«Wenn wir langsam auf ihn zugehen, weicht er vielleicht zurück, und ich kann ihn in den Käfig drängen. Halt du die Tür parat.»

«Wir können ihn nicht zurückdrängen. Er fliegt über unseren Köpfen. Vielleicht solltest du's mit dem Besen versuchen.»

«Prima Idee, dann kann ich ihm den Hals brechen.» Beim Anblick des wackelnden Besens in der Luft wurde Lester kühner. «Nicht aufs Sofa, Lester, nicht aufs Sofa.» Natürlich flog er über das Sofa und ließ zielsicher ein paar Exkremente fallen. «LaVerne bringt mich um.»

«Ich fühle mich wie Doolittle bei der Bombardierung von Tokio.»

«Nein, Liebes, du fühlst dich wie die Japaner. Lester besorgt hier die gesamte Bombardierung.» Adele stemmte die Hände in die Hüften.

«Versuchen wir es anders», schlug Carole vor. Sie hob die Stimme und lächelte. «Lester, hübscher Lester. Komm, Vögelchen, komm, es ist Zeit, in dein trautes Heim zurückzukehren.»

«Einen auf die Eier, sprach die Queen. Ach, ach.»

«Wer behauptet, Spatzenhirn sei ein abfälliger Ausdruck, hat keine Ahnung von Vögeln.» Adele lachte über Lesters unerhörtes Benehmen, worauf er sich erst recht in Szene setzte.

«Hätte ich zwei, wär ich der King. Bwana, weißer Teufel.»

«Rassist!»

Lester steuerte auf die gefiederte Flagge an der Wand zu. Er attakkierte sie mit voller Wucht, worauf Adele aus Leibeskräften schrie. Carole warf die Hände über den Kopf wie ein Schiedsrichter, der signalisiert, daß der Schuß ins Aus gegangen ist. Der Vogel gewann Höhe, flog im Kreis und machte sich wieder über die Flagge her, diesmal mit den Füßen.

«Lester, mach was du willst, aber laß meine Flagge in Ruhe», stöhnte Adele.

Siegesgewiß sauste er dicht an Adeles Kopf vorbei, so daß die bunten Federfetzen in seinen Klauen ihre Nase streiften. Er kreiste wieder, berührte fast die Decke, hielt auf Carole zu, entleerte sich aus allen Schleusen und amüsierte sich wie noch nie.

«Könnte sein, daß ich den Vogel umbringe, bevor LaVerne die Chance kriegt», drohte Carole und wischte ihren Ärmel ab.

«Wir sind beide verdammt dämlich. Ich weiß, womit wir ihn kriegen. Du bleibst hier und lenkst ihn ab, während ich mich in die Küche schleiche.»

«Von wegen ablenken. Er macht mich zu seiner Zielscheibe.»

«Der Preis der ewigen Freundschaft.»

«Was holst du aus der Küche?»

«Kartoffelchips.»

Lester hörte sie mit der Tüte knistern und ließ sich auf dem Sessel nieder. Er verrenkte den Kopf, hüpfte von einem Fuß auf den anderen, öffnete den Schnabel und krächzte.

«Guck mal, was Mommy hat, du Heimverwüster. Kuckuck, kuk-kuck.» Sie hielt einen großen Kartoffelchip in die Höhe und kni-sterte mit der anderen Hand mit der Tüte. «Wenn du den leckeren Chip willst, geh in deinen Käfig.»

Langsam bewegte sich Adele auf den Käfig zu. Die Versuchung dieses enormen, goldenen Kartoffelchips war zu groß: Lester folgte. Adele streute eine Ladung Chips in den Käfig, und Lester, vom vielen Fliegen erschöpft, watschelte in den Käfig wie eine winzige Jemima Puddleduck. Triumphierend schlug Adele die Käfigtür zu. «Gefangen!»

Carole ging zum Käfig und legte ihren Arm um Adeles Schulter. Die beiden schüttelten sich vor Lachen. Lester vertilgte die Chips und warf ihnen von Zeit zu Zeit einen Blick zu. Die Wasserschild-kröte schob den Kopf vor, um besser zu sehen und einen Chip zu mopsen. Sie erwischte einen, bevor Lester sie daran hindern konnte. Lester legte sich nie mit der Schildkröte an. Der Hirten-star stieß einen bewundernden Pfiff aus, und Lester murmelte: «Pisse.»

«He, Vogel, Momma stopft dir Maschinengewehrkugeln in den Schlund, damit du nicht fliegen kannst», säuselte Adele. «Teu-fel.»

«Das ist sein Spruch.»

«Nachdem sich jetzt alles beruhigt hat, laß mich ein Messer und zwei Teller holen, damit wir beide endlich auch was essen können.»

«Kann ich irgendwas tun?»

«Nein, du hast schon genug gelitten. Apropos leiden, hat Ilse seit eurem Streit mal angerufen.?»

«Nein, und ich hab sie auch nicht angerufen.» Carole bestrich die Croissants mit Butter, während Adele sich in der Küche mit dem Tee zu schaffen machte.

«Schade, daß du nicht in einer chinesischen Bäckerei warst. Du hättest Glücksplätzchen kaufen können, und alle unsere Vermu-tungen hätten ein Ende.»

«Bei dem Pech, das ich habe, wären die Zettelchen bestimmt mit Mottos des Hausfrauenverbands beschrieben.»

«Du wirkst nicht vernichtet, obwohl du dich ein bißchen sarkastisch anhörst, meine Liebe.»

«Du kennst mich, Dell. Ich bedaure lediglich, Ilses Brüste nie in Champagner getaucht zu haben. Wie konnte ich? Bier hätte ihrem Stil vielleicht eher entsprochen, aber das ist kaum dasselbe.»

Adele lachte. «Jemand sollte dem Kind mal erzählen, daß Revolutionen gemacht werden, damit das Schöne im Leben eine Chance kriegt.»

«Ach, vergiß es.»

«Warum rufst du sie nicht an?»

«Wir sind beide zu empfindlich. Es würde nicht helfen. Vielleicht schreibe ich ihr einen kurzen Brief. Ich weiß nicht, was ich tun soll.»

«Mmm.»

«Ich habe nie so recht an Liebesbeziehungen geglaubt. Irgendwie hatte ich immer das Gefühl, ein Körnchen Lüge sei notwendig, um sie in Gang zu halten.»

«Wahrscheinlich stimmt das auch, für die meisten Leute. Die vielen kleinen Tricks. Daran ist nichts Schlimmes. Die Welt, in der wir leben, besteht nun mal aus Paaren, egal, ob hetero oder schwul. Die Welt rechnet in Zweierkisten.»

«Die Vorstellung, daß jemand meinen Namen in Verbindung mit einem anderen ausspricht, war mir nie geheuer. Noah hätte mich nicht auf die Arche gelassen.»

«Mein Herz, er hätte keine von uns auf die Arche gelassen.» Adeles Augen blitzten.

«Weiß Gott.»

«Sieh es doch mal so: Jetzt brauchst du deine Zeit nicht mit Wortgefechten zu verbringen, und du mußt dir die schlampigen Frauen nicht mehr ansehen, über die du dich immer beklagt hast. Was ich dir übrigens nicht verdenken kann.»

«Als ich die Truppe das erste Mal sah, war es, als hätte mir jemand einen nassen Fisch ins Gesicht geklatscht. Ich werde nie begreifen, warum eine Frau sich absichtlich häßlich macht. Ilse sagte, die Männer haben uns zu Sexobjekten gemacht, und dies sei die Gegenreaktion der Frauen. Aber es muß doch eine Mitte zwischen Godzilla und Miss Amerika geben.»

«Queen Kong?»

«Das ist gut.»

«Als wir damals im Mutter Courage waren, und ein paar von denen haben sich da reinverirrt...» Adele hielt inne.

«Ja?»

«Sicher, ihr Aussehen hat mich erschreckt, aber ich saß da und dachte, also das ist wirklich dumm. Indem sie sich so häßlich machen wie...»

«Hausgemachte Hundescheiße.»

«Carole!»

«Du vergißt, daß wir das in Richmond immer gesagt haben.»

«Wo war ich? Ach ja, indem sie sich so unattraktiv machen, lassen sie sich erst recht durch Männer definieren. Eine negative Reaktion ist genauso einschränkend wie eine positive. Wenn ihnen wirklich klar wäre, worauf es ankommt, würden sie alles tun, um sich wohlzufühlen, zum Teufel mit Männern jeder Sorte. Ich ziehe mich für mich an, und wir wissen alle, Miss Adele liebt Glitzerfummel.»

«Und du siehst toll aus. Du hast recht. Ich habe das Äußere nie so gesehen – als Definition. Ich dachte nur, sie laufen mit einer tödlichen Dosis Selbsthaß herum.»

«Das ist vielleicht dasselbe.»

«Vielleicht.»

«Ich bin so froh, daß du nicht total deprimiert bist. Ich weiß, du hattest das Mädchen gern.»

«Die Frau.»

«Ach was, für mich ist sie ein Mädchen. Sie ist zweiundzwanzig Jahre jünger als ich.»

«Ich kann nicht behaupten, daß ich die Grenze zwischen Mädchen und Frau selbst definieren könnte. Ich hatte sie gern. Ich habe sie gern. Ah! Ist die Teetasse heiß!» Carole stellte die Tasse hin.

«Entschuldige, ich hätte dich warnen sollen. Diese extra großen Tassen halten die Hitze.»

«Mir sind durch diese Geschichte ein paar Zusammenhänge klargeworden. Dinge, die ich übersehen oder ignoriert habe.»

«Ach ja?»

«Adele, es hört sich vielleicht verrückt an, aber ich sehne mich nach meiner Kindheit. Erinnerst du dich an die Zeit, als alles rein und unschuldig war?»

«Ja. Ja, ich weiß, was du meinst.»

«Ich habe etwas von mir verloren und will es wiederhaben. Ich werde den Gedanken nicht los, daß ich zu meinen Wurzeln zurückkehren sollte. Guck nicht so erstaunt. Ich will zurück nach Richmond oder in die Nähe von Winchester, wo meine Großeltern die Farm hatten. Ich weiß nicht wie oder wann. Es gibt dort genug Universitäten und Colleges. Irgendeinen Job werde ich schon finden.»

«Du willst die Stadt verlassen?»

«Ich liebe die Stadt, auch wenn sie schrecklich ist, aber sie ist nicht meine Heimat. Ich will nach Hause. Ich will Wurzeln.»

«Aber Carole, du hast hier Wurzeln, alle deine Freundinnen.»

«Ich weiß, ich weiß, aber das ist nicht das gleiche. Ich weiß, es klingt albern, aber irgendwie hat es mich erwischt, daß ich dahin zurück will, wo ich hergekommen bin. Nicht zurück in die alten Zeiten und die Slums, aber in die Gegend, das Land.»

«Wenn es je eine Philosophie des Südens gab, dies ist sie. Das Land. Ich kann nicht behaupten, daß ich das gleiche nicht auch empfunden habe. Ich sehne mich nicht gerade nach der Familienvilla in St. Louis, aber manchmal frage ich mich, ob ich nicht unter dem Vorwand der guten Gelegenheit davongelaufen bin. Ich überlege oft, ob ich nicht mal an einem kleinen Schwarzen-College unterrichten soll, wenn sie eine freie Stelle für mich haben. Es geht mir so durch den Kopf. Aber ich unternehme nichts, wegen Verne. Ihre Chance liegt hier. Vielleicht möchte sie mit der Zeit weg, und dann ziehen wir um. Doch bis dahin, falls es überhaupt so weit kommt, bleib ich hier, bis mich der Ruf ereilt.»

«Ich glaube, mich hat der Ruf ereilt. Ich gehe – ich weiß nur nicht, wann oder wohin. Nach Richmond, Winchester, an die Universität von Virginia?»

«Das ist nicht die ganze Lösung. Du bist schließlich keine urbane Vagabundin. Wir haben hier so was wie eine Gemeinschaft.»

«Ich weiß, Adele, ich weiß. Aber welchen Einfluß haben wir auf diese Stadt? Unsere Arbeit gibt uns eine Chance, etwas zu tun, aber das genügt nicht mehr. Ich habe Professionalismus in diesem engen Sinn satt. Ich will mehr. Ich will irgendwohin, wo meine Stimme sich nicht so verliert. Zurück zu meinen Wurzeln. Vielleicht ist unter anderem auch das schuld an allem, was mit Amerika nicht stimmt. Seit dem ersten Weltkrieg laufen wir von unseren Wurzeln weg, und jetzt haben wir uns alle verirrt. Die gute Gelegenheit erwies sich als unzureichend. Ein erfolgreicher Job ist nicht dasselbe wie Ansehen in deiner Gemeinschaft. Verstehst du, was ich meine?»

«Ich spüre den Frust, aber ich denke, die Großstadt ist das Feld der Frauen. Außerdem, wer wird auf eine Lesbe hören? Hier kannst du wenigstens bis zu einem gewissen Grad offen sein.»

«Wenn wir uns alle in den Riesenstädten verstecken, betrügen wir uns selbst... aber die Frauenbewegung *hat* etwas verändert. Es gibt jetzt mehr Raum für uns. Ich sage nicht, daß es leicht ist, aber vielleicht müssen wir genau das tun, Adele, dahin zurückgehen, woher wir gekommen sind, und die Sache ausfechten.»

«Carole?»

«Nein, ich bin keine Revolutionärin geworden, jedenfalls noch nicht. Aber ich sehe allmählich, daß mein Leben mehr ist als nur ich. Und was mir helfen kann, ein bißchen Frieden zu finden – nach Hause zurückkehren –, könnte vielleicht auch den Frauen dort helfen – und den Männern, sofern sie Wert darauf legen, zu lernen.»

«Aber wenn dir das den inneren Frieden nicht gibt, dann bleibt dir nur noch die Verkündigung des Evangeliums und Schnaps», witzelte Adele.

«Oder schlimmer, ich werde zur untätigen Reflexion verdammt.»

«Bevor du dich selber verurteilst, hol ich Schokoladenplätzchen. Wir können sie in den Tee tunken.»

«Wenn wir am Anfang unserer Karriere Coca Cola- und Nabisco-Aktien gekauft hätten, wären wir jetzt reich.»

Adele kam mit einem Teller Plätzchen wieder hereingeschwebt.

«Carole, ich kann mir nicht vorstellen, ohne dich zu sein.» Ihre Stimme war sanft. «Ich weiß, du gehst frühestens in ein, zwei Jahren, aber wir sind all die Jahre zusammen gewesen. Es scheint mir einfach unmöglich.»

«Ich... immer, wenn ich anfange, über meine Wurzeln nachzudenken, fällt mir ein, daß du ein Teil meiner Wurzeln bist. Der beste Teil.»

«Danke.»

«Vielleicht habt ihr zwei auch Lust, wegzuziehen, wenn ich soweit bin.»

«Verne und ich haben eigentlich nie darüber gesprochen, aber ich werd's mal anschneiden. Kann sein, daß sie uns beide überrascht. Bloomingdale's ist nicht der Nabel der Welt. Vielleicht packt sie der Unternehmungsgeist, und sie eröffnet ein eigenes kleines Geschäft. Wenn wir Colleges in der Nähe haben, gibt es einen Markt für Kleidung und die raffinierten Sachen, die sie aufspürt.»

«Frag sie. Sie sieht es vielleicht als Abenteuer. Und es gibt keinen Grund, weshalb wir nicht alle wieder nach New York ziehen könnten, wenn es nicht funktioniert.» Sie machte eine Pause. «Adele, hast du dich je gefragt, warum wir nie ein Liebespaar geworden sind?»

«Also, das ist ein Blitz aus heiterem Himmel. Wie kommst du darauf?»

«Durch deine Verrücktheit neulich und die Gedanken ans Wegziehen. Plötzlich ist mir klargeworden, daß ich dich mehr liebe als alle anderen auf der Welt.»

«Verdammt.» Adele hatte ihren Tee verschüttet.

«Bleib sitzen, ich hol ein Papiertuch.» Carole kam aus der Küche zurück und wischte den Tee auf.

«Trampel.»

«Nein. Überrascht.»

«Ich habe es tausendmal gedacht – ich meine, daß ich dich liebhabe. Ich dachte wohl nie, daß es gesagt werden müßte. Wo ich herkomme, muß man so etwas nicht aussprechen, die Leute wissen es auch so.»

«Ich weiß, ich wußte, ich... schon gut. Ich höre mich an wie bei einer Konjugationsübung.»

Carole lachte. *«Amo, amas, amat.»*

«Amamus, amantis, amant. Hab ich es richtig ausgesprochen?»

«Woher soll ich das wissen? Ich lese das Zeug bloß, gehört hab ich's noch nie.»

«Da wir schon dabei sind, jetzt will ich's wissen. Was glaubst du, warum wir nie zusammen ins Bett gegangen sind?»

«Du hast mich nie gefragt.»

«Carole Hanratty, das ist obszön. Ich dich fragen?»

«Was dachtest du denn? Daß *ich* dich fragen würde?»

«Herrgott im Himmel.»

«Was hat der damit zu tun?»

«Ich dachte, schwarze Frauen machen dich nicht an.»

«Adele, meinst du das ernst?»

«Natürlich meine ich es ernst. Würde ich so etwas Dummes sagen, wenn es mir nicht ernst wäre?»

«Als wir uns kennenlernten, war es vielleicht so. Aber als wir Freundinnen wurden, ist das alles verblaßt. Das Thema Hautfarbe wurde ausgesprochen albern. Wie konnte jemand das ernst nehmen?»

«Ja, ich weiß, aber unsere einzige Möglichkeit, es zu erkennen, war das Zusammensein. Ilses Generation hat da eine bessere Chance als unsere. Ich fand dich immer schön, sensationell. Weißt du das?»

«Nein, ich wußte, du magst mich, aber...»

«Du bist noch immer schön, Carole, innerlich und äußerlich.»

«Du auch, Dell. Wenn du ins Zimmer kommst, muß ich lächeln. Auch wenn ich höllisch deprimiert bin. Ich weiß nicht, irgendwie haben wir den Sex verpaßt. Als ich dich kennenlernte, gingst du mit wer weiß wem. Als ich mich in meiner Beziehung ‹auf ewig› versuchte, hast du gerade Schluß gemacht. Dann, peng, hast du LaVerne kennengelernt. Wie sollen wir da jemals miteinander schlafen?»

«Ha.»

«Wir können LaVerne nicht hintergehen. Ich bete sie an. Ich könnte so etwas nicht tun, und du auch nicht. Dell, wir haben's versiebt.»

«Ach, wir sind noch nicht tot. Außerdem, das ist vielleicht auch ein Grund, warum wir uns so nahestehen: Die Möglichkeit, uns zu lieben, war unterschwellig immer da. Wir haben nie danach gehandelt. Vielleicht tun wir's noch. Vielleicht auch nicht, aber das wäre nicht tragisch. Ich muß sagen, ich weiß nicht, ob ich damit fertig werden könnte. Ich war immer, wie heißt das gräßliche Wort, monogam?»

«Es wäre beinahe wie Inzest, nicht?»

«Weil wir Schwestern sind?»

«Schwestern.» Carole küßte Adele auf die Wange. «Weißt du, was ich noch gedacht habe?»

«Meine Liebe, in diesem Zusammenhang kann ich es unmöglich erraten.»

«Ich habe einiges von Ilse gelernt. Ich dachte, ich sollte ein Buch über herausragende Frauen im Mittelalter schreiben. Damals wurde für die Frauen nicht viel getan.»

«Damals? Das gilt für alle Epochen.»

«Du nimmst die Maya-Frauen, und ich nehme die europäischen Frauen im Mittelalter. Mit meinen Kenntnissen dürfte es nicht schwer sein, ein Buch über Heldinnen zusammenzustellen, Frauen wie Eleanor de Montfort im dreizehnten Jahrhundert und Königin Margarete, die die Schlacht von St. Albans gewann. Es gibt so viel Material, das ans Licht gebracht werden müßte. Das ist zwar nicht dasselbe, wie ein Kinderbetreuungszentrum zu organisieren, aber es ist etwas, was ich tun kann. Und ich meine, es ist wichtig zu wissen, was unsere Vorfahren gemacht haben.»

«Eine großartige Idee. Weißt du, ich denke, alle Toten sind unsere Vorfahren. Wir sollten uns mit ihnen befassen.»

«Ich hatte gehofft, daß du das sagen würdest.»

«Heute ist so ein schöner Tag. Komm, laß uns im Park spazierengehen. Magst du?»

«Klar.»

Als sie in die Frühnachmittagssonne hinaustraten, fragte Adele: «Weißt du, was ich glaube?»

«Keine Ahnung.»

«Ich glaube, das Geheimnis des Lebens ist, daß es kein Geheimnis gibt.» Adele hob schwungvoll die Hand zur Sonne.

Carole lächelte. «Ich glaube, du hast recht.»

Rita Mae Brown

«**Rita Mae Brown** trifft überzeugend und witzig den Ton ihrer Protagonistinnen und schreibt klug ein Stück Frauengeschichte über Frauen, die ihr Leben selbst bestimmt haben.» Die Zeit

Herzgetümmel *Roman*
(rororo 12797 und als gebundene Ausgabe)
Als Geneva heiratet, ist die Welt noch in Ordnung. Sie liebt ihren Mann, und Nash verwöhnt sie wie es sich für einen Südstaaten-Kavalier gehört. Doch der Bürgerkrieg trennt das traute Glück und Geneva macht sich in Männerkleidern auf die Suche nach ihrem Mann...

Jacke wie Hose *Roman*
(rororo 12195)
Schrullig sind sie geworden, ungezähmt geblieben – die beiden Hunsenmeir-Schwestern in Runnymede, Pennsylvania. Seit 75 Jahren lieben und hassen sie sich, sind «Jacke wie Hose». Ein aufregendes Leben zwischen Krieg und Bridgepartien, Börsenkrach und großer Wäsche.

Die Tennisspielerin *Roman*
(rororo 12394)
«Rita Mae Brown schafft lebendige Wesen, mit denen wir grübeln und leiden, hoffen und triumphieren, erlöst und vernichtet werden. Es geht dabei um viel, viel mehr als um Tennisstars, egal ob echte oder fiktive. Rita Mae Brown ist eine große Charakterzeichnerin geworden.» Ingrid Strobl in «Emma»

Rubinroter Dschungel *Roman*
(rororo 12158)
«Der anfeuerndste Roman, der bislang aus der Frauenbewegung gekommen ist.» New York Times

Wie du mir, so ich dir *Roman*
(rororo 12862)
In Montgomery scheint die Welt zwar in Ordnung, aber was sich da alles unter der puritanischen Gesellschaftskruste tut, ist nicht von schlechten Eltern...

Im Rowohlt Verlag ist außerdem lieferbar:

Bingo *Roman*
Deutsch von Margarete Längsfeld
416 Seiten. Broschiert.
Louise und Julia Hunsenmeir, beide in den Achtzigern und mehr als selbstbewußt, setzen alle Tricks und Kniffe ein, um einen attraktiven Endsiebziger zu umgarnen. «... ein Glückstreffer der Unterhaltungsliteratur.» Westdeutsche Zeitung

rororo Unterhaltung

Claire Bretécher

Sie ist gescheit, selbständig – und steht im Ruf, Frankreichs beste Soziologin zu sein: **Claire Bretécher**, 1940 in Nantes geboren, gelernte Zeichnerin. Mit ihren «Frustrierten» hat sie sowohl die komische Selbstgefälligkeit und miefige Kleingeistigkeit der 68er als auch die Rebellion der Kinder gegen ihre pseudorebellischen Eltern so treffend karikiert, daß ihre Comics schnell zu Bestsellern avancierten.

Die Frustrierten 1 *Comics*
(rororo tomate 12559 und als kartonierte Ausgabe)

Die Frustrierten 2 *Comics*
(rororo tomate 12563 und als kartonierte Ausgabe)

Die Frustrierten 3 *Comics*
(rororo tomate 12576 und als kartonierte Ausgabe)

Die Frustrierten 4 *Comics*
(rororo tomate 12677 und als kartonierte Ausgabe)

Die Frustrierten 5 *Comics*
(rororo tomate 12678 und als kartonierte Ausgabe)

Die Mütter *Comics*
(rororo tomate 12772 und als kartonierte Ausgabe)

Monika, das Wunschkind *Comics*
(rororo 12772 und als kartonierte Ausgabe)

Im Rowohlt Verlag sind außerdem lieferbar:

Die eilige Heilige *Comics*
Deutsch von Rita Lutrand
52 Seiten. Kartoniert.

Agrippina *Comics*
Deutsch von Rita Lutrand
und Wolfgang Mönninghoff
50 Seiten. Kartoniert.

Frühlingserwachen
Zwei Bildgeschichten für frustrierte Eltern
Deutsch von Rita Lutrand
und Wolfgang Mönninghoff
120 Seiten. Gebunden.

Touristen *Comics*
Deutsch von Rita Lutrand
und Wolfgang Mönninghoff
66 Seiten. Kartoniert.

Dr. med. Bobo 1 und 2 *Cartoons*
Deutsch von Rita Lutrand
und Wolfgang Mönninghoff
Jeweils 52 Seiten. Kartoniert.

«Ich lebe von denen, die komisch sind. Und selbst wenn sie sich einmal schuftig benehmen, sehe ich sie doch wieder. Sie sind zu kostbar, als daß ich auf sie verzichten könnte.» Claire Bretécher

rororo comics

3209/1

Benard / Schlaffer

Cheryl Benard, geboren 1953 in New Orleans / USA, und **Edit Schlaffer**, geboren 1950 im Burgenland / Österreich, leiten als Sozialwissenschaftlerinnen die «Ludwig-Boltzmann-Forschungsstelle für Politik und zwischenmenschliche Beziehungen» in Wien.

Männer *Eine Gebrauchsanweisung für Frauen*
208 Seiten. Broschiert und als rororo sachbuch in der Reihe «zu zweit» 8820

Sag uns, wo die Väter sind *Von Arbeitssucht und Fahnenflucht des zweiten Elternteils*
256 Seiten. Broschiert

Laßt endlich die Männer in Ruhe *oder Wie man sie weniger und sich selbst mehr liebt*
256 Seiten. Broschiert

Im Dschungel der Gefühle *Expeditionen in die Niederungen der Leidenschaft*
(rororo sachbuch «zu zweit» 8783)

Die Grenzen des Geschlechts *Anleitungen zum Sturz des Internationalen Patriarchats*
(rororo sachbuch 7775)

Die ganz gewöhnliche Gewalt in der Ehe *Texte zu einer Soziologie von Macht und Liebe*
(rororo aktuell 4358)

Liebesgeschichten aus dem Patriarchat *Von der übermäßigen Bereitschaft der Frauen, sich mit dem Vorhanden zu arrangieren*
(rororo sachbuch 7843)

Der Mann auf der Straße *Über das merkwürdige Verhalten von Männern in ganz alltäglichen Situationen*
(rororo sachbuch 7305)

Viel erlebt und nichts begriffen *Die Männer und die Frauenbewegung*
272 Seiten. Kartoniert

«Die Autorinnen sind nicht nur intelligent und informiert, sondern sie verstehen es auch, ihr Wissen mit Witz und Ironie an die Frau zu bringen - eine glückliche, aber leider seltene Kombination im Feminismus.»
Martina I. Kischke, Frankfurter Rundschau

rororo sachbuch

Frauen

Marilyn French
Frauen *Roman*
(rororo 4954)
«Es ist viel über Frauen und Frauenbewegungen geschrieben worden, aber kein Buch läßt die Lebens-, Erfahrungs- und Empfindungswelt von Frauen so sinnlich nachvollziehen, macht in diesem Nachvollzug so betroffen.»
Westermanns Monatshefte

Marilyn French
Das blutende Herz *Roman*
(rororo 5279)
Im Zug von London nach Oxford begegnen sich Dolores und Victor. Beide sind Amerikaner, verheiratet, haben Kinder. Sie verlieben sich heftig ineinander, und ebenso heftig sind die Auseinandersetzungen, die Machtkämpfe, die sie austragen.

Rita Mae Brown
Rubinroter Dschungel *Roman*
(rororo 12158)
«Der anfeuerndste Roman, der bislang aus der Frauenbewegung gekommen ist.» New York Times

Elfriede Jelinek
Die Klavierspielerin *Roman*
(rororo 5812)
Die Klavierlehrerin Erika Kohut, von ihrer Mutter zur Pianistin gedrillt, erfährt, als einer ihrer Schüler mit ihr ein Liebesverhältnis anstrebt, daß sie nur noch im Leiden und in der Bestrafung Lust empfindet.
«Eine literarische Glanzleistung.» Süddeutsche Zeitung

Svende Merian
Der Tod des Märchenprinzen *Frauenroman*
(rororo 5149)
«Vorwort an Männer
Ich möchte nicht, daß ein Mann dieses Buch aus der Hand legt und sagt: ‹Ja, ja, der Arne. Das ist vielleicht ein Chauvi!› Arbe ist ein ganz normaler Mann. Ein Mann wie du.»

Wo die Nacht den Tag umarmt
Erotische Phantasien und Geschichten von Frauen herausgegeben von Gudula Lorez
(rororo 5113)
«Das netteste Geschenk, das Frauen sich machen sollten...» Sonia Seymour in «Sounds»

rororo Literatur